상냥하게
살기

島へゆく，島で暮す

written by Haitani Kenjiro 灰谷健次郎
Copyright ⓒ 1981, 2008 by Haitani Kenjiro Office Co.,Ltd.
First published in Japan in 1981, 1982 under the title "SHIMA E YUKU",
"SHIMA DE KURASU" by Rironsha.
Korean translation copyright ⓒ 2015 by Tin Drum Publishing Ltd.
through Tony International.

상냥하게 살기

하이타니 겐지로
灰谷健次郎

햇살과나무꾼 옮김

양철북

|작가의 말|

직업 칸에 어쩔 수 없이 문필업이라고 써넣어야 할 때가 있다. 그럴 때면 나는 왠지 저항감을 느낀다. 아와지 섬에서 농사꾼 흉내를 내며 살고는 있지만 농사일로 수입을 얻는 것이 아니기 때문에 역시 문필업이라고 쓸 수밖에 없다. 오랫동안 노동자, 초등학교 교사로 일한 탓에 글을 쓰는 것으로 양식을 구하는 일이 꺼림칙하게 느껴져서일지도 모른다.

평소에 이런 생각을 갖고 있기 때문이라고 할 수는 없지만, 나는 글을 쓰는 일에서는 철저하게 게으름뱅이라고 자인해왔다. 그런데 의뢰를 받아 그때그때 썼던 글을 모아봤더니 무려 단행본 두 권 분량이 나왔다. 나는 깜짝 놀라고 말았다. 대체 이게 어떻게 된 일인가.

수많은 시행착오가 있었지만 그 속에서 많은 것을 배웠다. 자연에서 배운 것이 헤아릴 수 없이 많다. 지금까지 보이지 않던 것을 볼 수 있게 된 부분도 있다. 인간에 대해서도, 사회에 대해서도.

세상은 점점 더 나빠져간다. 우경화 문제는 단순히 정치 이데올로기의 문제가 아니라 인간이 자연의 섭리를 거스르고도 전혀 되돌아보지 않는 오만함을 보여주는 증거라고 생각한다.

나는 나 나름대로 싸워나가는 수밖에 없다.

펜을 완전히 버리고 흙과 함께 하는 삶을 살고 싶지만 그날이 언제쯤 올는지 모르겠다.

하이타니 겐지로

° 이 책은 《섬으로 가다》, 《섬에 살다》를 모아 한 권으로 만들었습니다.

차례
•

1부

섬으로 가다

人にきらわれたり
人をにくんだりする人間になりたくない
みんなに好かれて
みんなを愛する人間になりたいと
だれだって思っている
毎日のくらしの中には
人の心をちくちくさすような意地悪も
小虫のようにはっているし
世界を見ればいつもどこかで戦争が起っている
どうしてだろう

나의 인생에는 세 가지 이상이 있습니다.

글을 계속 쓰는 일,

교사로서 아이들과 계속 함께하는 일,

그리고 마지막 하나는

간디가 타고르에게 했던 말인

"타고르, 육체노동을 해서 빵값을 버시오.

그 누구도 노동의 의무로부터 자유롭지 않소."를

직접 실천하는 일입니다.

섬으로
가다

島へゆく

      문학상 하나를 수상하고 다음과 같은 인사말을 했다가 적잖이 빈축을 샀다.

  "나의 인생에는 세 가지 이상이 있습니다. 글을 계속 쓰는 일, 교사로서 아이들과 계속 함께하는 일, 그리고 마지막 하나는 간디가 타고르에게 했던 말인 "타고르, 육체노동을 해서 빵값을 버시오. 그 누구도 노동의 의무로부터 자유롭지 않소."를 직접 실천하는 일입니다. 학교를 그만두었을 때, 나는 이상 한 가지를 스스로 버린 것 같아 쓸쓸했지만 어린이문학 작가를 평생 직업으로 삼음으로써 두 이상을 적절히 결합시킬수 있었습니다. 그렇다면 마지막 하나가 남는데, 이게 좀 까다롭습니다. 나는 영국 로이드협회에서 발행한 선박 용접 2급 면허증을 갖고 있지만, 이렇게 고도로 발달한 자본주의 사회에서는 빵값이나 벌겠다는 노동자를 인정해주지 않는다는 것을 몸으로 겪어서 잘 알고 있습니다. 그저 간디의 말을 되뇌며 글쟁이 특유의 거만함이 몸에 배지 않도록 하는 것이 고작이겠지요. 그런데 그건 그렇고, 상금 액수를 한 단위 더 올려 주실 수는 없을까요? 밭을 사려고 하는데…….”

그야말로 욕심스러운 인사말이었는데, 그로부터 1년 뒤 어쩌다 보니 《나는 선생님이 좋아요》가 베스트셀러가 되었다.

《나는 선생님이 좋아요》의 판권을 가진 리론샤는 일본의 창작 어린이 문학을 키운 권위와 식견이 있는 출판사로, 그 때문에 늘 가난했다. 적자를 각오하고 다케나카 이쿠 들이 편집하는 어린이 시 잡지 〈기린〉의 발행을 떠맡은 탓에 곳간 형편은 더욱 어려워졌다. 《나는 선생님이 좋아요》가 꽤 잘 팔리고 있다는 것은 다달이 중쇄 통지를 받아 알고 있었지만, 그렇게 많은 인세를 받을 줄은 꿈에도 몰랐다. 오랫동안 노동자, 교사로 일한 나로서는 초판과 2쇄 인세분을 제외한 인세 수입은 불로소득이라는 생각이 강했다.

리론샤는 내가 생활할 수 있도록 다달이 꽤 많은 액수의 돈을 보내주었고 나는 그것으로 충분했다. 혼자 살기에 그리 많은 돈이 들지도 않을 뿐더러 어릴 때부터 가난에는 이골이 나 있었던 터라 돈이 없어도 아무렇지 않은 것이 몸에 배어 있었다. 오히려 돈이 생겨 천박한 마음이 밖으로 드러날까 봐 무서웠다.

어느 날 나는 육체노동으로는 절대로 벌 수 없는 돈이 내 통장에 들어와 있는 것을 보고 파랗게 질렸다.

“이렇게 큰돈은 받을 수 없습니다.”

“하이타니 겐지로 씨가 당연히 받아야 하는 돈입니다.”

“그럴지도 모르지만 좀 곤란합니다.”

리론샤 사장과 나의 희한한 대화를 옆에서 듣고 있던 고미야마 료헤이 씨리론샤의 창업자가 웃으며 말했다.

"하이타니 겐지로 씨, 야마모토 주고로는 작품 인세를 다음 작품을 쓰라고 독자들이 준 돈이라고 생각했다더군요."

나는 조금 부끄러웠다. 나 스스로 돈에 구애받지 않는 사람이라고 생각하고 있었는데, 역시 구애받고 있었다.

고미야마 료헤이 씨의 격려에 힘입어, 마침내 나는 아와지 섬으로 이사하기로 마음을 굳혔다.

"하이타니 겐지로 씨, '바다'를 써주세요."라는 고미야마 료헤이 씨의 말과 "세 번째 작품으로 인간과 자연의 유대에 대한 장편소설을 써보고 싶다."는 나의 마음이 일치했기 때문이다.

내가 이번에 이사 가는 아와지 섬의 구로타니는 버스도 다니지 않는 곳이다. 주민 대부분이 승용차를 갖고 있다. 나는 작은 말을 키울 생각이다. 그걸 타고 바다에 갈 것이다.

K씨와 M씨가 고생해준 덕분에 조그만 집과 약간의 밭을 구했다. 고미야마 료헤이 씨의 표현을 빌리자면 이것은 독자들이 준 선물이다. 그렇게 생각하니 나는 굉장히 행복한 사람이구나 싶다.

내년 4월이면 나는 부지런히 밭을 갈고 있으리라.

인간과
자연의 대화
人と自然の対話

　　　　　내가 아와지 섬으로 옮겨 가 몇 년이 걸리더라도 할 수 있
는 데까지 자급자족 생활을 하겠다고 마음먹은 바탕에는, 멀리 거슬러
올라가자면 오키나와에서 배운 것이 있다.

　하나의 생명은 다른 무수한 생명으로 지탱된다는 자명한 사실을 잊
어버린 사회에서 인간은 감정을 잃고 조국을 잃는다.

　오키나와 문화가 궁극적으로 인간의 상냥함으로 지탱되어왔으며 생
명은 대등하다는 조화의 세계 안에 있다는 것을 알았을 때, 나는 내가
발을 딛고 서 있는 곳이 갑자기 허공에 떠 있는 듯한 공포에 휩싸였다.

　인간의 모든 행동이 경쟁원리와 공리주의에 따라 이루어진 결과, 우
리는 자연과의 대화를 잃어버렸을 뿐 아니라 생명이 고립되어버린 그
야말로 우려스러운 사태를 낳고 말았다.

　물질로 무장된 인간은 창조성을 잃고 상냥함이나 낙천성을 저버린
다. 오늘날 사람을 차별하는 일본의 풍조는 지적장애자들을 대하는 모

습 하나만 봐도 충분히 알 수 있다. 그러니 교육이 황폐해질 수밖에 없는 것이다. 미야기 교육대학 학장을 지낸 하야시 다케지 씨는 생명을 경외하는 마음이 없는 곳에 교육은 없다고 단언했다.

오늘날 일본인의 비극은 인지할 조국을 갖지 못했다는 점이다. 그것은 애국심이라든지 하는 문제가 아니라 자신의 손으로 껴안을 수 있는 대지가 자신의 마음속에서 사라져버렸다는 것을 의미하는 것이다.

내가 이번에 옮겨 가는 구로타니는 80가구 정도가 드문드문 흩어져 있는 산촌이다. 운 좋게 개발의 파도를 피했는지 버스조차 다니지 않는다. 다들 밭 한쪽에 아담한 집을 짓고 채소를 기르고 닭을 친다. 바다까지 3킬로미터 정도여서 조랑말을 타고 다닌다.

얼마 전 상량식을 했다. 머리와 꼬리를 자르지 않은 생선과 씻은 쌀을 올리고 소금으로 액을 쫓았다. 지붕 위에서 떡을 뿌렸다. 가벼운 고소공포증이 있는 내가 어정쩡한 자세로 벌벌 떨면서 떡을 뿌리는 모습을 보고, 식에 참석한 마을 사람들이 배를 잡고 깔깔거렸다. 야유하는 웃음이 아니라 생면부지의 사람을 따뜻하게 맞아주는 그런 웃음이었다.

수선화와 매화가 벌써 꽃을 피워 주위에 은은한 향기를 풍기고 있었다. 나무에서 갓 딴 여름밀감을 세 개 정도 얻어 왔는데, 사흘이 지나도록 진한 향기가 방 안에 가득하다. 나는 멍하니 이게 진짜 일본이야, 하고 생각했다.

나는 지금까지 귀농하는 도시 사람들에게 편견을 갖고 있었다. 한때는 '너무 이기적이잖아.'라고 생각한 적도 있었다. 농촌의 고통을 함께 나누지 않고 일용할 양식은 딴 데서 구하며 팔자 좋게 사는 사람의 모습이 눈앞에 아른거렸다. 내가 농촌에 가더라도 마찬가지이리라. 그런 부담감이 몹시 버거웠다.

나의 그런 기분을 떨쳐내준 것은 자폐아 모임의 이사였던 요코야마 게이코 씨의 저서 《나의 만다라》였다.

자세한 내용은 쓸 수 없지만 장애를 차별하는 도시에 절망감을 느끼고 온 가족이 산촌으로 이사를 가는데, (그 사실 자체가 우리를 고발하는 것이지만) 그곳에서 살면서 모든 생명을 사랑하는 것이 어떤 의미인지 깊이 파악하고 고뇌 속에서 많은 것을 발견한다.

나는 이 책을 귀감으로 삼아야겠다고 생각했다.

왜 농촌으로 가느냐는 문제의식을 놓지 않는다면 농촌에서 사는 일을 허락받을 수 있지 않을까. 내게는 자연과 인간의 관계를 생각한다는 중요한 과제가 있지 않은가.

그렇게 생각하자 하루빨리 아와지 섬으로 가고 싶어졌다.

벌레의
목숨
虫のいのち

　　　　나는 지금 '곳사'라는 곳에 살고 있다. 아와지 섬 북쪽인
데, 섬의 서쪽 바다와 마주 보고 있다.

　바닷가 마을 이쿠하에서 곳사까지는 약 3킬로미터로, 산허리를 동쪽
으로 한껏 꺾으며 오른다. 버스도 없어 걷거나 자전거로 다녀야 한다.
뒤돌아보면 드문드문 자리 잡은 밀감밭 너머로 푸른 바다가 펼쳐져 있
다. 멀리 이에시마 제도_{하리마나다 북쪽에 있는 제도}와 쇼도시마가 보일 때도
있다.

　이쿠하에서 곳사까지 난 좁은 길에서 보이는 경치는 어디서 한숨 돌
리며 둘러보건 싫증 나지 않는다. 석산꽃이 피면 피는 대로, 비파나무
에 열매가 열리면 열리는 대로, 푸른 바다가 그 빛깔을 한층 돋보이게
꾸며 아름다운 경치로 만드는 것이다. 한동안 멍하니 넋을 잃고 바라볼
정도다.

　내가 조랑말 키우려는 계획을 포기하지 못하는 까닭은 이 길을 말을

타고 타박타박 내려가보고 싶기 때문이다.

바다를 건너온 것만으로 사람의 마음이 한결 상냥해질 수 있다는 사실을 발견하고 나는 놀라고 있다.

작년 여름에는 그렇지 않았다.

7월 말에 아와지 섬으로 이사를 왔는데 한심하게도 신경증 발작을 일으킬 것 같은 예감에 잔뜩 겁을 집어먹고 있었다.

구덩이에 묻은 음식물 쓰레기에 구더기가 끓는다. 그걸 보면 속이 끓는다. 밤이면 어디선가 조그만 벌레들이 마구 날아든다. 거기에도 속이 끓는다.

하루 세 끼 꼬박꼬박 밥상을 차려야 한다. 거기에도 속이 끓는다.

하루 종일 안절부절못하고 일도 손에 잡히지 않았다.

지금껏 나름대로 문명 비판을 해왔는데, 정작 나 자신은 완전히 쇠약해진 생명체라는 사실에 너무나 어이가 없었다. 물질에 둘러싸여 물질의 도움을 받으며 살아가는 생명은 나약하다.

나를 구원해준 것은 농사일이다.

한여름의 농사일은 고달팠다.

밀감밭을 채소밭으로 바꾸는 일을 하는데, 나무뿌리와 덩굴뿌리가 끈질기게 땅을 붙들고 늘어진다. 그것들을 캐서 잘라낸다.

현기증이 난다. 아무 생각이 없어진다.

그런 작업이 며칠씩 이어졌다.

가까스로 씨를 뿌릴 수 있는 땅이 되었다. 푸른 싹이 돋아 아침저녁으로 싱글벙글 웃으며 바라보던 것도 잠시, 이번에는 잡초와 벌레의 합동

공격에 다시 악전고투를 벌인다.

유기농을 선언했으니 농약을 쓸 수는 없다.

한밤중에 두 번씩이나 일어나 손전등 불빛에 의지해 밤나방 유충 따위를 젓가락으로 잡는데, 꽤 큼직한 스테인리스 양푼의 절반이 벌레로 찬다.

화가인 다시마 세이조 씨는 잡은 벌레를 구워 먹었고(혹시나 해서 덧붙이지만 지독하게 맛이 없었다고 한다), 나는 그것을 식용유에 담가 병조림을 해서 청춘회복제라는 이름을 붙였다. 역시 미리 말해두지만 이것을 사준 친구는 한 명도 없었고 나중에는 악취가 나서 모두 버렸다.

나는 벌레한테 먹이자고 채소를 기르는 게 아니라서 벌레를 잡긴 하지만 마음이 편해지는 않다.

벌레한테 미안한 마음은 기른 배추나 양배추를 먹을 때 이파리 한 장도 허투루 버리지 않겠다, 버려서는 안 된다는 마음으로 바뀐다.

밭을 갈고 채소를 자급자족하면서 나는 수많은 생각을 했다. 앞으로 하나하나 이야기할 생각인데, 모든 생명은 둘도 없이 소중하다는 생각이 내 안에 어떤 변화를 가져왔다.

여태껏 아무리 아름다운 풍경을 보아도 그것이 생명의 집합체이며 세상의 모든 생명은 대등한 관계로 이어져 있기에 아름답다는 생각을 하지 못했다.

앞에서 나는 바다를 건너온 것만으로 마음이 상냥해진다고 했는데, 그것은 이곳 아와지 섬과 도시 사이를 바다가 막아주고 있기 때문인지도 모른다. 인간만이 주인공인 곳에 아름다운 풍경은 없다.

섬의
떠돌이 개

島の野良犬

        동박새가 유리문에 부딪히며 요란한 소리를 냈다. 뇌진탕이라도 일으켰는지 툇마루에 쓰러져 있다. 옅은 녹두빛 깃털을 쓰다듬자 마치 봄의 온기가 느껴지는 듯하다.

  초봄이면 이런 작은 사건이 곧잘 생긴다.

  "칠칠맞지 못한 새구먼."

  집을 찾아온 손님이 말했다.

  새가 칠칠맞지 못한 게 아니다. 우리 집을 원래 작은 새들과 나비들의 놀이터였던 밀감밭에 세웠기 때문이다. 그런 곳에 집을 짓고 햇빛이 쏟아져 들어오는 통유리로 방을 만들었으니 잘못은 두말할 것도 없이 나한테 있다.

  동박새를 고이 집어 방석 위에 올려놓았다. 동박새는 한 시간쯤 뒤에 깨어나 한동안 파득거리더니 이윽고 날아올랐다. 유리문을 열어주자 기운차게 날아갔다. 미안해, 동박새야.

도시에서 살 때는 살아 있는 생물의 생태를 대부분 책이나 텔레비전을 통해 알았다. 도시에서 태어나 도시에서 자랐으니 어쩔 수 없다고 말하면 그뿐이지만, 떠돌이 개의 경우 도시에서보다 여기서 훨씬 더 많은 것을 알 수 있다.

우리 집을 찾아오는 떠돌이 개들은 한 가족인 듯했다. 몸집이 큰 녀석이 하나, 좀 더 작고 호리호리한 녀석이 하나, 그리고 아직 어린 녀석이 하나다.

녀석들은 하루 중 대부분을 마을이 아니라 산속에서 보내니까 무척이나 사납고 날쌔겠지 생각했는데 전혀 그렇지 않았다.

슬금슬금, 주뼛주뼛 다가온다. 어깨를 떨구고 고개를 푹 숙인 채, 어느 작가의 "살아 돌아와서 죄송합니다."라는 말을 그림으로 표현한 듯한 모습으로 말이다.

이곳에는 청소차가 오지 않기 때문에 음식물 쓰레기는 각자 알아서 처리해야 한다. 나는 구덩이를 파고 묻는데, 개들이 이걸 먹으러 오는 것이다.

면목 없다는 듯이 주뼛거리며 먹고 다시 슬금슬금 돌아간다.

"이 녀석들아, 좀더 당당하게 굴어."

그렇게 꾸짖고 싶을 정도다.

내 처지와 다를 게 뭐냐 싶어서 함께 지내보자며 느긋하게 대했다가 마을 사람들한테 주의를 들었다. 떠돌이 개는 이런저런 피해를 주니까 마을 근처에는 오지 못하게 하란다. 다 맞는 말이고, 나도 이 마을 주민이니 마을에 피해가 되는 일은 없어야 한다.

그 뒤로 떠돌이 개가 찾아올 때마다 "저리 가." 하고 소리치며 돌을 던졌다.

그런데 떠돌이 개는 역시 달랐다. 도망치는 걸음이 놀라울 만큼 빠르다. 돌을 던져도 닿지 않는 곳까지 눈 깜짝할 사이에 달아난다.

그런 일을 여러 번 되풀이하다 보면 허둥거리며 달아나던 개들이 양쪽으로 나뉘는 경우가 있다. 그러면 한쪽이 다른 한쪽을 한참동안 기다려준다.

그때는 돌을 던져도 달아나지 않는다.

네 발로 당당하게 서 있다. 그 비루하던 개가 싹 돌변해서 위엄이 넘친다.

이번에는 내가 주뼛거릴 차례다.

집에서 기르는 개와 비교할 수 없을 만큼 현명하고 배려심이 깊다. 집에서 기르는 개는 채소밭을 태연히 가로지르지만 떠돌이 개는 조금 돌아가는 길이라도 고랑을 타고 달린다. 단단한 땅을 딛고 달리는 게 결국은 더 빠르다는 것도 계산에 넣었으리라.

작년 여름부터 아와지 섬 산촌에 살면서 어설프게 농부 흉내를 내기 시작했다. 그런 생활을 하다보면 자연에서 배우는 것이 많은데, 특히 생명이 살아가는 모습에서 새로운 발견을 할 때면 마치 뜻밖의 행운을 얻은 것 같은 기분이 든다.

지금은, 매실이 한창이다.

나의
흉작
わたしの凶作

　　　　올겨울은 어디나 할 것 없이 이상기후를 보였고 특히 추위가 혹독했다. 도시에서 살면 "날씨가 계속 이상하군. 올해는 무지 추워."로 끝나지만 농촌은 그렇지 못하다.

　　아와지 섬도 농작물 피해가 컸다. 한파에 밀감이 타격을 입었고 맛 좋기로 유명한 비파는 거의 전멸 상태였다. 배추도 통이 작았고 수확량도 줄었다.

　　피해가 심각하니 올해는 채소를 비싼 값에 사겠다고 소비자 쪽에서 나서주는 것도 아닌 데다, 일본의 빈곤한 농업정책까지 맞물려 언제나 눈물을 흘려야 하는 쪽은 농민들이다. 농가의 상황을 생각하면 너무나 가슴이 아프다.

　　흉작을 전혀 예상하지 못했던 것은 아니다.

　　올해는 전반적으로 무에 바람이 드는 시기가 여느 해보다 빠르다고, 나의 농사일 스승인 와키모토 씨가 말했다.

이제 무를 먹어도 되겠지 싶어 잘라봤더니 죄다 바람이 들어 있길래, 내가 뭘 잘못했나 싶어서 와키모토 씨에게 물어보았다.

50년 가까이 농사일을 해온 와키모토 씨의 "올해는 아무래도 심상치가 않아."라는 말이 불행하게도 적중한 셈이다.

나는 '도키나시'와 '호료'와 '쇼고인' 무 품종을 한 이랑씩 심었는데 그중 대부분을 버려야 했다. 몹시 억울했다. 여름밤 두 번씩이나 일어나 벌레를 잡았던 고생도 물거품이 되었다. 생각해보면 그때 와키모토 씨가 올해는 유례없이 벌레가 많다고 했으니 이미 좋지 않은 징조가 있었던 셈이다.

피해는 여기서 끝나지 않았다.

완두콩 모종이 한파 때문에 3분의 1가량이 사라지고 말았다. 봄에 심으려고 땅속에 묻어두었던 씨감자도 한파에 썩어버렸다. 완두콩 모종은 다시 심기로 했지만 때를 놓쳤으니 수확을 하더라도 알은 굵지 않으리라.

우리 집 여름밀감만은 연일 계속되는 한파에도 잘 버텨주었다.

날이 추워질수록 당도는 더해져, 나의 유기농업 걸작 가운데 걸작이라는 이름을 붙이기에 모자람이 없었다.

여름밀감은 내 숙취를 풀어주는 약이다.

아침에 일어나면 세 알쯤 따 와서 레몬 짜개로 즙을 짠다. 얼음 몇 조각을 띄워 단숨에 들이켜면 몸속의 알코올이 순식간에 빠져나간다.

하지만 3월 1일의 한파는 끝내 여름밀감나무마저 망쳐놓았다. 열매가 얼어 세포가 괴사한 것인지 칼로 잘라보니 속이 우글쭈글해져 있었다. 이렇게 되면 너무 떫어서 먹을 수가 없다.

나는 몹시 실망했다.

포기가 빠른 성격인데도 이때만큼은 망가진 여름밀감나무 앞에서 한탄을 했다.

고미야마 료헤이당시 리론샤 출판사의 대표 씨, 조 신타일본의 그림책 작가. 삽화가 씨, 단 후미영화 〈나는 선생님이 좋아요〉에서 고다니 선생님 역할을 맡은 여배우 씨, 다카이시 도모야일본의 포크 가수 씨한테도 보낼 생각이었는데(여러분, 실명을 밝혀 죄송합니다), 다들 "겐지로 씨가 너무 아끼는 바람에……." 하고 두고두고 불평을 했다.

나는 농사를 망쳐도 살림살이에 직접적인 영향을 입지 않는다. 그렇게 어정쩡하게 농사를 짓는데도 실망이 이만저만이 아니다.

대체 농민들은 심정이 어떨까 생각하고 있을 때에 이웃인 다카다 씨가 떡붕어를 엄청 많이 잡았으니 먹으러 오라고 했다. 몸길이가 30센티미터나 되는 떡붕어는 깜짝 놀랄 만큼 맛있었다.

다카다 씨가 떡붕어는 날이 추울수록 맛있다고 했다. 한파 때문에 농사를 망쳤다는 푸념은 한마디도 하지 않았다.

채소의 꽃,
풀의 꽃

野菜野花 草の花

작가인 다테마쓰 와헤이 씨가 오키나와 요나구니 섬에서 원농대(사탕수수 수확기에 오키나와 요나구니의 농민들을 돕기 위해 조직된 자원봉사 단체) 일원으로 활동하면서 쓴 수기를 읽고 있다. 다테마쓰 와헤이 씨는 원래 자신의 문학은 노동과 방랑 속에서 나오기 때문에 지난 몇 년간 책상 앞에 붙어 앉아서 했던 작업에 의문을 품게 되었다고 한다.

그와 비슷한 체험을 하고 아와지 섬 산촌으로 들어온 나는 이 작가의 마음이 손에 잡힐 듯이 잘 이해되었다. 이런 작가가 한 사람이라도 더 많아지기를 바란다. 지식의 바다에 빠져 비생산적인 이야기를 잘난 척 떠들어대고 밤에는 술이나 마시러 돌아다니고도 심신이 건전(?)하다는 사람이 있는데, 이런 사람이야말로 비정상이다.

그런데 나의 작은 농장은 3월 내내 거의 개점휴업 상태였다.

보리밭의 잡초 뽑기와 조금 일찍 씨를 뿌린 봄채소(시금치, 쑥갓, 양상추, 무)를 돌보는 일 말고는 이렇다 할 일이 없었다.

그러는 사이에 집은 꽃 천지가 되었다.

매화꽃, 수선화, 복사꽃, 개나리, 아네모네, 튤립이 차례대로 피기는 했지만, 꽃 천지는 이걸 두고 한 말이 아니다.

사실 꽃 천지가 된 곳은 채소밭이었다. 무꽃, 유채꽃, 경수채꽃, 쑥갓 꽃……

친구들이 찾아오면 "배추꽃 본 적 없지?" 하거나 "양배추꽃을 보여주지." 하며 밭으로 데려간다.

대개는 황당한 표정을 짓는다.

좀 더 성실하게 농사일을 하라는 친구도 있었고 농업을 모독한다고 화를 내는 친구도 있었다.

충고는 가슴에 깊이 새기겠지만 내가 딱히 불성실해서는 아니다.

열심히 농사를 짓고 열심히 먹었다. 여러 사람한테 나눠주기도 했다. 그러고도 남은 것이다.

얼마만큼 지어야 할지 미리 파악하지 못한 것은 내 잘못이지만, 그래도 처음 하는 밭농사이니 이 정도 시행착오는 이해해주었으면 한다.

먹고 남았다고 해서 뽑아버릴 수는 없었다. 어떡할지 고민하는 사이에 꽃이 피어버렸다.

나는 채소의 꽃도 사랑스럽다. 풀의 꽃도 사랑스럽다.

볼일이 있어 이삼일 외출했다가 집에 돌아올 때면 나는 마음이 설렌다. 다들, 내가 돌아오기를 기다리고 있다.

얼마 전 친구와 입씨름을 벌였다.

마당의 잡초를 뽑고 좀 더 깔끔하게 가꾸란다.

하지만 나한테 잡초라는 건 없다. 반드시 뽑아야 하는 경우도 분명 있다. 다만 그런 경우는 최소한으로 줄이고 싶다.

잡초라고 불리는 풀도 철마다 아름다운 꽃을 피운다. 어떤 때는 푸른 빛 작은 별을 흩뿌린 듯이, 어떤 때는 불똥을 흩뿌린 듯이 피운다. 생각지도 못한 때에 생각지도 못한 꽃을 피우니 한결 아름답다. 이른 아침에 일어나 그런 꽃들과 인사를 나눌 때 나는 마음이 넉넉해지는 것을 느낀다.

드디어 닭장이 생겼다. 토종닭을 구하지 못해 다시마 세이조 씨(구치탄바에서 농사를 지으며 작품에 힘쓰고 있다)에게 유정란을 얻어 부화기로 부화시키기로 했다.

3월 30일에 부화기에 넣었으니 21일째인 4월 19일이 알에서 깨는 날이다. 즐거운 마음으로 기다리고 있다.

산속의
재첩
山のしじみ

      산나물을 캐러 갔다. 작년 가을, 와키모토 씨한테서 1미터나 되는 자연산 마를 얻었다. 그때 이 주변 산을 안내해주기로 했는데 와키모토 씨가 바빠서 약속이 계속 미뤄졌던 것이다.

    잠깐 딴 이야기를 하자면, 언젠가 오카베 이쓰코_{일본의 수필가, 문필가. 일본 제국주의를 비판하고 반전·평화운동에 힘썼다} 씨한테 식사 대접을 받은 적이 있다. 저혈압이라 아침잠이 많다는 오카베 이쓰코 씨가 니시키코지_{교토시 남부에 있는 시장}에서 새벽 장을 봐 와서 훌륭한 교토 전통요리를 만들어주었다.

    더없이 감사한 마음으로 먹었다. 무엇으로도 그 은혜를 갚기는 힘들겠지만 적어도 시늉은 해야겠다는 생각에, 산나물을 캘 무렵 꼭 한번 집에 들러달라고 당부하고 돌아왔다.

    그래서 오카베 이쓰코 씨와의 약속을 지키기 위해서라도 산나물이 있는 곳을 알아야 한다는 기특한 마음도 조금 있었다.

와키모토 씨 말로는 고사리는 낫으로 벨 수 있을 만큼 많단다. 그렇게 무진장 많은 건 조금 시시한데, 하는 사치스러운 생각을 하며 걸음을 서둘렀다.

산길에는 쇠뜨기가 말 그대로 낫으로 베도 될 만큼 지천으로 널려 있었다. 고비는 비탈 전체를 뒤덮을 듯이 자라고 있어 뜯고 싶은 마음도 들지 않았다.

산길로 접어들자 두릅나무가 눈에 띄기 시작했다. 이미 시든 '엄마 두릅나무' 뿌리께를 살피면 대개는 두릅을 찾을 수 있었다. 되도록 뿌리까지 캔다. 산두릅은 희고 기다란 줄기 부분이 거의 없다. 그 대신 향이 무척 좋다. 싹 부분도 먹을 수 있다.

파드득나물^{미나릿과 여러해살이풀}도 많다. 좋아하는 나물이라 한 줌 정도 캤다. 덧붙여 말하면, 미나리는 우리 집 앞 물가에서 거의 1년 내내 자란다. 봄 미나리는 향이 좋고 여름 미나리는 부드럽다.

문제는 고사리였다. 낫으로 벨 수 있을 만큼 많다는 곳까지 간신히 찾아왔지만 한 줄기도 보이지 않았다.

와키모토 씨가 말했다.

"네댓새 빨리 왔나보군."

실망한 내 얼굴을 보고, 와키모토 씨는 걱정 말라는 표정으로 자리를 옮겼다.

그곳에는 줄기가 굵은 고사리가 자라고 있었다. 겨우 열 번 만에 한 손에 다 쥐지 못할 만큼 꺾었다. 약간의 기온 차이로 이렇게 다르다니, 나는 자연의 미묘함에 감탄했다.

한편 머위 꽃대나 두릅나무 순은 이미 꽃이나 잎이 되어버려서 먹을 수 없었다.

온갖 봄나물로 호화찬란한 밥상을 차려놓고 오카베 이쓰코 씨를 초대하려고 했지만, 불가능한 일이었다. 그런 생각 자체가 교만하다는 증거다.

산나물을 캐서 돌아오는 길에 와키모토 씨네 대나무밭에 들어가 죽순을 캤다.

기분 좋게 집으로 돌아가는데, 와키모토 씨가 작은 시내를 가리키며 맛있는 재첩이 난다고 했다. 재첩은 바다와 만나는 강이나 개펄에서만 사는 줄 알았던 나는 깜짝 놀랐다.

물속에 손을 넣어 더듬어보니 정말로 재첩이 있었다. 크기는 작았지만 질 좋은 뽀얀 빛을 띠고 있다.

술안주 하나가 또 늘었다. 나는 싱글벙글 웃음이 번졌다.

된장에 무친 산달래를 안주 삼아 술을 마신다. 술을 마신 뒤에는 재첩국과 밥을 먹는다.

하느님, 감사합니다.

귀여운
도둑
かわいい泥棒

　　　　　어린이문학의 명작 가운데 안도 미키오의 《달팽이 경주》
라는 작품이 있다. 서민 동네 아이들의 생명력을 시적으로 풍부하게 그
린 걸작으로, 나의 애독서 중 하나다.

　거기에 막과자조차 사 먹지 못하는 가난한 아이가 속임수를 써서 학
교의 무화과를 훔쳐 먹는 이야기가 나온다.

　내가 특히 좋아하는 장면은 감쪽같이 목적을 이룬 아이가 올해도 무
화과 맛을 보지 못한 아이들한테 '바보'라느니 '도둑놈'이라느니 '죽어
라'라는 욕을 들으면서도 무화과즙을 빨아 먹느라 잔뜩 부어오른 입술
로 "내년엔 좀 더 좋은 걸로 먹어야겠어." 하고 중얼거리는 장면인데, 얼
마 전 나도 이 아이들처럼 분한 마음을 처절하게 맛보았다.

　올해 초 우리 밭의 걸작은 딸기였다. 보는 사람마다 "잘 키웠네요." 하
고 칭찬해주었다. 퇴비, 닭똥을 듬뿍 쓴 덕분이다.

　집에서 텃밭을 가꿔본 사람은 알겠지만 맏물을 먹는 묘미만큼은 아

무한테도 양보하기 싫은 법이다.

나는 《달팽이 경주》에 나오는 아이들이 무화과를 바라보듯 설레는 마음으로 어렴풋이 붉은빛이 돌기 시작한 딸기를 날마다 곁눈으로 지켜보고 있었다.

오늘 먹을까, 내일 먹을까 하는 생각만으로 몸이 달아오른다. 놀러 온 친구들은 그게 무슨 악취미냐고 하는데 뭔가 다른 쪽으로 오해한 것이리라.

하늘을 향하고 있던 열매 끝 부분이 붉어졌다. 그런데 그것을 빼앗겼다. 직박구리다. 붉은 부분만 도려내듯이 먹어버렸다. 이루 말할 수 없이 분했다.

만물을 가로채다니, 이건 도리가 아니지. 배려심이라고는 없는 짓이야. 내 친구들 중에도 이런 녀석이 있지. 그 녀석과는 절교다.

나는 마구잡이로 화풀이를 해댔다.

직박구리가 먹고 남긴 부분은 아직 파랬다. 먹어보니 꽤 달았다.

파란 부분이 이 정도인데 직박구리가 먹은 부분은 얼마나 달았을까 생각하니 또 분통이 터졌다.

고작 딸기 하나 가지고 뭘 그렇게 속 좁게 구느냐고 말하는 사람은 뭔가를 정성껏 만들어본 적이 없는 사람이다.

그러나 곰곰 생각해보면 이것은 직박구리와 나 사이의 교류일 수 있다. 싸운 뒤 친해지는 일도 있지 않은가. 그렇게 생각하기로 했다.

어느덧 식물들은 저마다 새로 어린잎을 틔우며 제 모습을 드러내기 시작했다.

느티나무는 보드라운 잎사귀를 흔들며 바람을 불러들이고 있는 듯하다.

석류는 불꽃놀이 폭죽을 쏘아올린 듯 잎을 푸른 하늘로 펼치고 있다.

배롱나무는 조형미를 드러내며 마치 우리 집 대문인 양 점잖게 자리잡고 있다.

나는 최대한 인공적인 것을 배제하고 주위 자연이 집 안으로 그대로 들어온 것처럼 나무를 심어 마당을 꾸몄다.

그러다 보니 배롱나무를 빼면 상품 가치가 낮은 나무가 대부분이다. 대나무 울타리는 선 채로 넘어갈 수 있는 높이다. 그렇게 배려했기 때문에 모든 생명이 저마다 자신을 드러낼 수 있는 것이다. 주위 자연과 다름없이.

때때로 생명끼리 싸우는 경우도 있지만 그 싸움은 전체의 조화 속에서 커다란 힘을 갖는 계기가 될 수도 있지 않을까.

어쨌거나 한동안은 직박구리와 싸워야 할 것 같다.

떠돌이
닭
野良トリ

붉은빛이 돌기 시작한 딸기를 직박구리한테 뺏기고 분해했던 게 엊그제 같은데 지금은 질리도록 먹고도 남을 만큼 주렁주렁 열렸다.

딸기도 딸기지만 완두콩도 줄줄이 열매가 열린다. 배부른 푸념이지만 날마다 딸기와 완두콩한테 습격당하는 기분이다.

닭과 오리가 들어오자 농장이 갑자기 활기를 띠었다.

처음 닭을 키우려고 마음먹었을 때 갖가지 난관에 부딪쳤다. 먼저 토종닭을 손에 넣을 수 없었다. 사육에 관한 책이 없었다. 농협에서도 닭 모이를 구할 수 없었다.

이게 말이 되는가. 닭들이 앞마당에서 노니는 그 평화로운 풍경이 언제부턴가 일본이라는 나라에서 사라져버린 것이다.

근처 양계장에 간 적이 있다. 나도 모르게 눈길을 돌렸다. 닭들은 옴짝달싹도 할 수 없는 비좁은 닭장 안에 갇혀 그저 모이만 쪼고 있었다.

쇠 그물에 쏠린 목과 꼬리 부분은 깃털이 빠져 새빨갰다.

어린 시절, 나쁜 짓을 하면 지옥에 떨어져 온갖 고통을 당한다는 말을 곧잘 들었다. 대부분의 인간이 아마 지옥에 떨어지지 않을까.

앞서 다시마 세이조 씨한테 유정란을 얻어 와 부화기에 넣었다고 했는데, 부화기의 유정란을 보살피는 일은 가시마 가즈오《1학년 1반 선생님, 있잖아요》의 저자 씨의 아이들인 히로와 리코가 맡아주었다. 옛사람들은 생명을 보살피는 일은 아이들에게 맡기라고 했는데 딱 맞는 말이라고 생각한다.

내가 예뻐해줬더니 병아리들이 마치 문조참샛과 새로, 애완용으로 많이 기른다처럼 사람을 잘 따른다. 이러면 잡아먹기 곤란하겠다는 생각이 들었다.

닭의 유정란은 열두 개 모두 부화했고 그중 한 마리가 죽었다. 오리알은 성적이 나빠서, 일곱 개 가운데 네 개밖에 부화하지 못했다. 다시마 세이조 씨가 그 정도면 성적이 꽤 좋은 거라고 말해 주었다.

와키모토 씨가 암탉 한 마리를 가져다주었다. 알을 품고 있던 닭이니까 혹시 병아리들의 어미가 되어줄지도 모른다고 했다. 그런데 이 닭이 여간내기가 아니었다. 떠돌이 개가 아닌 떠돌이 닭이었다. 다른 닭들은 모두 개한테 잡아먹혔는데도 혼자 살아남아 산속에서 반년쯤 살았다고 한다.

몸집은 작지만 얼굴에는 기백이 넘친다. 내가 닭장에 들어가면 반드시 일정한 거리를 둔다. 내가 있는 동안에는 절대로 모이를 먹지 않는다. 밤에는 높은 데서 잠을 잔다.

귀여운 구석이라곤 없지만 묘하게 매력적이다.

나는 인간에게 길이 드는 동물보다 인간과 거리를 두는 동물을 더 좋아한다. 이 닭과 나 사이에 우정이 생길 수 있을까. 흥미로운 일이다.

그런데 와키모토 씨의 짐작처럼 이 닭이 병아리의 대리모가 되어주었을까. 대답은 '노'다. 너희는 너희, 나는 나, 끝까지 남남으로 지냈다.

와키모토 씨의 짐작도 빗나갔지만 내 짐작도 빗나갔다. 사실 나는 이 닭이 병아리들을 괴롭히지는 않을까 걱정했다(이 두 생각을 비교해보면 두 사람의 차이를 잘 알 수 있다).

자연 그 자체로 살아가는 동물은 자기 생명을 지키는 일에는 냉혹하리만큼 가차 없지만 다른 생명에게 비뚤어진 간섭은 하지 않는 모양이다.

이 말에 누군가는 귀가 가렵지 않을는지.

밀의
추억
麦の思い出

 밀이 여물기 시작했다. 이제 곧 수확이다. 한창 추울 때 닭똥과 퇴비를 듬뿍 준 덕분에 성적이 좋다.

 풍성한 밀 이삭을 바라보며 나는 밀에 얽힌 갖가지 일을 떠올렸다.

 1934년생인 나는 한창 먹을 시기를 굶주리며 보냈다. 미군들이 재미 삼아 뿌려대던 껌을 주워 먹는 굴욕을 맛본 세대이기도 하다.

 우리는 밀 이삭으로 껌 만드는 방법을 알고 있었다.

 아직 완전히 여물지 않은 푸른 밀 이삭을 뜯어 입 안 가득 집어넣는다. 한동안 풋내가 입 안을 가득 채우지만 참고 계속 씹는다. 찌꺼기와 즙을 퉤퉤 하고 자꾸 뱉어내다 보면 어느덧 밀에 들어 있는 단백질이 껌과 비슷한 물질로 바뀐다.

 슬픈 이야기다. 껌조차 없던 어린 시절을 보낸 세대는 이 이야기를 그리운 추억으로 떠올리겠지만.

 이삭줍기라는 말이 낭만적으로 들릴지 모르지만, 학교에서 돌아와 밀

밭에 떨어진 이삭을 줍는 일은 몹시 괴로웠다.

농사꾼네 집 아이도 아닌 내가 밭을 어정거리면 밭 주인이 수상쩍은 눈으로 본다. 그 현장을 남몰래 좋아하던 같은 학년 여자아이한테 들켜 죽도록 부끄러웠던 기억이 있다.

그렇게 해서 손에 넣은 밀알 몇 줌을 맷돌에 갈아 가루로 만든다.

그 무렵 주식은 수제비였다. 얼마 되지 않는 볶은 밀을 형제들과 나눠 먹기도 했다. 귀한 간식이었다.

밀 기울을 물에 풀어 끓여 먹은 적도 있다. 아무리 없이 살던 시절이라지만 정말로 먹기가 힘들었다. 그걸로 한 끼를 때워야 할 때면 눈물이 복받쳤다. 그 눈물을 보고 더 힘들어했던 건 부모님이었으리라.

밀을 바라보고 있으면 그런 기억이 잇달아 머릿속에 떠오른다. 밀을 볶아주던 어머니는 이미 이 세상에 없다. 볶은 밀을 나눠 먹던 큰형도 일찍 세상을 떠났다. 이 풍요의 시대에 내가 밭을 갈고 밀을 키운다는 사실을 알면 어머니는, 형은 어떻게 생각할까.

오래전에 부탁해두었던 맷돌을 이다 씨의 아들이 가져다주었다.

"음, 좋군." 하고 내가 말한다.

현관에 있는 큰 독 옆에 놓고 한 번 더 "음, 좋군." 하고 말하자, 이다 씨의 아들도 그제야 내 말이 이해되는 것 같았다.

맷돌에는 소박하지만 말로는 표현할 수 없는 조형미가 있다. 옛사람들의 미의식이 존경스러울 따름이다.

검은 광택이 나는 나무 자루를 끼우고 맷돌을 돌려본다.

"어, 생각보다 무겁네. 꼬맹이였던 내가 이렇게 무거운 걸 돌렸단 말이야?"

내가 말하자, 이다 씨의 아들도 나도 한번, 하며 자루를 쥐었다.

"맷돌은 왼손으로 돌려야 하니까……."

그래, 그랬지, 하고 생각했다. 왼손을 놀릴 수 없었다.

맷돌을 돌리니 떨거덕떨거덕 소리가 났다. 이 맷돌은 살아 있어, 하고 생각했다.

맷돌에 간 밀가루로 빵을 만든다.

맨 처음 만든 빵은 어머니와 형님에게 바칠 것이다. 울지 않아야 할 텐데, 하고 생각한다.

섬의
고통?

島ちゃび？

　　　　아와지 섬에서 살기 시작한 뒤로 많은 사람한테 편지를
받는다. 그것은 그것대로 기쁜 일이기는 한데, 편지를 보내는 사람들이
대부분 아와지 섬 생활을 뭔가 세상과 동떨어진 별천지 생활로 생각하
는 것 같으니 섬에 사는 고통을 적어볼까 한다.

　내가 사는 곳은 넓이가 1000제곱미터쯤 되는데, 집(마당 포함), 밭, 창
고와 닭장을 포함한 토끼풀밭이 각각 3분의 1씩 차지하고 있다. 집에서
좀 떨어진 곳에도 밭이 조금 있다.

　손님들이 입을 모아 칭찬하는 것은 토끼풀밭이다. 한복판에 있는 소
귀나무(여기에 나무를 심은 건, 인도를 여행할 때 끝도 없이 펼쳐진 데칸고원
의 어느 한 그루 나무 밑에서 더위를 식히던 농부의 모습에 감동을 받았기 때문
이다. 규모는 전혀 다르지만 축소판쯤으로 생각하면 된다. 벌써부터 여름에 이
나무 아래서 맥주 마실 생각을 하고 있다.) 말고는 다른 장애물이 전혀 없
다. 이곳이 탁 트여 있기 때문에 집 전체가 환하고 누긋해 보인다.

동물들을 운동시킬 요량으로 이런 사치를 부렸는데 지금 한창 토끼풀이 파릇파릇 무성하다.

그런데 손님들이 이 풀밭에 앉거나 아이들이 소리를 지르며 뛰어다니면 나는 안절부절못한다. 장대로 여기저기 두드려본 뒤에 "이제 들어가도 돼요." 하고 말한다.

겉보기에는 아름답고 평온한 풍경이지만 가끔씩 살무사가 낮잠을 잔다. 얼마 전에도 친구가 풀을 베다가 하마터면 큰일 날 뻔했다. 낫으로 뱀 목을 찔었는데 이럴 때는 단숨에 숨통을 끊어야 한다. 안 그러면 이쪽이 당한다. 이것은 절대의 세계. 털끝만큼의 호의도 허락되지 않는다.

외출했다가 밤에 돌아올 때면 꽤 긴장이 된다. 율모기^{뱀과의 동물}나 구렁이가 아무 예고도 없이 남의 집 현관 앞에 달구경을 나와 있기 때문이다. 재빨리 판단해서 독사가 아니면 놀라게 하거나 위협하지 않는다. 이것도 반드시 지켜야 하는 규칙이다.

그 어떤 인간도 징그럽다거나 싫다는 이유로 남의 목숨을 빼앗을 권리는 없다. 그러므로 뱀을 싫어하는 사람은 되도록 우리 집에 찾아오지 않기 바란다.

뱀은 조심만 하면 딱히 위험하지 않지만 모기처럼 작은 벌레는 속수무책이다. 어찌 된 셈인지 나는 작은 벌레들한테 아주 약해서, 물렸다 하면 벌겋게 부어오를 뿐 아니라 물집이 잡히거나 곪아서 계속 가렵고 아프다. 서너 군데를 물리면 온몸에 열이 펄펄 나기 때문에 여름은 내게 지옥이다.

이제 막 밀 수확을 끝냈다. 조금만 몸을 움직여도 우지끈우지끈 소리
가 난다. 작은형도 거들어주었는데 전직 프로 권투 선수인 이 사내의 낯
빛이 창백하다. 그만큼 힘든 노동이었다. 내일, 또 이걸 말려야 한다. 감
자도 빨리 캐지 않으면 시기를 놓친다. 매실도 따야 한다. 걱정이 이만
저만이 아니다.

마감을 넘긴 원고가 세 개나 있다. 장 보러 갈 시간이 없어 오늘도 어
묵과 달걀로 단백질을 보충한다. 《어묵과 달걀로 만드는 104가지 요리》
같은 책을 써볼까.

"어유, 지겨워." 하고 투덜거리며 방바닥에 큰대자로 누워버렸다.

이것이 섬의 고통이다.

이별의
아픔

別離の苦さ

'고통' 이야기를 좀 더 하겠다. 낙화낭자(洛花狼藉)라는 말처럼 태풍 5호가 지나간 뒤 우리 농장은 그야말로 비참한 상태였다.

옥수수와 콩은 뿌리께가 꺾여 있다. 토마토, 피망, 강낭콩 등은 아예 쓰러져 누워 있다.

정성을 쏟던 수박은 줄기에서 뜯겨 나가 1미터 앞에 시체처럼 널브러져 있다.

도라지, 코스모스, 달리아, 분꽃 등은 상처투성이가 되어 바닥에 엎어져 있다.

망연자실했다.

스모토 시하이타니 겐지로가 살고 있는 곳과 인접한 지역에서 초속 30미터에 가까운 풍속을 기록했다더니, 하필이면…….

원통하다는 말도, 그 어떤 말도 나오지 않는다.

망가진 것은 되돌릴 수 있지만 생명은 되돌릴 수 없다.

땅에 사는 모든 것은 생명이다. 눈물이 나올 것 같다.

수박에 짚 깔아주기, 토마토에 지지대 세우기, 순지르기, 거름주기, 잡초 뽑기 등에 얼마나 많은 땀을 흘렸던가. 아무것도 보답받지 못했다. 모두 이별이다.

그 후유증은 지금도 계속되고 있어서 몇몇 밭에는 풀만 무성하다.

일할 맛이 나지 않는다.

사람의 생명과 농작물의 생명을 비교하는 것이 적절하지 않을 수도 있지만, 나는 자식을 먼저 보낸 부모 마음에 가까운 비통함을 느끼고 있다. 맥이 빠지고 의욕이 없다.

수많은 생명에 둘러싸여 사는 것은 분명 행복한 일이다.

그러나 그런 만큼 수많은 이별도 맛보아야 한다.

모든 이별이 슬프고 괴롭다. 힘든 일이다.

이별의 원인이 혹시 나의 실수나 게으름에 있지는 않을까 하는 생각에 시달리는 것도 괴롭다.

태풍에 충분히 대비했던가.

옥수수밭에 말뚝을 박고 대나무로 떳장을 걸쳐놓기만 하지 말고 옥수수 줄기를 떳장에 묶어두는 게 좋지 않았을까. 해바라기에 튼튼한 지지대를 받쳐 주었다면 코스모스와 분꽃에도 똑같이 해주었어야 하지 않았을까.

태풍 피해를 입은 수박 묘목은 처음부터 영 힘이 없었다. 푸른 덩굴이 짚을 단단히 붙들고 있지 못했다.

그걸 알았으면 미리 뭔가 조치를 취했어야 했다. 이런 생각이 꼬리에 꼬리를 물어 잠을 이룰 수가 없다.

처음에는 자연이 이렇게 무자비할 수도 있구나 싶었지만 이제는 그런 원망이 얼토당토않다고 생각한다. 채소와 잡초는 다르다는 사실을 가장 잘 알아야 하는 건 인간이다.

황폐해진 내 마음을 평화롭게 해준 것은 모내기였다.

모내기는 물론 처음이었다(초등학생 때 해본 기억이 어렴풋이 나기도 하지만.)

와키모토 씨 부인과 나란히 모를 심었는데 처음에는 제대로 한 건지 감이 오지 않아 당황스러웠다. 그러다 차츰 진흙의 감촉에도 익숙해지고 리듬감도 몸에 배었다.

"대단해요. 처음이라면서 왼손으로 모를 조금씩 빼내며 양도 조절하고."

나의 불안한 자세를 빙그레 웃으며 지켜보던 이웃집 히로타 씨가 그렇게 말해주었다. 하지만 와키모토 씨 부인이 일곱 포기 심을 때 나는 겨우 네 포기밖에 심지 못했다. 아주 당연한 일일까.

모내기가 끝나 푸른 모가 바람에 한들거리는 풍경을 나는 평온한 마음으로 바라보고 있다. 새 생명이 여기에 있다.

손바닥에
앉는 닭

手乗り鶏

　　　　문조는 사람 손바닥에 곧잘 앉는 새다. 그런데 우리 집 닭
은 손바닥에 앉는 것은 예사고 팔, 어깨, 머리 위까지 올라온다.

　나는 비듬이 굉장히 많은 편인데 닭들은 그걸 콕콕 쪼아 먹는다.

　내가 딱히 훌륭한 작가는 아니지만 그래도 명색이 작가인데, 그런 나
를 말 그대로 발로 밟아대는 셈이니 분명 대단한 닭이라고 해야 할 듯
싶다.

　이런 예의 없는(?) 닭이 되어버린 원인은 두 가지로 생각할 수 있다.

　하나는 부화기에서 부화했기 때문에 부모가 없다는 점이다.

　인간은 결코 방심해서는 안 되는, 타고난 악한 동물이라는 사실을 배
우지 못한 것이다. (반면 떠돌이 닭은 인간이나 떠돌이 개나 별반 다르지 않
다는 사실을 알고 있는 것 같다.)

　또 한 가지 원인은 모이를 먹을 때 내가 늘 곁에 있었다는 점이다. 여
기에는 이유가 있다.

떠돌이 닭은 아무리 배가 고파도, 아무리 맛있는 모이가 있어도, 내가 닭장 안에 있을 때는 다가오지 않지만 내가 닭장에서 나가는 순간 참았던 울분을 단숨에 폭발시킨다.

꼬꼬꼬! 하고 위협해서 다른 닭들을 쫓아버리는 것이다.

모이통을 네 개나 놓아보았지만 결과는 마찬가지였다.

어쩔 수 없이 다른 닭들이 어느 정도 모이를 먹을 때까지 내가 옆에서 지키고 있었다. 지금 생각하면 이건 내 잘못이다. 분명 과보호였다.

아무리 쫓아내도 틈을 노려서 제 먹을 것을 챙기는 것이 동물이고, 동물 사이의 역학 관계는 어디까지나 동물들에게 맡겨야 한다. 나는 한 가지 재미있는 현상을 통해 이 사실을 알게 되었는데 그 이야기는 나중에 하겠다.

아무튼 내 실수로 사람을 겁내지 않는 닭이 되어버린 것이다.

이러면 곤란하다. 나는 닭을 애완용으로 키우는 것이 아니다. 달걀과 고기를 얻는 귀중한 단백질 공급원으로 키우고 있다.

닭을 단백질 공급원으로 바꿀 때 어떻게 할 것인가? 정이 들어버린 동물을 도살하는 것은 더없이 큰 고통이다.

여담인데, 얼마 전 한 교사가 아이들이 귀여워하며 기르던 닭을 아이들 손으로 직접 잡아서 먹는 실천 활동을 했다고 자못 의기양양하게 보고하는 걸 보았다. 이것은 아무 의미도 없을뿐더러 매우 잘못된 행위다. 그 교사는 아이들이 입은 마음의 상처를 어떻게 보상할 셈인가.

아무튼 가장 뜻밖인 것은 닭 한 마리 한 마리마다 개성이 있다는 사실이다.

다른 닭들이 모이를 쪼고 있을 때 "나는 단체행동 싫어." 하고 시위라도 하듯이 파리를 쫓아다니는 닭이 있었다.

몸집이 작고 단체행동을 싫어하는 점이 어쩐지 나를 닮은 것 같아서 겐짱이라는 이름을 지어주었다.

꾸며낸 이야기 같겠지만 겐짱은 유난히 내 몸에 잘 기어오른다.

여러분, 겐짱하이타니 겐지로 자신을 가리킨다이 겐짱을 죽일 수 있을까요?

앞에서 말한 재미있는 현상이란 떠돌이 닭과 짝짓기를 시도한 용감한(?) 닭이 있었다는 것이다. 언제나 모이를 독차지하고 다른 닭들을 몰아내던 떠돌이 닭이 어린 수탉 밑에 얌전히 깔려 있었다.

그 수탉은 태어난 지 겨우 석 달밖에 되지 않았다. 나는 정말 부끄럽다.

하구레구모,
섬에 오다

浮浪雲, 島にくる

　　　《하구레구모》〈빅코믹오리지널〉이라는 만화 잡지에 오랫동안 연재되었던 조지 아키야마의 만화. 한량 '구모'를 주인공으로, 에도 말기 서민들의 모습을 익살스럽게 그려 큰 인기를 끌었다의 작가 조지 아키야마 씨가 멀리서 아와지 섬까지 찾아왔다. 방송 카메라가 딸려 온 걸 보고 맥이 좀 빠졌지만 어쩔 수 없는 일이다.

　곧바로 농장으로 안내한다.

　탱탱한 수박 여섯 통이 짚 위에서 낮잠을 자고 있다.

　태풍으로 묘목 하나를 잃고 나머지 두 개로 거둔 성과로는 훌륭하다고 할 수 있다.

　오이, 가지, 토마토, 호박, 오크라아욱과 한해살이 채소, 옥수수, 피망, 참외 같은 여름 채소를 대충 보여주었다. 방송 카메라도 뒤따라온다.

　딸 바보, 아들 바보라는 말이 있다.

　자기 아이한테 이상한 옷을 입히고 인기가수의 흉내나 내게 하는 부모를 나는 몹시도 경멸했는데…….

'흠, 내가 키운 채소가 텔레비전에 나온단 말이지. 그럼 잘 나와야지. 이봐요, 촬영기사 양반, 그런 비실비실한 놈은 찍지 말라고요. 이쪽에 훨씬 싱싱한 놈이 있잖아.'

나는 내내 안절부절못했다. 이게 바로 딸 바보, 아들 바보의 마음이다.

'구모' 나리는 일찌감치 내 속마음을 꿰뚫어 보고 "하이타니 씨, 텔레비전을 잘 아시는군요."라며 나를 놀렸다.

"뭘 그렇게 야단스럽게 굴어요? 가지 줄기에 가지가 열리고 수박 줄기에 수박이 열리는 건 아주 당연하잖아요."

기다란 담뱃대를 입에 문 '구모' 나리가 마치 그렇게 말하는 것 같았다.

만물 수박을 방송 카메라 앞에서 잘라보기로 했다.

쪼갰는데 속이 빨갛지 않으면 어쩌나 싶어 걱정이 이만저만 아니었다.

또 '구모' 나리가 내 표정을 보고 씩 웃었다. 나의 얄팍한 속마음과는 달리 수박은 시원스레 둘로 딱 쪼개졌다.

"대단해!"

'구모' 나리가 말했다.

수박은 그야말로 새빨갰다. 곧바로 시식을 했다.

시식이란 수박한테 실례되는 말이다. (미안합니다. 앞으로는 모든 음식에 시식이라는 말을 쓰지 않겠습니다. 맹세합니다.)

닭똥, 퇴비의 영양분을 충분히 빨아들인 수박은 이루 말할 수 없이 맛있었다.

나도, '구모' 나리도 카메라 앞이라는 사실도 잊은 채 수박을 덥석덥

석 베어 먹었다.

맛이 어찌나 좋던지 바로 앞에 있는 카메라맨과 엔지니어에게 "여러분한테도 나중에 드릴 테니까 맛보세요." 하고 말했다가 감독한테 야단을 맞았다. 카메라가 돌아가고 있었던 것이다.

만물은 또 있었지만 이쪽은 곧바로 먹을 수 없는 것이었다. 바로 갓 수확한 밀인데, 처음으로 맷돌에 갈아보기로 했다.

'구모' 나리가 마구잡이로 밀을 집어넣는 바람에 맷돌에 갈았는데도 꽤나 거친 밀가루가 나왔다.

"맷돌을 돌릴 때는 여인네를 다루듯이 살살 조심해서 다뤄야 해요. '나와 놀아보지 않겠소?《하구레구모》에서 주인공이 곧잘 하는 대사'를 입에 달고 사는 사람이 맷돌을 이렇게밖에 못 돌려요?"

나는 '구모' 나리를 나무랐다.

'구모' 나리는 몸을 비스듬히 기울이더니 "다다다다다!" 하고 밖으로 뛰어나가버렸다.

마을
경제 1
村の経済 1

　　　　　나쁜 버릇이라고 생각하면서도 수확한 농작물을 보면 "이거, 얼마나 할까요?"라고 묻게 된다.

　부디 한심하게 생각하지 말기 바란다. 앞으로 자급자족을 완벽하게 하기 위해 지금부터 준비해두려는 속셈이니까.

　밀을 수확했을 때도 와키모토 씨한테 똑같은 말을 물었다.

　"글쎄요, 1만 엔에도 한참 못 미칠걸요."

　나는 깜짝 놀랐다.

　밭을 갈고 씨를 뿌리고 비료를 주고 풀을 뽑고 수확해서 탈곡에 건조까지, 그야말로 엄청난 노동이었다. 그렇게 해서 세 가마니쯤 나온 밀이 1만 엔도 안 된다니…….

　내 표정을 보고 와키모토 씨가 말했다.

　"농사꾼이 원래 그래요. 참 한심하죠."

　나중에 스모토 세무서에서 발표한 농업소득 표준표를 살펴보니 330

제곱미터당 8000엔이었다. 그렇다면 내가 수확한 밀의 가격은 5000엔쯤인 셈이다.

쉽게 말해서 1만 제곱미터의 땅에서 밀농사만 지을 경우 농가의 현금 수입은 24만 엔이다. 그루갈이로 쌀농사(쌀은 330제곱미터당 2만 엔)까지 포함해도 연간 수입이 백만 엔에 못 미친다.

내가 사는 곳사에는 1만 제곱미터를 넘는 땅을 가진 농가가 흔치 않다. 농사꾼이 한심하다는 와키모토 씨의 말은 설득력이 있다.

지금 돌이켜보면 송구스러운 일이지만, 처음 여기에 왔을 때는 마을의 집들이 하나같이 번듯번듯해서 이곳 농부들은 모두 부자인 줄 알았다. 문득 가이드의 깃발 아래 모여 단체로 해외여행을 다니는 시골 사람들 모습이 떠오르기도 했지만 실상은 전혀 달랐다.

예전에 와키모토 씨가 나한테 했던 말이 있다.

"마을에서 번 돈은 도시에 다 빼앗겨버리죠."

그 말이 상징하듯, 마을 사람들의 생활은 더없이 검소하다.

된장도 직접 담가 먹고 장아찌도 직접 만들어 먹는다. 달걀도 몇 집이 함께 사들여 나눠 먹는다.

마을 사람들이 택시를 타는 모습은 거의 본 적이 없다. 물론 요즘은 집집마다 차가 있기 때문에 택시 탈 일이 없다고는 하지만, 나는 마을 사람들이 3킬로미터쯤 떨어진 이쿠하까지 걸어서 다녀오는 모습을 자주 본다.

툭하면 택시를 타는 내가 몹시 부끄럽게 느껴진다.

경조사 때는 꽤 넉넉하게 손님들을 대접하는 걸로 보아 인색하다기보다 사치를 멀리하는 생활습관이 몸에 배어 있는 것이리라.

스기우라 민페이^{일본의 소설가, 평론가} 씨의 글을 읽어보면 돈에 일그러진 농촌이나 농민들의 실태를 잘 알 수 있는데 우리 마을은 일본 농촌 가운데 그나마 미풍양속이 많이 남아 있는 곳이 아닐까 한다. 물론 이런 저런 문제가 없지는 않지만 전체적으로 다들 성실하고 건전하다.

나는 이 짧은 글로 농민들에게 강요된, 불합리한 경제적 차별에 대해 이야기했지만, 가난 때문에 여태껏 사라지지 않고 남아 있는 미풍양속에 대해서도 한 번쯤 생각해보기 바란다.

나는 관청 홍보과에서 일하는 사람(어디까지나 일하는 사람이지 절대로 공무원은 아니다)한테 이런 이야기를 들었다.

"곳사는 쌀을 다섯 말만 수확해도 부자라는 소리를 들을 만큼 가난했대요."

이 말을 온전히 믿을 수는 없지만 결코 부유한 마을이 아니었던 것만은 확실하다.

마을
경제 2
村の経済 2

벼꽃이 한창이다. 이삭이 패느냐 마느냐 하는 중요한 때다. 태풍 철과 겹쳐 걱정스러운 때이기도 하다.

우리 마을 작황은 대체로 괜찮은 편이다. 우리 논도 지금까지는 별 탈 없다.

다시마 세이조 씨는 유기농업을 하면 벼 잎이 노래지기 쉽다고 했지만, 우리 논은 흙이 기름진 덕분인지 그런 일은 없었다.

다른 논과 견주어도 손색없이 쑥쑥 잘 자라고 있다.

이야기가 잠깐 옆으로 새는데 벼 베기에 동원할 사람들 예약도 마쳤다. 친구인 우에노 료일본의 어린이문학가이자 평론가 씨의 여대생 제자들이 실습(?)하러 오기로 했는데, 200제곱미터 정도의 논에 젊은 여자들이 들어가 꺅꺅거리면 어떤 일이 벌어질지 벌써부터 걱정이다.

농사일이 얼마나 힘든지 알려주기 위해 다른 농가에도 일을 거들러 보낼까 생각 중이다.

겨우 하루의 소꿉놀이 같은 농사일로 뭘 알겠느냐고 비판하는 사람도 있겠지만 나는 요즘 젊은 사람들에게 좋은 선물이 될 것이라고 믿는다.

아무것도 모르는 것보다는 조금이라도 아는 게 낫다. 나는 이곳에 온 뒤로 이 말을 절감하고 있다.

농산물값이 너무 싸다는 것, 농민들은 바라지 않는데도 농업 자체가 너무나 투기적이라는 사실을 아는 것만으로도 음식에 대한 인식이 싹 바뀌었다.

도시에서 살면 무조건 값싼 물건이 최고라고 믿어 의심치 않는다.

싼 것이 최고라는 사고방식에는 큰 함정이 있다. 몇몇 사람의 희생으로 물건값이 싸졌는데도 그런 물건을 사는 것은 죄라는 의식이 없다면 그 사회는 타락하고 만다.

우리 마을의 환금작물은 양파다. 올해는 값이 좋은 편이어서 20킬로그램에 2000엔을 받았다. 값이 안좋은 해는 800엔밖에 못 받기도 한단다. 우리 집 처마 밑에 양파 20킬로그램이 매달려 있다. 1년 동안 먹고도 남는다.

씨를 뿌리고 모종을 키워 밭에 옮겨 심은 뒤 거름주기, 소독하기, 잡초 뽑기, 그리고 수확까지 숨 돌릴 틈이 없다.

이것만으로도 힘든데 수확한 양파를 다발로 묶어 건조실로 옮겨 말린 다음 다시 꺼내 양파 뿌리를 자르고 일일이 껍질을 벗기고 나서야 상품이 되니, 그야말로 정신이 아득해질 만큼 노동량이 엄청나다. 이 모든 과정이 사람 손을 거친다.

그렇게 해서 양파밭 1000제곱미터에서 얻는 수입은 20만 엔 안팎이다. 종잣값, 비료값, 약값 등의 비용과 농기구 할부금 등을 빼면 얼마 남지도 않는다.

"농사꾼은 한심하다."는 농민의 목소리가 얼마나 절절한 것인지 잘 알 수 있으리라.

그런데 여기서 하고 싶은 말이 있다.

양파 농사를 지으면 쌀농사 수익의 세 배를 얻을 수 있다. 머위 농사를 지으면 다시 그 세 배의 수익을 얻는다.

그렇다면 왜 머위 농사를 짓지 않을까. 여기에 소비자가 얽혀 있다.

밭에서 난 머위를 상품화하기까지는 엄청난 품이 든다. 선별해서 포장하는 과정이 너무 번거롭다. 결국 수지가 맞지 않아 재배를 포기한다.

슈퍼에서 파는 채소를 떠올려보라.

깨끗하게 손질되어 가게에 진열된 채소의 이면에는 농민들의 눈물이 숨어 있다는 사실을 알았으면 한다.

채소의
혼
野菜の精

돗토리 현 아오야에 있는 농가에서 하룻밤을 묵었다. 그런데 나는 이 집 할머니한테 홀딱 반했다.

여든이 가까운 나이로 허리도 굽어 있다. 얼굴 주름에서 거목의 연륜 같은 것이 느껴진다. 보기 좋은 얼굴이다.

"할머니, 무엇보다 건강하셔서 다행이에요." 하고 말하자 "너무 건강해서 탈이라네." 하고 농을 던진다.

이 집은 배 농사를 짓는데, 할머니는 집 뒤란에 있는 500제곱미터쯤 되는 밭에 사시사철 채소를 키워 할머니의 이른바 '유모차'에 싣고 도시에 팔러 간다고 한다.

식구들 말로는 그것이 할머니의 용돈벌이란다.

도시 사람들은 할머니가 오기를 손꼽아 기다리며 "아! 할머니 오셨다!" 하고 무척 반갑게 맞는데 그것을 시샘한 어떤 사람이 "할머니, 세금은 내는 겁니까?" 하고 밉살스레 굴었다고 한다.

"세금이야 얼마든지 내주지. 이 늙은이가 고생고생해서 기른 채소에 세금을 매기는 욕심쟁이가 있다면 말이야."

할머니는 지지 않고 그렇게 맞받아쳤다고 한다. 그런 말을 하는 할머니가 나는 좋다.

할머니의 밭을 둘러보니 존경심이 솟구친다. 뭐라고 말하면 좋을까, 밭에서 위엄이 느껴진다.

우리 밭의 무나 다른 채소들은 말 그대로 심겨 있다, 재배되고 있다는 느낌인데, 할머니의 채소들은 아주 오래전부터 그냥 거기에 있었던 것 같은 느낌이다.

할머니네 밭의 채소는 사람의 지배를 받는 채소가 아니라 인격을, 아니 채소격을 지닌 채소였다.

손질이 잘되어 있는 밭은 결코 아니다. 그렇다고 엉성하거나 조잡하지는 않다. 말로 표현하기 힘들지만, 분명한 것은 누구든 이 밭에 발을 들여놓으면 한동안 자리를 뜨지 못하리라는 사실이다.

나는 우연히 할머니가 채소를 어떻게 다루는지 알게 되었다.

그날 밤 요리에 생강이 필요했다. 할머니는 생강을 캐러 밭에 갔다.

나는 아직 생강을 길러본 적이 없었기 때문에, 할머니 이야기를 들으며 생강을 캐는 할머니의 손놀림을 바라보고 있었다.

생강이 보이는데도 할머니는 계속 뭔가를 찾고 있다.

뭐 하시냐고 물으니까 씨생강이 더 맛있어서 그걸 찾고 있다고 한다.

"어디였더라?" 하고 말한다. 씨생강을 심은 위치를 기억해내려는 것이다.

"햇생강이 맛이 들 때까지는 씨생강이 더 맛있거든. 햇생강을 먹을 수 있게 되면 씨생강은 안 먹지."

할머니는 그렇게 말하고 생강 한 조각을 톡 쪼갰다. 그런 다음 정성스러운 손길로 맨살이 드러난 생강에 흙을 덮어주었다.

생강은 밭에 널렸다. 한 줄기쯤 뽑는다고 큰일이 나는 것도 아닌데 할머니는 그런 수고를 한다.

나는 감동을 받았다.

할머니 밭의 채소가 그렇게 당당할 수 있는 것은 할머니의 깊은 사랑 덕분이다. 아니, 이렇게 말하는 것은 옳지 않을지도 모르겠다. 채소는 할머니와 함께 살아가고 있다. 대등하게.

지금 우리 밭은 몹시 쓸쓸하다.

오이도 토마토도, 수박도 참외도 저마다 역할을 끝내고 막 사라지려 하고 있다.

나는 우두커니 서서 그 모습을 바라본다.

나도 아오야의 할머니처럼 될 수 있을까.

피꽃

血の花

      석산꽃이 피었다. 이 꽃은 언제나 갑작스레 핀다. 느낌이 그렇다. 네댓새 집을 비웠다 돌아와보면 밭 주변이 피를 뚝뚝 흘리는 것처럼 새빨갛다.

꽃 한 송이 한 송이는 예쁘지만 석산꽃의 색깔이 열이면 열, 주위 풍경과 아름답게 어울린다고는 할 수 없다. 오히려 이질적이다.

하지만 나는 석산꽃을 좋아한다. 이 수명 짧은 꽃에 한없는 애정을 느낀다.

《태양의 아이》라는 내 작품에 석산꽃을 등장시켰다. 주인공 소녀 아버지의 불행을 상징하는 꽃으로 강렬한 인상을 남겼다.

여름이 끝날 무렵 이 꽃은 진다.

여름 밭농사 성적은 그럭저럭 괜찮았다.

특히 수박은 마을 사람들에게 칭찬받을 만큼 성적이 좋았다.

올해는 가물었기 때문에 말라 죽은 것이 많아 주변 농가도 꽤 피해를 입은 모양이었다.

수박 농사는 원래 까다롭기 때문에 첫 농사치고는 잘한 편이란다.

내가 농사를 짓는다는 말에 코웃음을 치던 친구들도 크고 실한 수박을 보고 나에게 존경심을 갖게 되었다.

텔레비전 방송국에서 취재를 해 간 덕에 전국적으로 홍보가 되었다. 우리 농장의 대표 얼굴이다.

이제 진실을 말하겠다.

수박 농사가 좋은 성적을 거둔 것은 내가 고생해서가 아니다.

7월과 8월, 나는 바깥 볼일이 많았다.

집을 비운 사이, 와키모토 씨가 날마다 찾아와 밭에 물을 주었던 것이다.

"수박 농사에 기대를 많이 하던데, 말라버리면 너무 실망할 것 같아서요."

미안해서 어쩔 줄 몰라 하는 나한테 와키모토 씨는 그렇게 말했다. 그저 마음 깊이 감사할 따름이다.

수박을 제외하고 그다음으로 성적이 좋은 것이 가지와 호박이었다. 그럭저럭 괜찮은 성적을 올린 것은 토마토, 오크라, 풋콩, 피망, 오이, 강낭콩 등이다.

열매 솎아내는 일을 게을리해서 실패한 것은 참외다. 대부분 닭 모이가 되고 말았다.

완전히 망친 것이 딱 하나 있다. 옥수수다. 열매가 단 하나도 열리지 않았다. 수박 다음으로 기대했던 터라 실망이 이만저만이 아니었다.

"태풍 때 다 쓰러져버렸으니까요."

내가 아쉬워하자, 와키모토 씨가 말했다.

"물이 부족했어요."

그러고는 "내년이 있으니까 다시 해보세요." 하고 위로해주었다.

닭을 잡아먹었다. 양다리를 묶어 밀감나무에 매달았다. 경동맥을 칼로 찔렀다.

사방으로 피가 튀어 곳곳에 붉은 석산꽃이 피었다.

볏도 내장도 모두 먹었다.

병아리 적에 비를 맞으며 떨고 있던 일, 전등 불빛으로 몸을 데워주던 일, 내 어깨 위에서 머리 위로 기어올라 비듬을 쪼아 먹던 일, 그런 추억을 함께 먹었다.

내 주위에 석산꽃이 핀다. 내 생명 속에도 석산꽃이 핀다.

생명을
먹다

いのちを食べる

　　　　　이곳에 온 것이 작년 7월이었으니까 이제 1년 3개월째가
된다. 가을에 파종하는 채소 농사부터는 작년 경험(실패도 포함해서)을
살릴 수 있다.

　나는 경험주의자는 아니지만 농사에서는 경험이 아주 중요하다는 사
실을 몸으로 느꼈다.

　내가 벼농사나 채소 농사 지식을 얻으려고 이런저런 책을 읽으면, 마
을 사람들은 곧잘 "우리는 어려운 말은 잘 몰라도……."라고 미리 양해
를 구한 뒤 경험에서 얻은 귀중한 지혜를 전수해준다. 나는 부끄러워져
서 펼쳐놓았던 책을 부스럭부스럭 치운다.

　안이하게 책에 의지하는 일은 돈의 힘을 빌려 노동을 피하는 일과 매
우 닮아 있다. 요즘은 웬만해선 책을 꺼내지 않는다. 책에 먼지가 쌓이
고 있다. 그것으로 좋은 일이다.

　가을 파종 이야기로 돌아가자. 작년 첫 농사는 씨를 너무 많이 뿌려

실패했다. 일종의 물량공세 작전이랄까, 싹이 너무 많이 나면 솎아내면 된다고 생각했지만 그것 역시 도시 사람의 발상이었다는 사실을 절실히 깨달았다.

솎아내기를 할 일손이 모자라 결국에는 낭비만 한 꼴이 되었다. 제초 작업을 할 때도 여간 불편하지 않았다.

뽑혀나가 시들어가는 채소를 보는 것은 몹시 괴로운 일이다. 게으름을 피우면 금세 빽빽하게 자라는데, 이것도 채소한테는 미안한 일이다.

씨와 씨 사이에 적당한 공간이 있어야 하는데 이것은 아무리 책을 읽어도 알 수 없다. 이때 중요한 것이 경험이다.

작년에 식겁을 한 터라 이번에는 훨씬 적은 양을 뿌리기로 했다. 당근처럼 작은 씨는 모래를 섞어 서로 붙지 않도록 했다.

지금은 싹이 2~3센티미터 정도 자랐는데 경과가 아주 좋은 것 같다.

속아내기도 거의 하지 않았다. 드문드문 너무 빽빽하게 난 싹을 핀셋으로 뽑는 정도로 끝났다.

씨앗도 생명이다. 헛되이 버리는 것은 죄악이다.

닭 잡아먹은 것을 두고 악평이 자자하다.

병아리 때부터 손수 돌보며 키운 닭을 어떻게 잡아먹을 수가 있느냐는 둥 하면서 잔인무도한 인간으로 몰아댄다.

굳이 살생을 하지 않아도 고깃집에서 얼마든지 사 먹을 수 있지 않느냐는 사람도 있다.

이런저런 비난을 듣다 보니 나는 진심으로 화가 났다.

"너희는 살생 안 하고 사냐? 생명을 먹을거리로 바꾸는, 너무나도 고통스러운 일을 남의 손에 맡긴 주제에 잘도 그런 말을 지껄이는군."

멱살을 꽉 쥐고 이런 말을 해주고 싶었다.

먹을거리는 모두 생명이다.

슈퍼마켓에서 파는 먹을거리는 사치에 길든 우리 눈과 혀를 만족시키기 위해 팩에 포장이 되어 있다. 이런 음식을 먹으면 먹을거리가 모두 생명이라는 사실을 실감할 수 없다.

그런 삶을 살면서 주제넘은 말을 늘어놓는 도시 사람에게 나는 진심으로 화가 났다.

여기 와서 제 손으로 닭을 잡아먹어보시지, 땅을 갈고 씨를 뿌리고 밤마다 벌레를 잡아가 기른 채소를 먹은 뒤에 어디 그런 말을 해보시지, 하고 나는 혼자 고래고래 소리를 질러댔다.

벼를 베고
덤으로 얻은 것
稲刈りの付録

벼 베기를 한다.

"흐음, 아주 실하구먼."

와키모토 씨가 이삭 몇 알을 뜯어 살펴보고 말했다. 스승한테 칭찬받아 기뻤다.

그건 그렇고, 벼를 벨 때는 그야말로 야단스러운 풍경을 연출했다. 1박 2일 일정으로 찾아온 도우미의 수가 너무 많았던 것이다. 논은 200제곱미터가 채 안 되는데, 일꾼은 도지샤여대 학생 열세 명에, 작가 우에노 료 씨와 화가 쓰보야 레이코 씨, 거기에 나까지 포함하면 모두 열여섯 명이었다.

마을 사람들이 깜짝 놀란 얼굴로 무슨 일인지 지켜보았다.

"벼보다 사람이 더 많은 거 아냐?"

우에노 료 씨가 쑥스럽게 말했다.

하지만 벼를 베기 시작하자 다들 꽤 중노동이라는 것을 깨닫는다. 벼 베기, 볏단 묶기, 볏단 널기 순서로 작업을 했는데 금세 숨이 차고 허리도 아프다.

"교대."

다들 그렇게 말하며 금세 다른 사람에게 일을 넘겨버린다. 농사일을 놀이로 여기는 것 같아 기운이 빠졌다.

멀리서 보고 있던 마을 사람이 벼 포기를 잡는 방법이 틀렸다고 가르쳐주었다.

자신이 힘든 육체노동을 견뎌내고 있다는 사실을 조금씩 깨닫자 학생들의 표정이 진지해졌다.

나는 청춘 시절을 밑바닥 노동자로 살았던 경험이 있어서 육체노동은 참고 견디는 일임을 잘 알고 있다.

금방이라도 숨이 끊어질 듯할 때까지 자신의 육체를 괴롭힌다. 그러면 신기하게도 오감이 깨어난다. 인생을 되돌아보면, 내가 나라는 인간에 대해 가장 깊이 생각했던 것은 그 시절이었다.

고작 200제곱미터 넓이의 논에서 벼 베기를 한 학생들이 이런 경험까지 할 수는 없었겠지만 잡념을 버리고 노동하는 상쾌함은 맛보았으리라고 믿는다.

밤에 우리는 맛있는 식사를 했다.

아카시 시장에서 사 온 신선한 생선과 조개를 굽고 밭에서 갓 딴 채소와 함께 먹었다.

이웃인 다카다 씨 부부가 갓 캔 자연산 마를 들고 부랴부랴 달려왔다. 곧바로 씻어서 길쭉길쭉 잘라 고추냉이를 얹은 다음 김에 싸서 한입 가득 넣는다.

아삭거리던 식감이 어느새 끈끈하고 촉촉하게 바뀌면서 말로는 표현할 수 없는 단맛이 입 안 가득 번진다.

젊은이들은 가공식품의 맛에 길들어 있었지만 자연 그 자체의 맛이 워낙 각별해서인지 준비한 음식을 남김없이 먹어치웠다.

그날 저녁에는 밥도 지었다. 하지만 워낙 먹을 게 많았던 터라 아무도 밥을 먹지 않았다. 그래서 주먹밥을 만들어두었다.

아침에는 새로 따뜻한 밥을 지었다.

간밤에 만든 주먹밥이 고스란히 남아 있었다. 학생들은 주먹밥을 하나하나 포장해서 챙겨 들었다.

그날 점심은 식당에서 먹었는데, 학생들은 그 자리에서 주먹밥을 깨끗이 먹어치웠다.

음식을 허투루 다루지 말라고 말하기는 쉽지만 말만으로는 젊은이나 아이들의 실천을 이끌어낼 수 없다.

두 시간 남짓한 노동이 이 여학생들에게 그것을 실천하게 만든 것이다.

인간은 생산과 멀어질수록 못쓰게 된다는 나의 지론이 증명된 것 같아 기쁘다.

자급
자족론
自給自足論

벼농사로 얻은 쌀은 32킬로그램(네 말) 정도였다. 나는 소식을 하는 편이므로 이 정도면 1년치 양식으로 충분하다. 자급자족의 첫 번째 관문은 통과한 셈이다.

일본은 식량을 대부분 외국(거의 대부분 미국이라는 점도 매우 위험하다)에 의존하니 언젠가 반드시 심각한 식량 위기를 맞을 것이다. 평소 이런 지론을 가진 나는 이번 결과에 무척 마음이 든든하다.

콩과 팥, 감자와 고구마도 1년치 먹을 양을 장만해두었다. 이로써 머리 위에서 원자폭탄이 터지지 않는 한 목숨은 이어나갈 수 있다.

이렇게 말하면 코웃음을 치는 사람이 분명 있을 것이다. 나는 그 사람이 죽는 날까지 코웃음을 칠 수 있기를 간절히 바란다.

전쟁 시대와 전후 시대를 굶주리며 지낸 사람에게 자급자족은 하나의 꿈이다.

지난번 대담을 했던 기리시마 요코^{일본의 수필가, 논픽션 작가} 씨도 내 생활을 부러워했다. 절대로 굶어 죽을 일은 없다는 것이 무엇보다 든든하다는 것이 무엇보다 든든하단다. 기리시마 요코 씨도('기리시마 요코 씨이기 때문에'라고 말하는 것이 더 옳을지 모르지만) 기아의 공포에 대해 진지하게 생각하고 있는 것이다.

실제로 1년 동안 농사를 지어보고, 한 사람이 자급자족을 하는 데에는 생각보다 훨씬 작은 땅이면 충분하다는 사실을 알았다.

논 200제곱미터만 있으면 쌀과 밀은 충분히 얻을 수 있다. 우리 밭은 330제곱미터 정도인데 콩과 팥, 전분질인 감자와 고구마는 채소와 함께 농사지으며 충분히 꾸려나갈 수 있다.

학교에서 일본은 국토가 좁아서 공업을 발전시켜 외국에서 사들인 원료를 가공해서 수출해야 먹고살 수 있다고 배웠지만, 이것은 새빨간 거짓말이었다.

선생님들에게 부탁이 있다. 아이들에게 부디 그 부분에 대한 진실을 말해주기 바란다.

"일본은 국토가 좁아도 잘만 궁리하면 충분히 자급자족할 수 있지만, 농지를 갈아엎고 공해물질을 내뿜는 공업을 발달시켜 외국에서 사들인 원료를 가공하여 수출한다. 그리고 거기서 벌어들인 돈으로 모자라는 식량을 외국에서 비싼 값에 사들인다. 그래야만 부자는 돈을 벌 수 있고 정치가는 뇌물을 받을 수 있기 때문이다."라고 말이다.

작가인 스미이 스에 씨는 내게 이런 말을 한 적이 있다.

"일본이 자급자족을 할 수 없다는 말은 거짓말입니다. 충분히 가능하다는 것을 증명할 수 있는 데이터를 언제든지 제출할 수 있습니다."

그때는 그저 그런가 보다 했는데, 1년 동안 이곳에서 살아보니 그 말을 실감할 수 있었다.

그런데 생각지도 못한 곳에서 자급자족의 큰 적이 나타났다.

"하이타니 씨, 햅쌀 있죠? 먹으러 갈게요. 지난번엔 한 홉 반을 둘이서 날름 먹어치웠잖아요. 정말 맛있었는데."

교토에 '료잔바쿠'라는 식당이 있다. 이 집의 젊은 주인인 겐 씨는 요리사이자 배우이자 도예가이자 수필가인 다재다능한 사람인데, 맛있는 것을 찾아내는 재능도 무척 뛰어나다.

"말도 안 돼. 절대 안 돼. 그건 아무한테도 줄 수 없어."

"그런 소리 마세요. 식구들이랑 다 같이 갈게요."

나는 등줄기가 오싹해지며 이게 무슨 무시무시한 말이냐 싶었다. 하지만 결국에는 눈물을 머금고 갓 수확한 쌀을 도정했다. 약속 시간이 되어도 오지 않기에 전화를 걸었다.

"하이타니 씨, 미안해요. 가족이 죄다 감기에 걸려 힘들겠어요."

히히히히히.

화려한 가을의
어느 하루
華麗なる秋の一日

아침에 일어나 산책을 한다. 산책은 사치스럽다고 생각한다. 근처 농부는 동트기 전 어스름할 무렵에 일어나 양파 모종 옮겨심느라 여념이 없다.

그 옆을 태연히 지나가기는 힘들다.

"어제 밤새워 일을 했거든요."

"선생님도 수고가 많으시네요."

이런 말을 주고받으며 지나간다.

날씨 좋은 가을날이면 하늘과 바다의 빛깔이 어찌나 선명한지, 그 푸른빛이 몸속까지 스며든다.

언덕을 내려가면 나는 하리마나다^{아와지 섬 서쪽 해역으로 암초가 많고 물살이 세다}에 빠져버릴 것 같다.

멀리 이에시마 제도의 구라카케지마, 오지마, 단가지마를 바라보며 걸어간다.

단풍이 한창이다. 검양옻나무와 단풍나무가 특히 빛깔이 선명하다. 계수나무의 노란빛도 예쁘다. 눈이 호강을 한다.

집 근처로 돌아오면 벚나무 가로수 길의 낙엽에 눈길을 빼앗긴다. 지금은 길가에 수북이 쌓여 있지만 머잖아 바람에 날려 흩어지리라. 벚나무는 단풍이 물들어도 아름답다.

나는 삼태기를 가지고 나와 부지런히 낙엽을 그러모았다.

집으로 가져가 마당에 깔았다. 사치스러운 카펫이다.

어제부터 이번에 수확한 콩을 삶고 있다. 삶은 콩에 떡 두 조각을 보태 아침을 먹었다. 가끔은 색다른 아침 식사도 괜찮은 법이다.

아홉 시가 지나자 다카다 씨 가족과 건축업자인 마사키 씨, 이쿠하에 사는 용접기술자 부부가 나를 데리러 왔다. 다카미 산에 산마를 캐러 가기 위해서다. 나는 자못 전문가처럼 장화까지 챙겨 신었다.

산마 캐는 도구를 빌려 손에 들고 산허리를 주의 깊게 살피며 걷는다.

나무줄기를 휘감고 있는 노랗게 물든 산마 잎을 찾아내야 한다. 어렵사리 찾아내도 뿌리까지 다다르기가 여간 힘들지 않다.

뿌리는 가늘 뿐 아니라 쉽게 부러진다. 중간에 놓치기 쉽다.

찾는 법부터 캐는 법까지 대충 배운 뒤 나는 가까스로 산마 줄기 하나를 발견하고 캐기 시작했다.

나무뿌리와 풀뿌리를 제거하는 것만으로 숨이 헉헉 찬다. 또 땅은 어찌나 단단한지. 게다가 아무리 파고 또 파도 산마는 전혀 굵어지지 않는다.

내가 판 구덩이에 내 몸 절반이 쑥 들어갔다.

'대체 이게 어떻게 된 일이지?'

날씨는 쌀쌀했지만 어느새 땀범벅이 되었다.

이제는 오기와 욕심 때문에라도 그만둘 수가 없다.

"선생님, 왜 그러세요? 쉬엄쉬엄하세요. 잠깐 쉬었다 해요."

다카다 씨가 한 홉짜리 술병을 달랑거리며 다가왔다. 돌아보니 용접 기술자 양반은 바닥에 퍼질러 앉아 술만 마시고 있다.

혼자 너무 진지한 것도 좀 그렇다 싶어서 단숨에 한 병을 들이켰더니 산이 한꺼번에 불타기 시작했다. 내 눈에는 가을 산이 그렇게 보였다.

내가 캔 산마는 꽤 큰 놈이었다. 다카미 산의 손바닥만 하다고 해두자.

혹시 모를까 봐 덧붙이는데, 산마는 윗부분은 아주 가늘지만 아래로 갈수록 손바닥 모양으로 굵어진다.

그날 밤 캐 온 산마를 갈아서 조그만 절구에 담고 맑은 장국을 조금씩 따르며 곱게 찧었다. 어린 시절 곧잘 했던 일이지, 하고 생각했다.

완성된 마즙으로 다시 술상을 차렸다. 산토카^{일본 하이쿠 작가}는 술을 마시지 않는 날도 쓸쓸하고 글을 쓰지 않은 날도 쓸쓸하다고 했지만, 나는 술을 마시지 않은 날은 쓸쓸하지만 글을 쓰지 않은 날은 더없이 즐겁다. 화려한 가을 하루였다.

마을
아이들
村の子ども

　　　　　광고 같아 쑥스럽지만 얼마 전《바다는 눈물이 필요 없다》라는 책을 출판했다. 아이들에게 유토피아는 어떤 곳인가를 다루었는데, 아와지 섬 생활을 바탕으로 한 첫 작품이다.

　쇼타라는 아이가 있다. 잠수의 달인이다. 날이면 날마다 바다에 간다. 잡은 전복과 소라를 양로원에 가져다준다.

　쇼타의 잠수 선생은 젊은 어부들한테 멸시당하면서도 거대한 왕새우를 쫓는 쇠약한 늙은 어부다. 이렇게 말하면 헤밍웨이의《노인과 바다》와 비슷해 보이지만 내 작품은 아이의 생활이 중심이다.

　온종일 바다에서 놀고 돌아오면 쇼타는 녹초가 되어버린다. 자기가 맡은 일, 곧 송아지한테 줄 풀을 베고 송아지를 강에 데려가 목욕을 시키는 일까지 끝내고 나면 저녁 밥상머리에 앉아 꼬박꼬박 졸기 일쑤다. 덕분에 옹고집에 구닥다리인 아빠한테 툭하면 꿀밤을 얻어맞는다.

　텔레비전을 보기는커녕 숙제조차 하기 힘들다.

바다가 바로 옆에 있어도 아이들이 학교 수영장에서 수영을 배우는 터라, 쇼타는 섬 아이들 사이에서도 괴짜로 통한다.

한편 훤칠한 쇼타의 형은 농업고등학교에 다니는데, 자영농이 살아가기 힘든 일본 농업의 미래를 고민한다.

나는 작품의 후기에 이런 의미의 글을 썼다.

"도시 아이에게는 도시 생활이 있고 농촌 아이에게는 농촌 생활이 있다고 생각했는데, 그 생각을 고쳐야 할 것 같다. 오늘날처럼 문명이 발달하면 둘의 차이가 거의 사라져 도시에서 일어나는 문제가 농촌에서도 동시에 일어나는 것 같다."

자연 속에서 모든 에너지를 쏟아부으며 노는 일과 노인들로부터 생활의 깊은 지혜를 배우는 일은 원래 어린이의 성장에서 빠져서는 안 되는 중요한 것이었지만, 지금은 이런 일이 농촌에서도 불완전하게 이루어지거나 거의 이루어지지 않는다.

마을 아이들은 학교에서 돌아오면서 우리 집 닭들을 신기하다는 듯이 들여다본다.

집안일을 거드는 아이도 거의 없다시피 하다.

한없이 쓸쓸해진다.

도시에는 내가 제시한 아이들의 유토피아가 더 이상 존재하지 않을 수도 있지만 농촌이나 산촌에서는 아직 완전히 사라지지 않았다.

아까운 보물을 썩힌다는 말이 있는데, 만약 그렇다면 우리 어른의 책임이 막중하다.

진지하게 생각해봐야 할 문제다.

그래도 우리 마을 아이들을 보고 있으면 역시 시골 아이들이구나, 하고 미소를 지을 때가 있다.

아이들이 다니는 학교와 우리 집은 꽤 멀리 떨어져 있다.

하교 때는 등교 때와 달리 다들 쉬며 놀며 느릿느릿 집으로 돌아간다. 풀꽃을 꺾기도 하고 돌담 사이의 구멍을 들여다보기도 한다.

내 어린 시절과 똑같구나 싶어서 괜히 흐뭇해진다.

얼마 전 도루라는 아이와 지카라는 아이가 우리 집에 놀러 왔다. 마침 쉬고 있던 터라 아이들을 맞았다.

쉬고 있다고는 했지만 손으로는 출판사 증정본의 포장지를 뜯고 있었다.

내가 아무 말도 하지 않았는데 도루와 치카는 내 앞에 수북이 쌓인 종이를 한 장 한 장 착착 펴고 끈으로 꽉 묶어 아주 작은 뭉치로 만들었다.

'도시 아이들도 이럴까?' 하고 생각했다.

물론 이 녀석들이 내가 내준 초콜릿을 한 조각도 남김없이 몽땅 먹어 치우긴 했다.

우리 집
식탁

わが家の食卓

      한 잡지사에서 '우리 집 저녁 식탁'이라는 코너에 실을 사진을 찍으러 왔다.

  지금까지는 어떤 경우에도 사적인 부분은 공개하지 않는다는 원칙을 고수했지만 이때만큼은 내 뜻을 접고 허락했다.

  나의 자급자족 생활을 공개함으로써 자연식(단, 시중에 나와 있는 이른바 자연식품이라는 상품들은 왠지 수상쩍으므로 추천하고 싶지 않다)을 지향하는 사람에게 좋은 자극이 될 수 있으면 좋겠다, 그런 사람이 더 늘었으면 좋겠다고 생각했기 때문이다.

  가공식품을 모조리 거부할 마음도 없고 반드시 자연식을 해야 한다고 설교할 마음은 더더욱 없다.

  시내에 나가면 화학조미료가 듬뿍 들어간 라면을 먹고 사람들이 권하면 식품첨가물이 들어간 음식을 먹거나 술도 마신다.

  그때는 이런 음식을 몸속에 넣어 저항력을 키워야 일본 땅에서 살 수 있다는 비장한 생각을 하기도 한다.

하지만 조금이나마 자급자족을 지향함으로써, 또는 자연식을 지향함으로써 많은 것을 배우게 된다.

생명에 대한 경외감을 배울 수도 있고 무엇 하나도 허투루 쓰지 않는다는 당연한 일을 몸에 익힐 수도 있다.

중요한 것은 바로 그것이다.

식품회사의 비인도적인 모습을 알고 그것을 비난하기 전에 내 몸을 지킬 수 있는 방법을 알지 못하면 건강을 자신할 수 없는 것이 오늘날의 현실이다.

일본인이 먹을거리에 무지하고 게으른 것은 분명한 사실이다.

이쯤에서 그만 화를 누그러뜨리는 게 좋겠다.

아무튼 그날 우리 집 저녁상은 그야말로 진수성찬이었다. 꿩바비큐, 닭꼬치(닭고기, 파), 붕어회, 잉어회, 전골(토란, 무, 당근, 닭고기), 팽이버섯구이, 마즙(자연산 마), 경수채겨자무침, 시금치무침.

꿩고기는 얻은 것이지만 나머지는 대부분 내가 직접 기르고 직접 마련한 것들이다.

'모두'라는 말은 쓰지 못하는 까닭은 소금, 간장, 다시마, 가다랭이포, 흰 된장, 겨자는 가게에서 산 것이기 때문이다. 완전하지는 않지만 거의 자급자족에 가깝다.

늘 이렇게 호화로운 식사를 할 수 있는 것은 아니지만, 돈이 없어도 조금만 궁리하고 애쓰면 그 어떤 요리보다 훌륭한 요리를 만들 수 있는 것이 자급자족의 장점이다.

돈을 주고 산 것은 조미료 종류뿐이므로 겨우 200엔 정도밖에 들지 않았다.

명색이 '우리 집 저녁 식탁'인데 식구가 나 혼자뿐이라 사진이 별로였다. 마침 연재 원고를 가지러 와 있던 편집자 구와바라 가쓰아키 씨와 내 책에 삽화를 그리는 화가 쓰보야 레이코 씨, 나의 농사일 스승인 와키모토 씨에게 가족이 되어달라고 부탁해서 무사히 촬영을 마쳤다.

"아무리 그래도 자급자족으로 진수성찬을 마련하기는 힘들죠."

내가 이렇게 말하자 다들 자세를 고쳐 앉으며 "네." 하고 말했다.

추운 날씨에 붕어나 잉어를 잡는 고생도, 닭을 잡는 괴로움도, 자연산 마를 캐는 고생도 갑작스레 나의 가족이 되어준 이 사람들은 체험으로 잘 알고 있었던 것이다.

물론 이 사람들이 없었다면 나는 이런 진수성찬을 차리지도 않았을 것이다(이렇게 말하면 모든 일을 나 혼자 한 것 같지만 다들 많이 도와주었다).

여기에 직접 담근 탁주까지 있으면 더할 나위 없다. 사실 나는 《탁주를 담그자》라는 책을 갖고 있지만 실천할 만큼의 용기는 없다. 그쪽 분야에 있는 분들은 이 점을 다행으로 여기시길.

타이의
농촌에서

　　　연말에 집중적으로 작업한 덕분에 오랜만에 보통 사람들
처럼 정월 휴가를 보낼 수 있게 되었다. 팔순이 가까운 아버지를 모시고
타이로 여행을 갔다. 해외여행이 처음인 형제들의 가족도 함께 갔기 때
문에 처음부터 끝까지 여간 힘든 일이 아니었다.

　관광 코스를 함께 도는 일은 몹시 고통스러웠다. 해외여행 자체가 죄
악이며 그 나라에 대한 침략이라는 사실은 관광 코스를 돌아보면 금방
이해할 수 있다.

　수상시장 관광으로 연안 주민들이 입는 피해는 상상을 초월한다. 과
속으로 달리는 관광여객선의 물보라를 뒤집어쓴 한 할머니가 우리에게
욕을 퍼부었다. 저절로 몸이 움츠러들었다.

　원래 그곳에서 장사를 하던 사람들은 다 떠났는데도 수상시장이 번창
하는 기묘한 현상도 일본인을 중심으로 한 관광객이 만들어낸 것이다.

　'나이트 라이프'라는 입에 담기 역겨운 말을 만들어낸 환락가에 가볼

것까지도 없이, 한 나라의 문화를 파괴하는 데 일조한 우리의 죄는 결코 가볍지 않다.

우리는 방콕 관광을 서둘러 마치고 옛 도시인 아유타야로 갔다.

길 양옆이 온통 논이다. 나의 이번 여행 목적은 타이의 농업을 살짝이라도 엿보는 것이었다.

지금껏 내 여행의 목적은 불상과 불교 유적, 시장을 둘러보며 걷는 것이었다. 논이나 밭에 무엇이 자라고 있건 관심도 없었는데, 엄청난 변화라고 생각한다.

드문드문 벼 베기를 하고 있었다. 한 달 뒤가 벼 베기에 가장 적기라고 한다.

가이드에게 실제로 현장에 가서 농부와 이야기를 나눠보고 싶다는 뜻을 전했다. 단체여행이 아니기 때문에 이런 경우 행동이 자유롭다.

도로에서 벗어나 어느 농촌 마을에 차를 세웠다. 농가 앞에 불쑥 차를 세우는 것은 무례한 짓이므로 조금 떨어진 곳에 차를 대고, 작은 강에 걸린 가느다란 대나무 다리를 건너 한 농가로 다가갔다. 개가 사납게 짖어댄다.

주부인 듯한 젊은 여자가 나왔다. 우리 목적을 통역에게 전했다. 몇십 미터 떨어진 곳에서 일하던 중년 여자가 우리를 보고 큰 소리로 호통을 쳤다.

"여긴 구경거리가 아니오. 썩 돌아가시오."

그렇게 말하는 것 같았다.

"저는 일본의 농부입니다."

가이드에게 얼른 그렇게 말하라고 재촉했다. 엄밀히 따지면 사실이 아니지만 부디 양해해주기 바란다.

뜻이 대충 전해지긴 했지만 그래도 주뼛거리며 일하는 사람들에게 다가갔다. 그런데 생각지도 못한 일이 벌어졌다.

좀 전에 무서운 얼굴로 호통치던 여자가 내 손에 낫을 쥐여주었다. 물음표 모양으로 생긴 낫이었는데 안쪽 면에 톱니가 있었다.

믿을 수 없는 일이지만 그 낫으로 벼 이삭을 일일이 잡아당기듯이 끌어와 베고 있었다. 벼가 갈대처럼 굵기 때문인지 벼 이삭이 달린 부분만 베어냈다. 나는 옆 사람을 흘깃흘깃 훔쳐보면서 작업을 이어나갔다. 섭씨 32도나 되는 불볕더위 속에서 일하기도 힘들었지만 아무리 열심히 낫질을 해도 애달프리만치 작업이 더뎠다.

움막이나 다름없는 집에 가구도 거의 없는 것으로 보아 살림살이를 충분히 짐작할 수 있었다.

나는 나라가 부유하다는 게 어떤 것인지 멍하니 생각했다.

일본은 경제대국이라거나 선진국이라고 일컬어진다. 일본은 타이보다 상대적으로 풍요로운 나라일지 모른다. 그러나 그 풍요로움은 늘 농민들의 희생 위에 존재한다.

농민들이 풍요로워질 수 있는 정치를 지향하는 정치가는 더 이상 지구에 존재하지 않는 것일까.

나의
과실치사죄
ぼくの過失致死罪

바다를 좋아하고 여름을 좋아하는 사람은 아무래도 겨울
나기가 힘들다.

그런 생각을 하고 있는 와중에 자꾸 맥 빠지는 일이 생긴다.

벼를 수확한 뒤 밀을 파종했는데 참새와 까마귀가 죄다 쪼아 먹어버
렸다. 고랑에는 지름 5센티미터쯤 되는 구덩이가 만들어져 있었다. 배를
채운 참새가 모래목욕을 즐긴 흔적이라고 한다. 아주 신났구나, 싶었다.
이제 어떡할 거야! 하고 따지고 싶지만 참새한테 그게 무슨 소용이랴.

눈물을 머금고 다시 밀을 파종했다.

고작 200제곱미터 정도라고 해도 찬 바람을 맞으며 새로 고랑을 내고
씨를 뿌리고 흙을 돋우는 작업은 여간 힘들지 않다. 그야말로 눈물이 찔
끔 날 정도다.

"지금 뿌리면 너무 늦어요. 이삭이 패도 여물지 않고 꺼메질 거야."

웬 낯선 중년 남자가 나타나 그런 말을 한다.

'남의 일에 상관 마시오.'

마음속으로 그렇게 대꾸했다. 심사가 적잖이 뒤틀려 있었다.

이삼일 집을 비웠다가 돌아오니 밀밭에 스즈메오도시(밭 가장자리에 쳐두면 바람이 불 때마다 소리가 나는 장치로, 참새를 쫓는 데에 쓴다)가 쳐져 있다.

알고 보니 다카다 씨네 할머니와 할아버지께서 만들어주신 거였다.

"추운 날씨에 선생님이 얼마나 힘들게 작업하셨는데."

그렇게 말하며 대나무를 세우고 끈을 둘러치신 모양이었다. 이번에는 마음속으로 두 손 모아 감사했다.

밀만 피해를 입은 줄 알았는데 양배추도 마찬가지였다. 한복판에서 쪼아 들어가 속에 있는 심까지 먹어치운 걸 보니 마치 내 두개골에 구멍이 뚫린 것 같은 기분이었다. 직박구리의 짓이다.

겨울철에는 새들이 먹이가 부족하기 때문에 아무래도 농작물에 피해를 입힌다.

새를 사랑하는 마음만으로는 해결이 안 된다. 모피 옷을 휘감은 사람이 제아무리 동물을 사랑하자고 외친들 위선으로 보일 뿐이다.

이런 글을 쓰면서 나도 오십보백보라는 생각이 들었다.

동생이 새끼 메추라기와 당닭이 생겼는데 혹시 필요하냐고 물었다. 두말없이 맡겠다고 했다.

그렇게 해서 우리 집 닭장에 메추라기와 당닭이 새로 들어왔다. 그러나 메추라기의 습성을 전혀 모르면서 메추라기를 기르려고 했던 것부터 잘못이었다. 곧바로 비극이 벌어졌다(한 우리에 오리, 닭, 당닭, 메추라기를 함께 키우려면 각 동물의 습성을 잘 알아둬야 한다).

메추라기는 원래 야생동물이다. 꽤 잘 난다.

갑자기 환경이 변해서 놀랐는지(애완동물 가게의 좁은 우리 안에서 보호를 받으며 지낸 모양이었다) 몹시 신경질적으로 퍼덕퍼덕 날아다녔다. 쇠그물에 부딪쳐 자꾸만 오리들의 물웅덩이로 떨어졌다. 한겨울이었다.

부랴부랴 건져와 전등으로 몸을 데워주었지만 몇 마리는 끝내 죽고 말았다. 내 과실치사죄다. 실망도 실망이지만 죄를 지은 듯한 씁쓸한 뒷맛에 두고두고 기분이 우울했다.

지금은 메추라기들끼리 지내는 우리를 만들어 주었는데도 절반만 살아남았다. 처음 동물을 키우기 시작할 때는 초봄이 좋다고 배웠는데 그 사실도 까맣게 잊고 있었다.

무슨 일이건 시행착오를 겪으며 몸에 익히게 마련이지만 동물을 키우는 경우에는 생명이 희생된다. 그것이 몹시 괴롭다.

그래서 요즘 나는 기분이 몹시 좋지 않다.

겨울의
진수성찬
冬のご馳走

"아와지 섬이 아무리 따뜻하다 해도 겨울철에 자급자족 생활을 하기는 힘들 것 같아요. 채소가 부족한 계절인데 혹시 비타민이 부족하지는 않나요?"

독자한테 이런 편지를 받았다.

요즘은 슈퍼에 가면 계절에 상관없이 온갖 채소를 살 수 있는 시대다. 이런 생각을 해주는 것만으로도 고맙다.

아와지 섬에서 동해안은 따뜻하지만, 내가 살고 있는 서해안은 추위가 살벌하다. 며칠 전 벌써 눈이 조금 쌓였다.

물론 힘이야 들지만 내 자급자족 생활에는 한 치의 빈틈도 없다. 내 의지가 강해서가 아니라 자연의 은혜는 아주 세세한 곳까지 두루 미치기 때문이다.

나는 양배추를 채 썰어 끓는 물에 살짝 데쳤다가 시치미토가라시고추, 깨, 유채씨, 산초 등 일곱 가지 양념으로 만든 일본의 조미료를 뿌려 먹는 것을 좋아한다. 아무리 먹어도 질리지 않는다. 이 양배추는 단맛이 굉장히 강한데, 집에 찾아온 편집자가 먹어보더니 도저히 못 믿겠다는 표정이다.

이런 양배추가 밭에 가득하다.

시금치도 먹고 남을 만큼 많다. 바닥에 납죽 붙어 추위를 견딘다. 뽑는다기보다 캔다는 느낌으로 뽑아 오는데, 뿌리가 실하고 맛이 달며 씹는 감촉이 부드러워 더할 나위 없이 맛있다. 때때로 밖에서 시금치무침을 먹을 때가 있는데 꼭 다른 채소를 먹는 것 같다.

파, 쪽파, 경수채는 날이 추워져야 제맛이 난다. 파는 너무 자라서 딱딱해지고 쪽파는 잎이 시들시들해져서 처음엔 이게 어찌 된 일인가 싶지만 그것이 추위를 견디는 방편인 것 같았다.

나는 쪽파초무침을 무척 좋아해서 자주 만들어 먹는데 이것은 비타민C의 보고다.

배추도 있고 감자, 고구마도 저장해두었다. 당근은 땅속에서 잘 자라고 있다.

아침에 일어나면 갓 딴 밀감으로 주스를 만들어 먹으니까 절대로 비타민C가 부족할 리는 없다.

자연은 참으로 고마운 존재다.

늘 얻어먹기만 하지 아직 직접 만들어본 적은 없는데 이웃 농가에서는 추위를 이용해 낫토를 만든다.

만드는 법을 배웠는데 너무 간단해서 어이가 없을 정도였다. 삶은 콩을 볏짚에 싸서 탕파^{뜨거운 물을 넣어서 몸을 데워주는 기구}와 함께 이불 속에 넣어두기만 하면 된다. 원래는 왕겨 속에 파묻고 무거운 것으로 눌러두지만 적은 양을 만들 때는 이 방법도 괜찮다고 한다.

사흘이면 먹을 수 있다. 완성된 뒤에는 냉장고에 보관하면 오래간다.

나는 낫토에 갓 낳은 달걀을 하나씩 떨어뜨려 먹는다. 낫토가 다 떨어질 때쯤이면 또 어디선가 생기기 때문에 내가 만들 짬이 없다.

하루 종일 방 안에서 작업을 할 때는 난롯불에 콩을 삶는다. 고기와 감자, 당근, 양배추를 보글보글 삶아서 보르시_{쇠고기와 갖가지 채소로 만드는} 러시아의 대표적인 수프를 만들 때도 있다.

깊은 밤 술 한잔 기울이며 이 수프를 후루룩거릴 때의 행복은 무엇과도 바꿀 수 없다.

"하이타니 씨는 혼자 살아서 편식하기 쉬우니까 영양사인 내가 만든 식단으로 건강을 지키세요."라고 말한 오지랖 넓은 여성도 있었지만, 자연으로부터 얻은 것을 먹고 옛사람들의 지혜에 감사하는 식생활을 하면 편식은 있을 수 없다.

어정쩡한 영양학 지식을 뽐내다가는 자칫 식품회사의 먹잇감이 되어 중요한 것을 놓치고 만다.

매화꽃이
피다

梅の花咲く

감자 옮겨심기를 끝내고 집 안으로 들어가자마자 전화벨이 울렸다. 포크가수 다카이시 도모야 씨의 사무실이었다. 매니저인 사카키바라 시로 씨가 뉴저팬 호텔 화재사고1982년에 도쿄 도 중심가에 있는 뉴저팬 호텔에서 투숙객의 담뱃불이 원인으로 33명이 목숨을 잃은 사고. 미흡한 대처와 호텔 쪽의 불법경영, 뇌물상납 등이 문제가 되었다로 죽었다고 한다.

정신이 아득하다.

붙임성 좋은 앳된 얼굴을 다시 볼 수 없다니 믿을 수가 없다.

사카키바라 씨는 나를 볼 때마다 야구 한판 해야죠, 하고 말하곤 했다.

나는 딱 한 번 교토의 어느 야구장에서 다카이시 씨가 속한 그룹인 '나타샤세븐'과 한 팀이 되어 역전 삼루타를 날린 적이 있다. 그 일로 내 야구 실력이 꽤나 좋은 줄 알았는지 나만 보면 늘 야구를 하자고 했다. 다시는 함께 야구를 할 수 없다고 생각하니 후회스러워 눈물이 났다.

그렇게 모두한테 두루두루 사랑받는 사람도 드물다. 그 사실을 말해주듯 장례식에 참가한 400~500명이 대부분 눈물을 흘리고 있었다.

죽기 직전까지 함께 있었다는 에이 로쿠스케일본의 작사가, 방송진행자 씨는 그런 범죄를 방치하고 선량한 시민을 학살하는 행위에 가담한, 약자에 대한 배려 없는 이 나라의 행정을 절대로 용서할 수 없다고 눈물을 흘리며 조의문을 낭독했다.

말 그대로다. 그는 죽임을 당한 것이다. 수많은 사람의 눈물 속에 분노와 통한이 서려 있다는 사실을 위정자들은 알아야 한다.

나는 내내 눈물을 참고 있었다.

하지만 참석자 한 사람 한 사람에게 고마움을 표시하며 너무나도 꿋꿋하게 견디고 있는 다카이시 씨를 보자 더 이상 참을 수가 없었다.

그는 몇 년 전, 둘도 없는 친구 하나를 교통사고로 잃었다. 스스로도 재기할 수 없으리라고 생각했을 만큼 큰 타격을 입었다. 그런데 이번에 또 이런 일이 벌어진 것이다.

통곡하고 싶은 것은 누구보다 다카이시 씨이리라.

내 눈물을 보고 그가 나에게 무너지듯 매달렸다.

'다카이시 씨, 힘내요. 사카키바라 씨 몫까지 꿋꿋하게 살아야 하잖아요, 안 그래요?'

내가 할 수 있는 일은 다카이시 씨의 팔을 붙들고 마음속으로 그렇게 외치는 것뿐이었다.

사카키바라 씨의 죽음을 전후로 한 일주일 사이에, 나는 가까운 사람을 셋이나 잃었다.

"송이버섯이라니, 이게 몇 년 만이냐. 죽기 전에 마지막으로 먹어볼 기회인지도 모르겠구나."

선물로 들고 간 버섯을 먹으며 그렇게 말하던 이모는 말처럼 곧바로 돌아가셨다.

"네가 나오는 방송은 빠짐없이 챙겨 보고 있단다."

그렇게 말하던 작은어머니도 사각사각 마른 소리를 내는 하얀 재가 되어버렸다.

내 코흘리개 시절을 알고 있는 사람이 이렇게 하나둘씩 줄어간다.

올해도 매화꽃이 피었다.

나는 희고 작은 꽃을 쓸쓸히 바라보고 있다. 이 중 어떤 꽃이 사카키바라 씨일까 생각한다. 이모는 어떤 꽃일까 생각한다.

언젠가부터 매화나무 밑에 작은 생명을 묻는 버릇이 생겼다.

작은 생명은 붕어나 잉어 머리일 때도 있다. 유리문에 부딪혀 죽은 작은 새일 때도 있다.

어릴 때 많이 했었지, 생각하며 나는 어른이 되어서도 조촐한 장례식을 치른다.

북쪽
지방에서
北の国から

네무로_{홋카이도} 동쪽 끝에 있는 _{항구도시}에 사는 아시자키 씨 부인의 편지가 왔다. 첫머리에, 항구는 아직 얼음 세상이지만 햇살은 따사로워지기 시작했다고 쓰여 있다. 별것 아닌 인사말 같지만 혹독한 환경 속에서 살아가는 사람들은 도시 사람이 좀처럼 느끼지 못하는 미세한 자연의 변화를 아는 법이기에 그 말의 의미가 소중하게 느껴진다.

이곳 섬에서 두 번의 겨울을 보내고 나니, 나도 그 의미를 조금은 알 것 같다.

혹독한 추위에 딸기 잎이 시들시들한데도 그 잎 그늘에서 이름도 없는 풀이 작디작은 쪽빛 꽃을 피운 모습을 보고 놀란 적이 있다.

새들이 날아다니는 모습도 자주 보여 봄이 멀지 않았구나 생각하기도 한다.

이렇듯 눈에 보이는 것은 쉽게 글로 쓸 수 있지만 아주 가끔씩, 오감으로 문득 느껴지는 계절의 변화는 설명할 길이 없다.

지금까지 봄이 오는 것은 머리로만 알 수 있다고 생각했는데 올겨울 처음으로 오감으로도 느낄 수 있다는 것을 알았다.

올해도 오호츠크 해의 유빙을 보러 가지 못했다.

머나먼 극한의 땅에서 봄의 기운을 느끼는 건 얼마나 멋진 일일까, 그 땅에 사는 사람들의 고충은 돌아보지 않은 채 거만한 생각을 한다.

여담이지만, 네무로에서 먹었던 하나사키가니소라게의 일종의 맛은 잊을 수가 없다.

가난했던 젊은 시절, 여행을 동경했던 적이 있다. 마음처럼 되지 않는 현실의 우울함을 여행책으로 달랬다.

어느 잡지에 사막의 붉은 선인장꽃처럼 새빨간 하나사키가니 사진이 있었다. 그리고 맛이 얼마나 기가 막힌지도 쓰여 있었다. 과장이 심하다고 생각할지 모르지만 하나사키가니는 내 청춘의 꿈이었다.

주로 남쪽을 돌아다녔지 북쪽 땅에 발을 디딘 적이 없던 나는 그로부터 20여 년이 흐른 뒤에야 홋카이도를 방문할 수 있었다.

그곳에서 마음씨 좋은 분들을 많이 만났다. 두유와 현미주먹밥을 챙겨 플랫폼까지 마중 나오셨던 분, 교과서에 실린 내 작품을 공부했다는 이유로 나를 반갑게 맞아주었던 어느 초등학교의 전교생, 300킬로미터나 되는 거리를 차로 달려 내 강의를 들으러 와주신 분, 일일이 꼽자면 끝이 없다.

여행 끝머리에 네무로를 찾았다. 그리고 내 '청춘의 꿈'을 만났다.

아시자키 씨는 하나사키가니가 그득한 소쿠리를 들고 있었다.

아시자키 씨가 잡아준 여관방에서 나는 그 게를 향해 맹렬히 돌진했다.

다른 요리는 아무것도 없다. 술도 없다. 오직 게 자를 때 쓰는 가위 하나뿐이다.

아시자키 씨는 왜 이런 대접을 해주셨을까.

나중에 댁으로 나를 불러 부인과 따님이 마련한 정성 어린 가정요리를 따로 대접해주신 것으로 보아, 아시자키 씨는 내 마음을 훤히 꿰뚫어 보았던 게 분명하다.

북쪽 지방에는 그렇게 배려심 깊은 사람들이 많다.

편지 끝머리에는 그때 그 훌륭한 음식을 만들어주었던 따님이 이번에 결혼을 한다고 적혀 있었다.

그런 좋은 일이 있었구나.

초봄의 가장 반가운 소식이다.

좋은 일은 연이어 생기는 법이다.

홋카이도 후라노에 살고 있는 구라모토 소일본의 극작가, 소설가 씨가 리론샤에서 출판한《북쪽 땅에서》로 제4회 로보노이시 문학상을 받았다는 소식이 전해졌다.

구라모토 소 씨 축하해요. 리론샤도 축하합니다.

폭풍이
물러가다
あらし去る

　　　　아침에 일어나 신문을 살펴보니 '봄 폭풍, 춤을 추다'나
'아와지 섬에 두 번째 봄 폭풍이' 같은 제목으로 일제히 어제의 봄 폭풍
소식을 다루고 있었다. 사실, 어제 바람은 정말이지 무시무시했다.

　집 앞 대밭의 14~15미터나 되는 커다란 대나무가 자연의 힘 앞에서
속절없이 휘청거린다. 이제 겨우 20센티미터 높이로 자란 완두가 강한
바람을 견딜 수 있을지 걱정되지만 할 수 있는 일은 아무것도 없다.

　덧문이 요란하게 덜컹거린다.

　천창에서 새어 들어온 바람에 목욕탕과 화장실 문이 활처럼 휜다.

　나는 아는 분이 보내준 오키나와 소주를 꺼내 벌컥벌컥 들이켜며 이
폭풍은 내 인생을 상징하는 것 같아, 험난한 내 앞길을, 하고 생각한다.

　일일이 푸념을 늘어놓을 수는 없지만 지난 몇 달 새 어깨가 움츠러드
는 일이 연이어 나를 덮쳤다.

　나는 무시무시한 바람 소리를 듣고 있다.

원래부터 역경의 인생 아니었던가. 그렇게 느긋해져본다. 용기가 나는 것 같다.

더 불어라. 더 세게 불어라.

오늘 아침 거짓말처럼 날이 갰다.

참새 소리가 요란하다.

완두 덩굴손이 한쪽으로 기울어 있었지만 가느다란 푸른 줄기는 지지대를 단단히 휘어감은 채 언제 폭풍이 불었냐는 얼굴을 하고 있다.

어쩐지 어제의 내가 부끄러워진다.

유채꽃(사실은 먹고 남은 순무가 자라서 꽃을 피운 것인데 유채꽃과 거의 똑같이 생겼다)에 등에와 꿀벌이 모여들고 있다.

어제 폭풍이 칠 때 너희는 어디 있었니?

마당을 둘러본다.

모란 새싹이 붉은 말미잘처럼 보인다. 촉수를 뻗어 푸른 하늘을 잡으려 하고 있다.

수유나무 이파리는 기분 좋게 햇살을 받고 있다.

황매화나무, 앵두나무, 개나리 같은 나무들은 개구쟁이 꼬마처럼 푸른 싹을 하늘로 쭉 뻗고 있다.

튤립과 아네모네도 반갑다는 듯이 얼굴을 내밀었다. 꽃이 피려면 아직 멀었지만 올해는 우리 집에 적응할 것 같다.

지난해, 이 식물들은 우리 집과 어울리지 않는다며 친구들에게 몹시 괄시를 당했다.

도시적인 분위기를 풍기는 데다 워낙 가녀려서 그런 말을 들어도 어쩔 수 없지만 그래도 나는 심통이 난다. 알뿌리를 캐내지 않고 그대로 땅속에 재웠다. 조그맣고, 화려하지 않더라도 강한 품종으로 개량할 셈이다. 말하자면 나처럼.

마당을 나서 밭을 둘러본다.

밀이 간신히 싹을 틔웠다. 이 녀석도 올해는 많이 힘들었다.

함께 살아내자꾸나, 하고 중얼거려 본다.

생명 있는 모든 것은 한없이 사랑스러운 존재다.

나의 아와지 섬 생활은 앞으로도 계속되리라.

태양의 눈

小虫のようにはっている
世界を見れば　いつもどこ
どうしてだろう

たれかをきらいになったりすると
人にきらわれたり
人をにくんだりする人間になりたくはない
みんなに好かれて
みんなを愛する人間になりたいと
だれだって思っている
毎日のくらしの中には
人の心をちくちくさすような意地悪な気持が

오늘날 우리는 '선택'이라는 것을 너무 많이 잊고 산다.

남한테 맞추기에 급급하다.

그 결과 물질문명에 매몰된

소심하고 주눅 든 인간들이 넘쳐난다.

행복은 무사안일하게 사는 것을 뜻하지 않는다.

고난의 길을 걸으려는 사람에게

박수 정도는 보낼 수 있는 상냥함을

왜 찾지 못하는 것일까.

어린이 시에 보이는
아버지상

子どもの詩にみる父の像

　　　　가와이 하야오 씨는 최근 저서 《원숭이의 눈 사람의 눈》
에서 어머니의 기원은 2억~3억 년 전으로 오래되었지만, 아버지의 역
사는 기껏해야 200만~300만 년이라고 지적했다.

　책에 인용된 미국의 인류학자 미드 여사의 말도 매우 흥미롭다.

　"아버지는 인류의 발명품이다. 어머니와 아이의 관계는 숙명적이다.
어머니가 자신의 몸에서 아이를 떼어내는, 생물학적 차원을 기초로 성
립되기 때문이다. 그러나 아버지는 어디까지나 사회적 존재일 뿐 아니
라 사회의 진화 과정에서 비교적 새롭게 생겨난 존재다. 그리고 사회적
발명품인 이상, 사회가 어떤 형태를 띠느냐에 따라 어떻게든 변할 수 있
는 존재다."

　사회가 어떤 형태를 띠느냐에 따라 어떻게든 변할 수 있다는 말은 매
우 냉정하지만 진실이리라.

가와이 하야오 씨는 다음과 같은 말도 한다.

"모계사회에서 부계사회로의 이행은 사회 발달과 더불어 일어나는 일반적인 현상이다. 우리나라에는 가부장제가 완벽하게 구축되어 있었다. 전후에 가족의 해체와 함께 가부장의 자리는 와해되었고 지금은 아버지의 자리조차 뿌리 없는 풀처럼 몰락해버렸다."

정말 그럴지도 모른다. 아버지나 어머니에 대해 쓴 아이들의 시를 읽어보면 어머니는 생활인이고 아버지에게는 어딘지 모르게 유아성이 남아 있다.

화장

5학년 남자아이

치덕치덕
토독토독
슈우욱
엄마가 화장을 시작했다
못생긴 바탕에 크림을 바르고
입술을 바르고
분칠을 하고
스프레이를 뿌리며

화장을 한다
"화장을 하는 건
첫 번째가 파리
두 번째가 고양이
세 번째가 여자라더니
정말 그렇구나."
하고 내가 말했다
그러자 엄마가
"파리나 고양이한테 질 순 없지."
하고 다시 톡톡거리기 시작했다
나는 어이가 없어 2층으로 올라갔다

술집

3학년 기타아키 히로유키

아빠는 술집에 가기 전에
얼굴을 쭈그러뜨리고 웃는다
기분이 좋아서 그러나 보다
엄마는

빨리 들어와요
하고 상냥하게 말한다
아빠는
술집 여자랑 엄마 중에
누가 더 좋을까

나는 영화 〈크레이머 대 크레이머〉를 두 번 보았는데, 두 번 다 여성 관객이 압도적으로 많았다.

좀 의아했다.

그 영화를 보고 더 공감하는 쪽은 여자보다 남자 아닐까.

영화 첫 부분에 인상적인 장면이 있다. 아내가 떠나버린 집에서 아침에 먼저 아빠가, 그다음에 아들이 소변을 본다. 관객에게 소변 소리가 들리도록 연출하는데, 생활이란 어떤 것인가에 대해 암시하는 것 같아서 흥미로웠다.

생활 감각의 상실은 어머니보다 아버지 쪽에서 훨씬 심각하게 진행되고 있는 듯하다.

가정에서 인간적인 교류가 일어나면 어린이의 안테나는 기다렸다는 듯이 즉각 반응한다. 그때도 아버지가 좀더 우스꽝스럽게 그려진다.

아빠

1학년 야나기 마스미

아빠가

늦게 와서

엄마가 화가 나서

집에 있는 문을

모두 잠가버렸습니다

그런데

아침에 보니까

아빠는 자고 있었습니다

영화 〈크레이머 대 크레이머〉에서 저스틴 헨리가 연기했던 아들이
꽤나 강인한 생활인이었듯이 대부분의 아이들이 아버지보다 강하다.

결혼

1학년 세키구치 히데히코

아빠랑 엄마랑

연애결혼 했다고 한다

아빠는 성실하게

지금까지 월급봉투를

한 번도 안 열어보고

통째로 가지고 온다

엄마가 아빠를 좋아하게 된 건

아빠가

나에게 당신은 인생이라는 항로의 등대라오

라는 편지를 썼는데

그래서 결혼했다고 한다

그러니까 나는 등대의 아이입니다

"그러니까 나는 등대의 아이입니다"라니, 이런 깜찍한 농담이 있나.

현대의 아버지가 생활인으로서 체질이 허약한 까닭은 아이의 자립을 돕는 교육을 남에게 맡겼기 때문이기도 하다.

'경제적 측면에서 아이들 양육에 참여하는 것'이 아버지의 조건이라고는 해도 그것은 단지 조건 중 일부일 뿐, 아버지도 인간인 이상 자신의 인간적인 성장을 아이 앞에 드러내 보일 용기를 갖지 않으면 아버지로서 진정한 의미는 없지 않을까.

〈크레이머 대 크레이머〉를 예로 들지 않더라도 생활이란, 설령 물질적으로 풍요롭다 해도 어려움을 헤치고 나가지 않고서는 성립될 수 없다. 그렇게 했을 때에야 비로소 인간적인 상냥함이나 타인에 대한 배려를 체득할 수 있다.

그런 길을 함께 걸을 수 있었던 것은 아버지와 아들, 두 사람에게 행복이었다.

"두 사람의 생활이 나를 강하게 만들었다!"

더스틴 호프먼의 외침은 부모와 자식 관계가 어떤 것인지 말해준다.

교육은 기성세대가 일상생활에서 쌓은 다양한 지혜와 행동을 인간적인 교류를 통해 젊은 세대에 전해주는 일이고, 학교교육은 그 바탕 위에서 이루어진다는 사실을 현대인들은 잊고 있다. 교육에서 아버지가 차지하는 위치는 중요하다. 자식을 기르는 행위를 통해 스스로도 성장해 나간다.

부모 자식 관계가 대등하다는 것은 함께 배운다는 것을 의미한다.

부모 자식 관계의 단절은 아버지가 본연의 의무를 게을리한 채 부모의 권위만 휘두르거나 부모의 가치관을 덧입히기 위해 아이의 비위를 맞추는 경우에 발생한다.

아이는 부모의 생활이 자신과 단단히 이어져 있다는 것을 자각했을 때 더없이 상냥해진다.

욕조의 모래

6학년 다키나미 게사오

아빠가 목욕을 하고
나왔다
내가 그다음에 들어갔다

욕조 뚜껑을 여니까
욕조에 모래가 조금 있었다
우리를 위해
일했기 때문이다

요즘 들어 기분 좋은 일이 있다.

만화《꼬마 치에》가 널리 읽히고 있다. 치에는 체육과 주산을 빼면(돈계산만큼은 천재적이라는 것도 재미있다) 모든 과목이 양 아니면 가다. 치에에게 학교는 한숨 돌리며 쉬러 가는 곳이다.

치에의 아버지는 자식한테 아버지 소리도 듣지 못하고 이름으로 불릴 만큼 도통 아버지답지 못하고 싸움을 잘하는 것이 유일한 장점인, 그야말로 극도의 생활 파탄자라고 할 수 있는 인물이지만, 치에와는 사이가 아주 좋다(어떻게 좋은지는 작가인 하루키 에쓰미 씨를 위해 설명하지 않겠다. 사서 읽어보기 바란다).

이 만화는《하구레구모》,《다메오야지》아내와 자식에게 구박받는 무능한 회사원을 그린 난센스 만화와 나란히 고도성장이 만들어낸 현대 아버지에 대한 강렬한 안티테제가 아닐까.

아빠

1학년 모토오카 신야

내가 놀다가
고추를 다쳤다
그래서 아빠가
반창고 붙여줬다
사나이끼리니까

나는 이런 세계가 정말 좋다.

우리가 말하는
애국심
ぼくたちのいう愛国心

　　　　아와지 섬 산촌에 살기 시작한 지 반년째가 되면서 도시 사람들의 친절과 농촌 사람들의 친절 사이에 분명한 차이가 있다고 생각할 때가 종종 있다.

　예를 들어 이곳 사람들은 정신지체 장애인이 길을 건너면, 자동차 운전사에게 "저기, 머리가 모자라는 사람이 있어요. 조심해요." 하고 주의를 준다. 머리가 모자라는 사람이라는 말이 차별적인 말일지는 모르지만 그 속에 차별 의식은 눈곱만큼도 없다.

　이웃에서 토란을 가져다주었다. 그리고 간단한 저장굴 만드는 방법을 가르쳐주고 내가 토란을 저장할 때까지 지켜봐주었다.

　도시에서는 이런 친절을 본 적이 없다.

　다른 점이 무엇인지 생각해본다.

　생명에 대한 경외감이 있느냐 없느냐의 차이가 아닐까 생각한다. 생명에 경외감을 갖는다는 것은 달리 표현하면 생명을 사랑한다는 것이다. 물론 시골 사람들은 그런 이치를 내세우지 않는다. 단지 생활 속에서 그것이 드러난다. 일본인에게 아직도 그런 정신이 남아 있다.

한국에 돌부처를 보러 간 적이 있다. 길가에 버즘나무가 뜨거운 뙤약볕을 피하는 데 큰 도움이 되었다.

한국 사람들은 새로 길을 닦을 때 반드시 나무를 심는다고 한다. 지금 나무를 심는 사람들은 나무의 혜택을 누리지 못한다. 그들은 자신의 자식이나 손자 같은 후대의 생명을 생각하고 이런 일을 하는 것이다. 민족애란 바로 이런 것이리라. 서민들의 마음은 어느 나라나 마찬가지다.

나라와 나라도 이렇듯 사랑으로 이어질 수는 없을까.

레이건과 전두환 사이에 오고 간, '인권보다 안보가 우선'이라는 공동 성명을 읽는 것은 무척 고통스러운 일이다. "과연 무엇이 살아 있는 것이고 무엇이 죽은 것입니까. 하루 삼시 세 끼니만 이어가면 사는 것입니까? 도대체 한 나라에서 어린 학생부터 노인에 이르기까지 수백 수천 명이 자기 나라 군인들한테 희생되어 피를 흘려가며 쓰러져 죽어가는데 나만, 우리 식구만 무사하면 된다는 말입니까?"라고 광주사태에 항의하고 분신자살을 한 젊은 노동자 김종태 씨의 숭고한 민족애는 뭐가 되는가.

정치범으로 옥살이를 하여 형기를 마쳤는데도 전향을 하지 않는다는 이유로 출감하지 못하고 있는 서준식 씨와 무기징역을 선고받은 서승 씨 형제_{형제는 일본에서 태어나 한국으로 유학을 왔다가 1971년 간첩 혐의로 보안사에 검거되었다. 조작 의혹이 끊임없이 제기되었던 사건이다}의 어머니 오기순 씨는 다음과 같은 말을 남기고 세상을 떠났다.

"절대로 잘못한 게 없는데도 얘야, 네가 굽히고 다 잘못했다고 하렴, 하고 말할 수는 없어요. 그런 마음조차 갖고 싶지 않아요."

"아무리 그래도, 설사 그런 고통을 당했다고 해도 다른 사람을 배신하고 이기주의자로 남은 인생을 살아가는 사람은 되지 않았으면 합니다. 그게 진심이에요."

"통일이 되면 좋은 나라가 될 거예요. 그리고 아무리 가난한 나라라 해도 자기 나라는 역시 사랑할 수 있다고 생각해요. 그래서 지금은 한국이 저런 상황이고, 나도 너무 고통받고 있으니까 한국 사람이 모두 싫으냐면 그렇지도 않아요. 그건 다른 문제니까. 사람은 누구나 환경에 따라 도둑놈도 될 수 있어요. 사람은 각양각색이고, 서로 삐걱거리기도 하지요. 그렇다고 사람들이 다 싫으냐면 그렇지 않아요. 통일이 돼서 나라가 안정되면 다들 좋은 사람이 될 거라고 생각하니까요."

저렇듯 두 아들을 산 제물로 바쳤음에도 변함없는 오기순 씨의 조국애는 끝내 보답받지 못하는 것일까.

그 생각을 하면 마음이 너무 아프다.

민중에게는 깊은 인간애와 높은 윤리의식이 있는데 나라의 지도자들에게는 없다는 점은 일본이나 한국이나 마찬가지인 것 같다. 호전적인 정치가를 낳는 풍토까지 똑같다면 너무 슬픈 일이다.

건국기념일인 '기겐세쓰'를 문부성이 후원하는 나라가 일본이라는 나라다. 공공연히 헌법 개악을 입에 올리는 법무대신을 둔 나라가 일본이라는 나라다.

나라와 나라가, 왜 이런 부분에서는 사이가 좋을까. 두 정치권력이 결탁해서 아무 죄도 없는 가엾은 사람을 감옥에 가두거나 갈라놓는다.

정치가들에게 말하고 싶다.

우리가 생각하는 애국심은 가상의 적국으로부터 나라를 보호하는 것이 아니다. 우리가 생각하는 애국심은 결코 추상적이지 않다.

장애인이 웃는 얼굴로 세상을 살아갈 수 있는 나라를 만들려는 마음, 길을 걷다가 나무 그늘에서 쉴 수 있는 나라를 만들려는 마음을 우리는 애국심이라고 부른다.

이 점을 착각하면 곤란하다.

명문대를 나왔음에도 이해력이 부족한 당신들에게 좀 더 이해하기 쉽게 이야기하자면, 전쟁이 났을 때 가장 먼저 고통받고 눈물을 흘리는 사람이 가장 먼저 행복해질 수 있는 나라를 만들려는 마음, 5천만 엔에 이권을 팔아넘기고 현縣 지사가 된 인간이나 기업으로부터 수억, 수십억이라는 어마어마한 돈을 받고 연못에 잉어를 키우는 파렴치한 무위도식자가 없는 나라를 만들려는 마음이 애국심이다.

오늘날 교육이 황폐해진 근본 원인을 생명에 대한 경외감을 상실한 데에서 찾는 사람이 있는데, 그 뿌리를 더듬어가면 국가 지도자에게 그런 정신이 없기 때문이라는 사실에 다다른다.

이렇게 꼭 집어서 말해줘도 철면피 같은 정치가들이 과연 반성이나 할까 하는 절망감이 든다.

그러나 이 사실을 거듭해서 말하지 않는다면 일본이라는 나라의 정신 자체가 사라져 버릴지도 모른다. 그것이 두렵다.

누구를 위한
교과서인가

ぼくたちのいう愛国心

자민당의 교과서 문제 소위원회는 3월 5일 첫 모임을 갖고 현행 교과서를 재고하고 '편향 교과서 문제'를 국민운동으로 전개하기로 합의했다. 또 교과서를 '검정'에서 '국정'으로 바꾸는 제도 개정도 검토하겠다고 한다.

이성을 잃은 발언이다. 그들은 교육의 중립성 따위는 멋대로 할 수 있다고 여길 만큼 오만하다.

사실 자민당에서 이런 말을 꺼내는 것은 딱히 놀랍지도 않다. 비리와 뇌물 등 온갖 농간을 부려 거머쥔 다수의 힘을 등에 업고 예전부터 벼르고 있던 것을 입 밖에 낸 것뿐이니까.

놀랄 일은 아니지만 한 가지 걱정스러운 점은 있다. 교과서 문제는 국민 전체의 문제인데도 자민당 대 야당, 문부성 대 일본 교직원 노동조합의 문제로 비친다는 점이다.

신문 보도 등을 보면 훨씬 뚜렷이 드러난다.

상냥하게
살기

116

"…… 사회당 · 공산당과 일교조의 강한 반발이 예상된다."

"…… 야당 쪽은 검정 후 교과서를 수정하는 문제나 이른바 전후 교육 재고 등을 포함한 자민당의 잇따른 움직임이 교육 반동화로 이어질 것이라며 강력하게 반발하고 있으며……."

이런 식이다. 이것은 위험하다.

교과서 문제는 국민 한 사람 한 사람의 기본적인 인권 문제이지 결코 정치 문제가 아니다. 이 관점을 놓친다면 자민당이 회심의 미소를 지을 것이다.

'한때아사히신문 생활면의 여성독자 투고란'(아사히신문 1981년 3월 6일자)에 실린 미우라 쇼코 씨의 글을 읽고 나는 다행스러운 마음이 들었다.

미우라 쇼코 씨는 말한다.

"나는 과거 문부성이 펴낸 《새 헌법 이야기》라는 교과서로 헌법과 민주주의의 이념을 배운 세대이기 때문에 정재계의 압력으로 원전 반대 내용이나 종합상사 비판1970년대 일본의 종합상사들이 매점매석으로 물가폭동을 초래하여 사회적으로 큰 비판을 받았다 내용이 수정되었다는 소식을 듣고 문부성이 이렇게 변했구나 싶어서 깜짝 놀랐다."

미우라 쇼코 씨는 옛날 교과서를 보면서 현재의 행복을 절실히 느낀다고 한다.

"〈여성 대학〉, 〈여성 이마가와〉둘 다 여학생용 교과서를 축으로 한 전쟁 이전 시기의 여학교 교과서까지는 여성은 가정을 지키고 자손을 남기는 것 외에 존재 이유가 없다고 배웠다. …… 남자도 예외는 아니어서, 중학교 수신修身 교과서는 교육 칙어1890년에 천황의 이름으로 발표된 교육에 대한 칙어로, 충효의 덕이 국민교육의 중심이었다. 1948년에 사라졌다를 자세히 해설하며 '국가에 급변이 생기면 천황을 위해, 국가를 위해 분투맹전, 목숨을 던져 적을 무찌르고 비전투원은 필요한 군비를 국가에 제공한다.'고 가르쳤다."

미우라 씨는 지금의 교과서로는 나라를 지킬 수 없다는 오쿠노 세시스케 법무대신의 발언을 반동이나 우경화라고 여기며 들었을 때는 잘 깨닫지 못했지만, 수신 교과서로 교육 칙어를 배운 세대의 발언이라고 생각하는 순간 그 말의 참뜻이 무서우리만큼 잘 이해되었다고 한다.

"개인의 존중이나 자유, 행복에 눈을 돌리지 말고 부모님의 마음을 편하게 해드리고, 몸을 튼튼히 해서 강한 군대를 만들어라. 그래야 나라의 은혜에 보답할 수 있다고 가르친다. 역사가 50년이나 퇴보할 수도 있는 일이니, 하다못해 내 아들을 위해서도 '현재'를 지키고 싶다."

혜안이라고 해야 할까, 민중의 강인한 사상성이라고 해야 할까.

교육 기본법에 "교육은 부당한 지배에 굴복하는 일 없이, 직접 책임을 지고 국민 전체에 대해 이루어져야 한다."고 되어 있다.

교육의 중립성이 모든 정치권력의 지배에서 벗어난 곳에 있는 것이라면, 자민당의 교과서 간섭은 분명 부당한 것이며 위법이다. 위법임을 알기에 제도를 바꾸려는 것이다.

지금 교과서에는 내 작품이 실려 있다. 나는 교과서 '검정' 자체도 반대하는 입장이지만 만약 '검정'에서 '국정'으로 바뀐다면 내 작품이 교과서에 실리는 일은 결코 없을 것이다.

그들은 입만 열었다 하면 편향이라는 말을 하는데, 그들이야말로 성공적으로 목적을 달성했을 때 훨씬 더 정치적으로 편향된 모습을 드러낸다. 그들에게 속아서는 안 된다.

나는 교과서 편집위원이다. 편집회의에서 수많은 작품을 검토한다. 여러 의견이 나온다.

〈빵 이야기〉라는 교재가 있다. 빵의 발달사를 다룬 것이다. 희고 쫀득한 빵이 고급 빵이라는 인상을 주는 문장은 좀 곤란하지 않느냐는 의견이 나왔다. 서아시아^{빵 문화가 처음 발생한 지역}를 여행한 사람이 그 나라의 사정을 이야기한다.

빵의 발달사도 문화다. 가령 유럽에서 다른 나라의 문화를 논할 때 자기네 기준을 끌어다 붙이는 것은 옳지 않다. 그런 의견이 나온다. 다시 그 문장은 수정된다.

흑인을 동정한 어느 인물의 전기를 채택하려 한다.

흑인 차별 상황이 나오고 온갖 차별 문제에 대해 토론이 벌어진다. 그 결과 전기는 채택되지 않는다.

지금 교과서에도 문제가 많다. 그것을 눈감아주자는 말이 아니라 무엇이 민중의 관점인가라는 입장에서, 아직은 이러한 시행착오가 허용되고 있다는 말을 하고 싶은 것이다.

이런 세계를 빼앗겨서는 안 된다.

마지막으로, 괴롭지만 반드시 짚고 넘어가야 할 것이 있다.

자민당이 교과서 문제를 들고 나온 배경 중 하나가 교사의 힘이 미약하다는 점이다.

정말로 아이들 입장에서 창조적인 수업이 이루어지고 있다면 교과서를 트집 잡는 것은 큰 의미가 없다. 자민당이라는, 약자 괴롭히기에 뛰어난 재능(?)을 가진 깡패 집단이 이 점을 노린 것이라고 생각해야 하지 않을까.

여행 중에
발견한 양지
旅でみつけた陽だまり

어쩔 수 없는 일이지만 예전만큼 홀가분하게 여행을 다닐 수 없게 되었다. 예전에 자유직업을 동경한 이유 가운데 하나가 마음 내킬 때면 어디든 갈 수 있다고 생각했기 때문이다. 막상 그런 직업을 갖고 보니 내가 동경했던 이유가 얼마나 근거 없는 생각이었는지 똑똑히 깨달았다.

당연한 일이다. 세상일이란 무엇 하나 그리 호락호락하지 않다. 마음 속 어딘가에 안이함이 있으면 그런 편한 생각을 하게 되는 모양이다.

강연이나 사인회 말고도 이런저런 일로 전국을 돌아다녔다(과거형을 쓴 것은 지금은 아와지 섬에서 밭을 일구고 닭을 기르느라 외부로 나가는 일은 되도록 거절하기 때문이다).

대개 사무적(?)인 호텔에 묵지만 가끔 출판사나 주최 쪽에서 특별히 잡아주는 리조트호텔이나 관광 료칸^{일본의 전통 숙박 시설}에서 묵는 경우도 있다. 관광지라면 어디에서나 볼 수 있는 정부 등록 료칸이라느니 어디

어디 협정 료칸 같은 곳이다.

우선, 이런 곳들은 하나같이 수준이 형편없다. 형편없는 부분이 한두 가지가 아니지만 이 글을 쓰는 목적과는 동떨어져 있으므로 넘어가기로 하고, 일단 누구나 겪는 관광 료칸의 식사를 떠올려보자. 성의라고는 찾아볼 수 없는 요리를 마주하고 어이없어했던 경험이 누구나 한 번쯤은 있을 것이다.

유명한 A온천(이름을 밝히고 싶지만 지켜야 할 선이 있으므로 참는다)에서는 급식차가 료칸마다 음식을 배달한다. 어느 숙소에서 묵는 손님이건 똑같이, 차갑게 식은 똑같은 요리를 먹는 모습을 상상하면 오싹하다. 일본이 이제 타락했구나 싶어 쓸쓸해진다.

일손이 모자란다느니 설비투자금을 갚기도 버겁다느니 손님들의 취향이 다양해졌다느니 하는 료칸 경영자의 주장이 사실이라고 해도 역시 부패했다고밖에 말할 수 없다. 이런 풍조가 일본 곳곳에 만연해 있다.

딱히 숙박업계의 사람들만 자기 일에 긍지를 갖지 못하고 부패해버린 것은 아니다. 기술자도, 공장노동자도, 회사원도, 교사와 예술가도, 공무원이나 정치가도 형태만 다를 뿐 역시 부패하다.

정신적인 것을 소중히 여기자고 하면, 긍지만으로 먹고살 수 없다고 한다. 생존이라는 명분을 내세워 돈이나 물질을 그러모으는 데에 전념한다.

사회를 이 꼴로 만들어놓고 말로만 정신을 들먹인다.

윤리성이 요구되는 직업을 가진 사람일수록 남들보다 갑절로 거짓말이 능숙하다.

자기가 한 일이 남에게 어떤 영향을 미칠지 진지하게 고민하지 않고 그 대가만 바라는 것은 설사 생존을 위해서라고 해도 정당화될 수 없다.

생존이라는 말을 하려면, 어떻게 살 것인가에 대해서 엄중히 되새겨 보아야 한다. 그랬을 때에야 '먹고살 수가 없다'거나 '먹고살기 위해서' 같은 기본적인 생존권을 보장하기 위해 쓰는 말이 남을 괴롭히는 데에 쓰이지 않는다.

그런 의미에서 시인인 모리 다카미치 씨의 말은 귀담아들을 가치가 있다.

"전국 노동조합과 야권 전체는 굶어 죽지만 않으면 된다는 각오로 평화헌법을 반드시 지켜내기 위해 결집하시오."

최근 절망 속에도 희망은 반드시 있다는 말이 마음에 와 닿는 경험을 했다.

노자와 온천에 '나라야'라는 료칸이 있다. 돈을 쏟아부어 만든 콘크리트 건물이 아니라 결 고운 나무로 지은 정갈한 숙박 시설이다.

지난 4월 볼일을 보고 돌아오는 길에, 역시 일거리를 싸안고 노자와 온천을 찾았다. 가난하던 시절 어렵사리 돈을 마련해 찾아갔던 추억이 깃든 곳이다.

'미야자키장'이라는 민박이 있는데, 음식 솜씨가 좋은 아주머니한테 후한 대접을 받은 적이 있다. 벌써 6~7년 전 일로, 이번에도 그곳에 찾아갈 계획이었다.

노자와 온천에 다다라 갑자기 마음이 변했다.

일이 먼저였기 때문에 정신집중이 잘 안되는 것도, 다른 손님들에게 피해를 주는 것도 좋지 않다고 생각했던 것이다.

'미야자키장'의 가정적인 맛을 포기해야 하는 것을 못내 아쉬워하면서 ('미야자키장' 주인아주머니, 미안해요.) 나는 독립된 방을 확보할 수 있는 료칸으로 발길을 돌렸다. 그곳이 '나라야'였다.

앞서 밝혔듯이 나는 일본의 료칸을 불신하고 있었기 때문에 서비스나 음식에 아무런 기대도 하지 않았다. 노자와 온천의 자연과 작업할 수 있는 독립된 방만 있으면 상관없었다.

그런데 고맙게도 내 기대는 어긋났다.

'나라야' 사람들은 모두 친절했다. 입에 발린 말을 하거나 불필요한 친절을 베풀지 않았고 내가 편하게 일할 수 있도록 배려해 주었다. 식사 때도 식은 음식이 나오지 않았다. 장어와 송어, 손이 많이 가는 고기 요리도 있었고, 죽순참깨무침이나 감자생채같이 정성이 깃든 소박한 향토 음식도 있었다.

이런 료칸이 아직 일본에 남아 있다는 사실에도 놀랐지만 돌아온 뒤에 받은 편지에 큰 감동을 받았다. "이 일을 시작한 뒤로 고민과 번민을 계속하며 몇 번이나 좌절할 뻔했지만 선생님 말씀에 힘을 얻어 계속 노력할 결심이 섰습니다."라는 내용의 글이었다. 내가 밭농사를 짓는다는 사실을 알고 노자와 특산 배추 종자도 보내주었다.

"사람은 햇살이 다사로이 비치는 양지에 있으면 저도 모르게 미소를 짓거나 슬픔이나 고민을 다른 사람에게 털어놓게 된다. '나라야'는 그런 곳이었다."

부끄럽지만 내가 그곳에 남기고 온 글이다.

화가 치미는
세 가지 이야기
腹の立つ話三題

　　　　　　화나는 일이 많다. 단순히 개인적인 화라고 생각하지 않기 때문에 이번 기회에 글로 쓰려고 한다.

　교과서를 출판하는 회사에서 통화등기_{현금을 넣어 보낼 수 있는 등기우편}가 도착했다. 열어보니 4500엔이 들어 있다. 무슨 돈이지, 생각하며 함께 들어 있던 편지를 읽어보았다.

　"…… 선생님의 작품《로쿠베, 조금만 기다려》를 교과서에 수록할 수 있도록 흔쾌히 승낙해주셔서 진심으로 감사드립니다. 문화청에서 정한 보상금(1980년도분)을 보내드립니다. ……"

　황송하게도 내 이름조차 틀리게 쓰여 있었다.

　교과서의 작품 저작권료가 싸다는 말은 들었지만, 이 정도일 줄은 몰랐다. 정확히는 알 수 없지만 교과서이니 몇십만 내지 몇백만 부는 찍을 것이다. 그런데 사용료가 4500엔이란다(부디 이 부분에서 오자가 나오지 않기를).

누구를 바보로 여기는 건가? 문화청은 대체 뭐 하는 곳인가. 비문화청이라고 이름을 바꾸는 게 낫겠다.

간행된 서적은 사회의 문화 재산이라는 입장이라면, 다음 세대를 이끌어갈 어린이들을 위해 당신 작품을 무료로 제공해달라고 해야 하는 것 아닌가(점자책이 확고하게 그런 입장을 취하고 있다).

4500엔으로 뭘 보상한다는 것인가. 사기도 이런 사기가 없다. 이건 국영 기업이 아니라 '국영 사기꾼'이라고 할 판이다. 돈의 문제가 아니다. 정신의 문제다.

이번에는 '국영 도둑' 이야기를 하겠다.

국세청에서 전화가 왔다. 결정세액 계산이 틀렸으니 수정 신고를 해달란다. 이것은 분명 세무서 잘못이다. 내 잘못은 아니지만 국세청에 불평을 해봤자 소용없는 일이라 요구하는 대로 수정 신고를 하고 70만 엔 정도를 추가로 냈다.

얼마 뒤, 추가 납부에 대한 연체이자를 내라는 연락이 왔다. 대부업자들의 수법이다.

화가 나서 "내겠습니다. 그 대신 선불한 세금(중간예납이라는 허울 좋은 이름이 붙어 있다)에 대한 이자도 돌려주시기 바랍니다."라고 했더니 그럴 수는 없다고 뻔뻔스레 말한다.

이런 부당한 일을 태연히 저지르는 것이 국가다. 변명의 여지가 없다. 윗물이 이 모양이니 아랫물(?)은 보나 마나 뻔하다.

최근 어떤 글에서 방송업계의 부패, 특히 요미우리테레비의 차별 의식을 지적한 적이 있다. 마침 그 글이 실린 잡지가 나오는 달에 요미우리테레비에서 출연을 의뢰했다. 교육 문제에 대한 인터뷰 같은 것이었다.

그 용기 있는(?) 기획자에게 나는 잡지를 읽어보았냐고 물었다. 기획자는 읽어보지 못했다고 했다. 나는 읽어본 뒤에 다시 연락하라며 전화를 끊었다. 얼마 뒤 다시 전화가 왔다.

"옳은 말씀 아닌가요?"

그는 그렇게 말했다. 나는 오호, 제법인데, 하고 생각했다. 그에 화답하는 마음으로 출연을 승낙했지만 요미우리테레비는 역시 그 이름값을 했다.

기획자한테 다시 전화가 왔다.

"저기……." 하고 머뭇거린다.

"무슨 일입니까?"

"저…… 그게, 하이타니 선생님은 아와지 섬에 살고 계시더군요. 거리가 너무 멀어서…… 그러니까…… 이번 일은 없던 일로 해주시면 안 되겠습니까?"라고 말한다. 웃음이 터지려고 했다.

"아와지 섬에 전화를 걸어놓고 그게 무슨 말씀이신지, 서투른 연극은 그만두시죠." 하고 말하려다가 어쩐지 그 사람이 불쌍해져서 "알았어요, 알았어." 하고 말하고 먼저 전화를 끊었다.

참 대단한 방송국이다.

기왕 말이 나온 김에 이 방송국이 저지른 악행을 하나 더 밝히겠다 (나도 참 끈질긴 인간이다).

《선생님, 내 부하 해》가 출판되었을 때, 예술제에 참가할 프로그램으로 텔레비전 드라마를 만들고 싶다고 했다.

담당자가 우리 집까지 찾아왔다.

교통사고를 당한 아이의 이야기만 빌려달라고 한다. 어이가 없어 단칼에 거절했더니, 후지야마 간비일본의 연극배우 씨의 딸이 주연을 맡아 벌써 드라마를 제작하고 있다고 한다. 그 무렵은 나도 쉽게 욱하는 성격이었기 때문에 고소하겠다고 맞받아치고 그 사람을 내쫓았다.

그들 나름으로 수고야 했겠지만 이야기를 멋대로 고쳐서 드라마를 만들고 있었다.

이 방송국은 왜 하는 짓마다 이 모양일까.

내가 당한 이 화나는 일은 사실 특별한 경우일지도 모른다. 그러나 나는 이것이 특별하다고 해서 그냥 넘길 수 없다. 국가가 뿌리부터 썩은 탓에 화나는 일을 훨씬 더 많이 겪어야 하는 사람은 평범하고 일반적인 사람들이 아닐까.

나는 이렇게 화나는 일이 있었다고 여러 방법으로 표현할 수 있다. 그러나 대부분의 사람들은 화가 나도 표현할 수도, 하소연할 수도 없다.

세상의 위정자들과 지도적인 위치에 있는 사람들은 이 점을 깊이 생각해야 한다.

다시, 누구를 위한
교과서인가

再び、だれのための教科書か

　　　　　앞서 교과서 문제를 이야기할 당시는《가사코지조》와《커다란 순무》를 교과서에서 **빼는 문제**1980년 일본 자민당이 당시 교과서에 실려 있던 몇몇 작품을 두고 암울한 가난 이야기 등의 이유로 교과서에서 빼려 했던 일도, **교과서 출판사의 정치헌금 문제**자민당이 편향 교과서 문제를 제기했을 당시 교과서 출판사가 자민당에 낸 정치헌금이 급격하게 증가했던 일도 불거지기 전이다.

　교과서 문제는 교과서만의 문제가 아니라 더욱 깊은 곳에 그 뿌리가 있음을 지적했는데, 그 후에도 언론에서 다룰수록 점점 더 문제의 본질이 어긋나는 것 같아 걱정스럽다.

　자민당이 교과서에 간섭하는 일은 용서할 수 없는 반동이며 전쟁 위기로 이어지는 행위라는 진보 쪽의 논리는 나름대로 정당하지만 여전히 틀에 박힌 말이라는 생각이 드는 것도 사실이다.

　설득력도 약하고 무엇보다 자민당은 그런 말 자체를 내심 반긴다.

　진보 쪽은 교육 관련법 개악 때도, **근평 투쟁**1950년대 말 근무평가제도에 반

때도 똑같은 말을 했다.

똑같은 말을 되풀이하는 사이에 민의는 점점 둔감해지고, 그럴수록 회심의 미소를 짓는 것은 민중 앞에 절대로 모습을 드러내지 않는 진짜 악당인 것이다.

자민당 모리배들이 교과서 문제를 두고 벌이는 저급한 언행을 보면 이런 생각을 하지 않을 수가 없다. 그들은 교과서에 작품을 제공(앞에서도 말했지만 그 알량한 사용료는 사용료로 인정할 수 없다. 따라서 작품을 사용하도록 허락한 것이 아니라 제공한 것이다)한 작가 대부분을 정치적 편향을 가진 작가로 거론했다.

사이토 류스케, 마쓰타니 미요코, 이마에 요시토모, 그리고 나까지.

그들의 저급함을 보여주는 한 가지 예를 들어보자. 다만 다른 잡지 등에도 쓴 적이 있으므로 짧게 요약하겠다.

기후 현 의회에서 한 자민당 의원이 질문 연설회를 열었다.

제목은 그럴싸하지만 "역시 교육은 부모님께 감사하고 효도할 것을 가르치고, 나라를 사랑하고 스승을 존경하고 노인을 공경하고 공공을 위해 최선을 다하며 공공의 이익을 위해서는 개인을 희생할 줄 알아야 한다고 가르치고, 인간은 일을 해야 하고 의무를 다하고 책임을 중히 여기고……"라는 식의 말을 장장 한 시간에 걸쳐 쏟아냈다.

그리고 교육이 황폐해진 원인이 편향 교과서에 있다고 진단하고 《의문투성이 중학 교과서》의 논지를 자랑스레 떠벌렸다. 그런 뒤에 "여기 누구라도 충격과 공포를 느끼지 않을 수 없는……"이라는 말과 함께 꺼낸 것이 내 책 《선생님, 내 부하 해》였다.

"여러분, 이것은 정말로 무서운 책입니다. 소름이 오싹 돋는 내용이에
요. 우리 모두 조심해야 합니다."

그렇게 말하고 이 책에 실려 있는 가도타 아키히로라는 초등학교 3학
년 어린이의 시를 소리 내어 읽었다.

'닷새 뒤에 죽는다면'이라는 시다.

쇠망치로 신호등을 부순다

자동차로 사람을 친다

냉동차에 사람을 가둔다

꽁꽁 얼려서

바다에 던져버린다

이웃집에 불을 지른다

망치로 사람 머리를 때려서

바보로 만든다

담배를 사 피운다

어른이 뭐라고 하면

"너도 피우잖아." 한다 ……

그는 이렇게 말한다.

《선생님, 내 부하 해》는 부모님과 선생님, 선배, 어른에 대한 저항이

구체적으로, 그것도 아이들이 이해하기 쉽게 쓰여 있는 책입니다. 더구나 아이들에게 시를 짓게 한 뒤 이건 잘 썼다, 이건 이런 방향으로 좀 더 고민해봐라, 하는 식으로 쓰여 있어요."

그가 들고 있는 《선생님, 내 부하 해》에는 빨간 줄이 빽빽이 그어져 있었다고 하니, 고생깨나 했을 듯하다.

《선생님, 내 부하 해》를 읽어본 사람이라면 잘 알겠지만 아이들은 가도타 아키히로의 시를 혹독하게 비판한다.

"아키히로는 겁쟁이구나. 죽는 게 겁나니까 자포자기하는 거잖아."

한 아이는 자기가 죽으면 자기 다리를 다른 사람한테 주겠다고 한다. 자기는 달리기를 좋아하니까 "내 다리를 받은 사람은 올림픽에 나갈 수 있을 거예요."라며 자기 생명을 타인에게 물려주겠다는 뜻을 밝힌다. 이 책 어디에도 무시무시하고 오싹한 내용은 없다. 한결같이 최선을 다해 살아가는 아이들의 모습이 있을 뿐이다.

이 자민당 의원의 예상과 달리 가도타 아키히로는 비행청소년이 되지도, 윗사람을 업신여기는 사람이 되지도 않았다. 이 아이의 형은 몬타&브라더스라는 회사를 차려 젊은이에게 희망을 심어주고 있고, 아키히로도 어른이 되어 훌륭히 가업을 잇고 있다.

나는 이런 비루한 품성을 가진 인간이 교과서 문제를 떠벌리는 것을 크게 환영한다. 국민들은 그 비루함에 넌더리를 내고 그들의 진짜 의도가 무엇인지 생각하게 될 것이다.

정치권력을 손에 쥔 인간들이 자기 입맛에 맞는 사회를 만들기 위해 교육을 지배하려는 것은 오히려 당연한 일이다.

이에 맞서 민주교육은 진정으로 교육다운 교육으로 대항하는 것이라고, 교육이론가 고쿠분 이치타로 씨는 말한다.

이 말의 의미를 곰곰이 생각해야 한다.

지금 일본에서는 고쿠분 이치타로 씨가 말하는 교육이 이루어고 있지 않다는 점을 자민당은 간파하고 있다. 우리 힘이 미약하다는 것을 똑바로 인지해야 할 때다.

그렇게 생각하면, 우리가 지금 무엇을 해야 하는지 저절로 명확해질 것이다.

어린이의 먹을거리와
먹잇감으로
희생되는 어린이
子どもの食い物と食い物にされる子ども

　　　　군지 아쓰타카 씨가 쓴《아이들이 위험하다》라는 책을 읽
었다. 학교급식을 비롯해서 초콜릿이나 껌 같은 과자류와 주스, 청량음
료, 인스턴트 라면에 이르기까지, 아이들이 먹는 식품의 거의 대부분이
성장에 유해하다는 내용에 등줄기가 오싹해진다.

　식품회사는 이윤을 많이 남기기 위해 탈지 대두라는 값싼 식물성 단
백질을 사용한다. 그런데 이것은 너무 맛이 없어서 도저히 먹을 수가 없
기 때문에 합성착향료와 화학조미료 같은 식품첨가물을 무제한으로 사
용한다.

　저자는 말한다.

　"돼지조차 먹지 않는 탈지 대두를 사람이 먹을 수는 없다. 그래서 이
른바 변신을 시킨다. 먼저 딱딱한 탈지 대두를 아황산가스로 녹이고 가
성소다로 중화시킨 다음 락토팔미트산 같은 약품을 잔뜩 사용해서 섬
유 상태로 만들고 미트플레이버_{고기향을 내는 인공향료} 같은 향료를 첨가해

서 먹을 수 있게 만드는 것이다. …… 햄, 소시지, 어묵, 두부, 인스턴트라면 등 온갖 가공식품의 양을 늘리는 데 쓰인다. 공짜나 다름없는 값싼 탈지 대두로 양을 속일 수 있으므로 식품회사의 웃음이 멎지 않는 것도 무리가 아니다."

잘 알다시피 이 식품첨가물 가운데에는 동물실험에서 경련이나 성장 저하를 일으킨다고 밝혀진 물질이나 발암물질도 포함되어 있다. 쌀과자에 1.5퍼센트, 캐러멜에 0.05퍼센트, 초콜릿에 0.05퍼센트, 비스킷에 0.02 퍼센트 정도의 화학조미료가 쓰인다는 대목에서는 내가 너무 무지하다는 사실에도 놀랐지만 유해한 첨가물까지 마구 집어넣어 오로지 돈벌이가 되는 상품을 만드는 식품회사의 극악무도함에 그저 기가 막혔다.

식품회사가 자랑하는 우수한 기술이란 사료 또는 비료나 다름없는 탈지 대두로 카카오콩 맛이 나는 식품을 만드는 기술, 다시 말해 가짜 식품을 만들기 기술이다.

문제는 가공 과정에서 수많은 유해물질 또는 유해성이 의심되는 식품첨가물이 사용되고 있다는 점이며 그것을 점검하는 기구가 아직 일본에는 없다는 점이다. 후생성이나 일본 학교급식회가 철저하게 식품회사 편이라는 것은 누구나 아는 사실이다.

오늘날 일본에서 자신과 자녀의 건강은 스스로 지켜야 한다는 점을 통감했다.

그러려면 무엇보다 식품에 대한 무지를 극복해야 한다.

일본인이 현명해질 좋은 기회가 있었다. 그것은 아리요시 사와코^{일본}의 소설가, 극작가 씨의 《복합오염》_{색소로 물들인 과자, 썩지 않는 냉동식품 등에 둘러}

싸인 현대인의 식생활 환경을 고발한 작품이 베스트셀러가 되었을 때로, 좋은 분위기가 형성되었다. 그 가운데 일부는 유기농법 육성 운동으로 지금도 계속되고 있지만 전반적으로 식품공해에 대한 불감증이 만연해 있다.

우리는 식품회사에 패배했다.

날마다 텔레비전화면을 통해 지긋지긋하게 흘러나오는 화려한 독성 식품 광고가 이 사실을 말해준다.

내가 강조하고 싶은 것은 유해식품의 가장 큰 피해자가 아이들이라는 사실이다. 현재도, 앞으로도 체내에 독성이 쌓이고 뼈가 녹아 건강을 해칠 위험에 가장 심각하게 노출되는 것은 아이들이다.

아이들이 이런 식품의 폐해를 잘 모른다고 나무랄 수는 없다. 이런 식품에 대해 아이들은 철저하게 약자 입장에 놓여 있으며, 아이들을 지켜줄 책임은 어른들에게 있기 때문이다.

흔히들 자본주의는 약육강식의 세계라고 한다.

사람들은 유아 유괴사건이 발생하면 불같이 화를 내며 정의감을 불태우지만 식품회사가 꾸민 '계획적 범죄'에는 관대하다. 이렇게 식품회사의 풍요로운 시장이 유지되는 것이다.

조지 아키야마 씨는 나와 대담하면서 자조 섞인 말투로 중얼거린 적이 있다.

"요즘 엄마들은 아이를 진심으로 사랑하지 않아요."

엄마를 아빠로 바꿔놓아도 되고 학교 선생님들로 바꿔도 좋다.

이 말에 반박할 수 있는 어른은 안타깝게도 그리 많지 않다.

누군가 아이들에게 마구 웃음을 뿌린다면 그 사람이 누구든 경계해

야 한다. 텔레비전화면에 그런 얼굴이 비친다면 그 회사 상품은 의심해
봐야 한다.

햄 광고에서 "개구쟁이라도 좋다." 같은 재치 있는 말을 할 때, 부모는
그 햄 속에 무엇이 들어 있는지 알아보기 전까지는 아이들에게 먹이지
않을 만큼의 애정은 있어야 하지 않을까.

총선 때가 되면 보수 진보 할 것 없이 모든 정당이 아이들의 웃는 얼
굴을 포스터에 담는다. 그들은 '아이들의 웃는 얼굴을 지켜낼 수 있는
자유를', '이 아이들을 또다시 전쟁터로 보낼 수는 없다' 따위의 말을 하
는데, 그야말로 불쾌하기 짝이 없다.

아이들을 구하려는 본질적인 노력은 게을리하면서 뻔뻔스럽게 그런
말을 내뱉는다. 여기에서 정당의 부패가 발생하고 정치 불신이 생겨난
다.

나는 정치에 무관심한 사람이 아니다. 늘 진보의 입장에서 한 표를 행
사하고, 더욱 예리한 눈으로 정치를 바라보고자 하는 사람이다.

사회 전체가 '어린이는 나라의 보배'라고 여기던 시대를 떠올리자.

아이들의 생명을 보호해야 한다고 처음 주장했던 책을 읽는 일부터
다시 시작하자.

아이들의 말을 곰곰이 새겨듣는 것도 중요한 정치이며 문화를 지키
는 일이다.

내 마음에
남은 사람

わたしの心に残った人

내가 그 사람을 만난 것은 구로히메 그림책 학교에서였다. 경영 부진으로 쓰러진 스바루쇼보 출판사가 해마다 열었던 구로히메 그림책 학교는 그림책과 어린이책을 연구하는 젊은이들의 열기로 뜨거웠다.

나는 둘째 날 아침 일찍 강의가 있었다.

전날부터 알고 있었지만, 그 장소에 조금 어울리지 않는 듯한 여성이 있었다. 그 사람이 하세가와 쇼코 씨였다.

사람들의 열기에서 조금 동떨어진 곳에 있다고나 할까, 다소 냉정한 눈으로 조용히 주위를 살펴보고 있는 느낌이었다.

나는 인도와 아시아 아이들이 어떻게 살고 있는지 이야기하고, 하나의 '삶'이 성립하기 위해서는 다른 수많은 '삶'이 있어야 하는데 오늘날 일본 어린이들은 그 사실을 잊어버린 어른들에 둘러싸여 살고 있어서 불행하다는 의미의 말을 했다.

나와 함께 지냈던 장애아를 예로 들며 그 아이는 장애를 가졌기 때문에 우리가 이미 잃어버린 어떤 것을 여전히 간직하고 있기도 하다는 말을 했을 때, 하세가와 쇼코 씨의 눈빛이 빛났다.

쇼코 씨는 강의가 끝나고 내게 말을 걸었다.

쇼코 씨는 장애인이었다.

어린 시절 병원에서 살다시피 했고 장애인 차별을 질리도록 맛보며 살아왔다.

이른바 유명인사들이 병문안을 와서 잠시 잠깐 '시찰'을 하고 짐짓 말뿐인 위로를 건네면 주위 사람들이 앵무새처럼 같은 말을 되풀이한다. 쇼코 씨는 그런 위선에 진저리 치고, 그리고 절망한다. 그러나 쇼코 씨는 살아간다.

자기 힘으로 도쿄에 있는 대학에 들어가고 졸업을 한다. 그 뒤로도 쉬지 않고 배우며 그림책 학교도 찾아온다.

쇼코 씨는 시를 쓰고 있다고 했다. 나도 늘 시를 쓰기 때문에 그런 이야기가 나왔다.

"부끄럽지만 시집을 보내드릴게요."

그렇게 약속했고, 약속대로 시집이 도착했다. 필명이 하세가와 마에였다.

한창 젊을 때에 쓴 시도 섞여 있는지 안이하게 느껴지는 작품도 있었지만 전체적으로 예민한 감수성으로 가득한 독자적인 세계를 갖고 있었다.

아무것도 없는 밤

아무것도 없는 밤은 고요하다
라고,
할 만큼 춥지도 않다
이런 밤이야말로
정말로 과분하니까
여느 때라면
달을 바라보며
토마토주스를 짜고
짧디짧은 시간
꿈과 꿈 사이의
저 저주받은 거리를
재고 있을 무렵이고
언제나
이런 밤은
갑자기 찾아온다
그리고
낮 동안의 보행훈련을 남의 일로 만든다
오늘 밤은
토마토로 손을 물들일 일도 없다
아무것도 없는 밤은

기다리는 일조차 지루하지 않고
아무것도 없는 밤은
마치
소식을 기다리는 여자

우리가 읽기에 괴로운 시도 있었다.

새장 속으로 들어가는, 푸른 고양이

노래하지 마
새장의……
나를 위해서라면 노래하지 마
슬프게
눈길을 주면 노래를 시작하는
작은 새처럼
노래하기 시작하지
너는 작은 괴물이니까
날개 없는 괴물이니까
단지 그 때문에
갇혀 있지만

노래하지 마
새장 속의……
위로할 생각이라면
노래하지 마
명랑하게 구는 너 따위
그저
너무 상냥해서
눈물이 날 만큼
우스꽝스러워

후기에 적힌 쇼코 씨의 말이 내게는 구원이었다.

"내 안에 흐르는 강은 넓은 바다로, 넓은 바다로 흘러가기를 멈추지 않습니다. 언젠가 푸른 고양이조차 어딘가에 버려두고 떠날지도 모를 만큼, 그렇게 힘차게 흘러갑니다. 그것은 결코 나 자신이 강인하게 성장했기 때문이 아니라, 반대로 넓은 바다에 대한 동경이 필요 이상으로 점점 더 강해졌기 때문이라고 생각합니다. 다만 무엇이 어떻게 변하건 언제나 밝게 살고 싶고, 그것이 내 주위 사람들을 위해 할 수 있는 유일한 일입니다. 그것을 위한 흐름입니다. 그것을 위한 바다입니다. …… 그리고, 그렇기에 푸른 고양이입니다."

푸른 고양이. 쇼코 씨는 그런 사람이구나, 하고 생각했다.

나는 내 시집 세 권을 들고 미토로 갔다. 강연을 마치고 후쿠시마로 가서 쇼코 씨에게 전해주려 했는데, 쇼코 씨가 굳이 미토까지 와주었다.

그제야 나는 쇼코 씨가 중증 장애인이라는 사실을 알았다. 시야가 좁아져 앞이 잘 보이지 않는 데다 심각한 보행장애까지 있다. 구로히메 그림책 학교에 참가하는 것 자체가 말할 수 없이 힘든 일이었다.

정말 강한 사람이구나. 나는 새삼 쇼코 씨의 아름다운 눈을 보았다.

그리고 얼마 지나, 쇼코 씨가 불쑥 전화를 했다.

언니와 나라 관광을 하려고 간사이에 왔다고 한다. 혼자냐고 물었더니 그렇다고 한다.

오사카방송국에 가서 후쿠시마에서는 보지 못했던, 내가 출연한 텔레비전 프로그램을 보고 오는 길이라고 한다. 나는 깜짝 놀랐다.

아무튼 나는 우리 집으로 오지 않겠냐고 물었다. 그날 밤 우리는 꽤 여러 가지 이야기를 나누었다. 즐거운 시간이었다. 헤어질 때, 나는 쇼코 씨에게 작은 석불을 선물했다.

터키의 노점에서 산 너는
석가상도 아닌 것이 그리스석상도 아닌 것이
몹시도 난처하다
나의 서재에서
고양이 눈처럼
나의 공간을 차지한다

나를 향한 사랑 같은 것을

나를 위한 위로 같은 것을

나에 대한 역겨움 같은 것을

은근히 풍긴다

너는

미국 여배우 브로마이드와 나란히

팔리고 있었다

나는 난생처음으로

값을 깎아 샀다

너를 보고 있으면

나는

늘 인생은 신기하다고 느낀다

"그 시에 나오는 불상이에요."
그렇게 말하자 쇼코 씨가 생긋 웃었다. 지금도 가지고 있으려나.

장애인의 '삶'에서
배우다
島の漂流者の

올해(1981년) 3월 16일, 아나운서 출신 정치가 야시로 에이타 씨가 참의원 예산위원회에서 스즈키 수상으로부터 "특수학교의 의무화는 장애아에 대해 국가가 최소한의 의무를 다하겠다는 뜻이지 결코 강제할 것이 아니다."라는 말을 끌어냈는데도 그 뒤 문부대신은 "부모의 의사는 존중받아야 하지만 최종적으로는 각 교육위원회 결정에 따라야 하는 것으로, 부모에게는 선택권이 없다."며 문제를 후퇴시켜 버렸다.

4월 1일, 다시 답변을 요구받은 스즈키 수상은 지난번 발언과 달라진 게 없다고 했지만 두 발언의 차이에 대해서는 아무런 설명도 하지 않았다. 분노를 금할 길이 없다.

오늘날 우리 사회에서 인간의 생명에는 경중이 없다는 말은 그저 원칙일 뿐이다.

이런 정부가 올해는 세계 장애인의 해라고 국민에게 떠들어댄들 위선에 지나지 않는다.

"우리 자신의 손으로 이룩해낸 것이 아니라면 세계 장애인의 해를 맞이하는 의미가 없다."는 '오사카 행동하는 장애인 지원센터' 대표 마키구치 이치지 씨의 주장은 정당할 뿐 아니라, 그 주장 자체가 장애인(장애아) 차별이 뿌리 깊다는 사실을 고발하고 있다.

"적어도 세계 장애인의 해를 맞아 무엇인가를 시작하려 한다면 가장 먼저 장애인들의 생각과 바람에 귀를 기울이는 일부터 시작해야 합니다. 지금껏 그 어디에도 끼지 못하고 늘 소외되기만 했던 장애인들의 목소리를 듣는 과정 없이 무엇을 하겠다는 것일까요?"라는 주장과 호소를 듣고 보내온 수많은 글(《느긋하게 오늘에서 내일로》라는 책으로 간행되었다)은 당연한 일이지만 대부분 고뇌에 가득 차 있다.

이렇게까지 지독하게 차별당하고 있는지 몰랐다고 생각하는 것 자체가 그 사람이 가해자임을 증명하는 일이므로, 나는 더없이 고통스러운 마음으로 그 책을 읽었다.

묘켄 사치코(23세, 뇌성마비 1급) 씨는 이렇게 말한다.

"기능훈련은 시키니까 억지로 하는 것이지 스스로 한다는 느낌은 전혀 없었다. '나아지고 싶지 않은 거냐!'라고 윽박지르고 악당들처럼 멱살을 움켜쥐며 '나아지고 싶습니다!'라는 말을 하라고 시킨다. 그런데 그것을 '사랑의 매'라고 생각하는 사람이 있으니 어떻게 참을 수 있겠나."

고통을 겪더라도 보람 있는 일로 고통을 겪고 싶다는 묘켄 씨의 말에 귀 기울여야 하지 않을까.

묘켄 씨의 고발은 이어진다.

"장애인 시설의 폐해는 두 가지다. 하나는 부모 자식 관계의 단절, 또 하나는 친구 관계의 단절이다. 관계야말로 인간에게 가장 중요한 것인데, 장애인끼리의 연대는 어느 정도 가능하지만 일반인들과는 거의 관계를 맺지 못한다. 인간은 사회적 동물이라고들 하는데, 장애인 시설에서 자란 아이들이 정말로 사회성을 가진 어른이 될 수 있을지 걱정이다. 아무런 저항력도 갖지 못한 채 사회에 내던져지고 그로 인한 고통이 너무나 크다."

"우리는 장애인들을 잘 봐달라고 말하는 게 아니다. 정당한 자기주장을 할 수 있는 교육을 받고 싶다는 것이다."라는 묘켄 씨의 바람은 그야말로 기본적인 인권의 문제다.

수많은 수기를 읽고 느낀 것이 있다.

나는 평소에 장애인들의 '삶'을 언급하며 "우리가 당신들을 격려하며 살아온 것이 아니라 당신들에게 우리가 격려받으며 살고 있다."라고 말해 왔는데 이번에 그 생각이 더욱 강해졌다.

고난의 '삶'을 살아온 사람이야말로 인간적인 배려가 몸에 배어 있다는 것과 깊은 절망을 헤치고 나온 사람만이 한없는 상냥함을 지닌다는 것을 아프도록 절절하게 느꼈다.

말로는 표현할 수 없는 고난을 겪고 있으면서도 그런 사실이 믿기지 않을 만큼 명랑한 사람들도 많다. 나는 거기에서 실낱같은 희망을 느낀다. 본받을 수 있는 '삶'이 분명히 존재하고 그 존재 자체가 문명 부패와 인간 타락을 막을 수 있는 한, 아직은 길이 있다. 그 생각이 더욱 굳건해졌다.

나의 작품과
사투리

障碍者の「生」に学ぶ

　　　　고미야마 료헤이 씨가 신슈일본 혼슈 중부의 내륙지대인 나가노 현을 말한다의 자장가를 들려준 적이 있다. 눈을 지그시 감고 노래하더니 넋을 잃은 듯이 말한다.

"일본 말은 원래 참 아름다운 말이었어요."

나도 진심으로 그렇게 생각한다.

오래전 아마미 제도의 가케로마 섬으로 여행을 갔을 때 한 할머니가 흑설탕을 나눠주며 했던 말을 잊지 못한다.

"미쇼레."

'드세요'라는 뜻인데, 정말 아름답지 않은가?

미쇼레, 미쇼레. 나는 이 말을 거듭 따라 해보았다.

바로 이웃한 오키나와에는 멘소레라는 말이 있다. 발음이 비슷한데, 역시 아름답다.

우리에게는 한때 이런 아름다운 말을 빼앗길 뻔했던 역사가 있다.

사투리 표식이라는 것을 만들어서 가혹하게 차별했다. 공통어(나는 표준어라는 말을 쓰지 않는다)는 숙명적으로 차별성을 갖는다는 것이 나의 지론이다. 흔히 '사투리 되살리기'라는 말을 하는데, 원래 모든 말은 사투리다. 그런 당연한 사실을 말하지 않기 때문에 일본어가 엉망이 되는 것이다.

고미야마 료헤이 씨는 《로쿠스케, 왜 그래?》이 작품은 간사이 지방 사투리로 쓰여 있다를 편집할 때 이렇게 말했다.

"신슈의 자장가 같군요. 이대로 노래로 부를 수 있겠어요."

시인이자 작사가인 후나자키 요시히코 씨는 "하이타니 겐지로의 작품을 이야기할 때, 거기에 있는 시를 좀 더 자세히 살펴보아야 한다."고 했다.

내 글을 스스로 칭찬하려고 이 말을 하는 것이 아니다.

분명 나는 시를 쓰고 있었지만 그 때문에 내 글이 더 잘 이해될 거라고 생각하지 않는다.

만약 다른 사람이 그렇게 말해준다면 그것은 내가 간사이 지방의 말을 소중히 여겨왔기 때문이라고 생각한다.

나는 글을 쓸 때는 물론이고 공식적인 자리에서든 텔레비전에 나가서든 간사이 사투리를 그대로 쓴다.

저 누긋한 간사이 사투리가 나는 좋다.

《로쿠베, 조금만 기다려》가 세 종류의 교과서에 수록된다는 소식을 들었다. 그중 한 출판사에서 작품 속의 간사이 사투리를 공통어로 바꾸어달라고 요청했다.

나는 말했다.

"자신의 말을 빼앗길 정도로 긍지에 상처를 입어야 할 이유가 없어요. 적당히 하시죠."

오키나와
풍진아(風疹兒)

沖繩風疹児

    NHK방송국의 프로그램인 르포르타주니폰에서 '오키나와 풍진아 16세'를 방송(1981년 12월 3일)했다. 아마 방송을 본 사람도 많으리라.

    1965년 오키나와를 휩쓴 풍진 때문에 난청을 앓는 장애아가 600명이나 태어났다. 이 아이들이 이제 2년 뒤면 독립해서 사회로 나가야 한다.

    이 프로그램의 리포터로 제작에 참여하며 느낀 문제점을 밝혀둔다.

    내가 리포터 역할을 맡은 이유는 한 행정구역 안에서 어느 해에 갑자기 600명이나 되는 장애아가 태어났다는 충격적인 사건이 일본에서 그다지 이슈가 되지 않았다는 점 때문이다.

    만약 이런 일이 도쿄나 오사카, 또는 본토라고 불리는 땅의 주요 도시에서 일어났다면 분명 세상을 뒤흔드는 엄청난 사건으로 발전했을 것이다. 왜 오키나와에서는 그렇게 되지 않았을까. 여기에서 나는 오키나와에 대한 뿌리 깊은 차별을 본다.

아니나 다를까, 취재 중에 그것을 뒷받침하는 일이 벌어졌다.

오키나와에서 풍진이 크게 유행하기 전해인 1963년에서 1964년 사이에, 미국 동부에서 풍진이 대유행해서 180만 명에 이르는 환자가 발생했다.

1965년은 베트남전쟁이 가장 격렬하던 해였고 당연히 미군이 오키나와를 빈번히 드나들었다.

시기가 묘하게 일치한다.

오늘날 오키나와 풍진아의 부모들 사이에서 감염원이 미군이라는 것은 상식이다.

처음 오키나와에 들어갔던 조사단도 그 사실을 대략적으로 확인했다.

그러나 일본 정부는 여전히 외면하고 있다.

우리는 이 사실을 확인하기 위해 당시 조사단의 일원이었던 도쿄대모 교수에게 전화를 걸었다. 놀라운 대답이 돌아왔다.

"이제 와서 무슨 소립니까. 감염원 따위, 미국이든 소련이든 아무라도 상관없잖소."

'추한 일본인'이라는 말이 있는데, 이 남자야말로 부도덕한 일본인의 극치를 보여준다.

정말 아무라도 상관없는 일일까. 만약 감염원이 미군이라면 '오키나와 풍진아'로 불리는 아이들은 전쟁의 희생자이다.

게다가 일본의 전쟁도 아니다. 미국이 일으킨 베트남전쟁에 가담한 일본 정부가 받아야 할 범죄 청구서를 아무 죄도 없는 오키나와 아이들이 받은 것이다.

이런 부당한 일이 어디 있단 말인가. 이게 아무라도 상관없는 일인가.

그러나 나는 되묻지 않을 수 없다. 우리에게 과연 이 남자를 비난할 자격이 있느냐고.

우리는 오키나와에 이런 장애아가 있다는 사실조차 모르지 않았던가.

나도, 당신도 혐오스러운 이 남자와 똑같은 죄를 지었다고 말해야 하지 않을까.

나는 방송 담당자에게 리포터로서 꼭 하고 싶은 말이 있다고 했다. 그것은 다음과 같다.

「이번 취재를 통해 느낀 것은 이곳에도 절망과 희망이 있다는 사실이었습니다. 한 행정구역 안에서 600명이나 되는 장애아가 태어났는데도 일본인 대부분이 모르고 있다는 사실을 어떻게 생각하면 좋을까요? 이것은 단순히 오키나와 차별의 문제일까요?

풍진의 감염원이 미군이라면 이 아이들은 분명 전쟁 희생자입니다. 아무 죄도 없는 이 아이들이 베트남전에 가담한 일본인의 죗값을 대신 치르고 있는 것입니다.」

더구나 이 아이들은 2년 뒤면 사회로 나가 홀로서기를 해야 합니다. 오키나와를 차별하고 장애인을 차별하는 세상의 소용돌이 한복판으로 내던져질 이 아이들의 '삶'은 그야말로 고난의 길일 수밖에 없습니다.

이 사실을 가장 걱정하고 있는 것은 풍진아의 부모님들입니다.

한 부모님은 지난 일은 어쩔 수 없다, 지금 가장 중요한 것은 이 아이들의 장래를 부모된 마음으로 생각해주는 일본인이 더 많아지는 일이다, 라고 했습니다. 이 말 앞에서 우리는 할 말이 없었습니다.

이번 취재를 통해 이 아이들이 매우 밝다는 사실에서 희망을 보았습니다. 사회에 나가면 의사소통 문제로 많이 힘들 텐데 그 점을 어떻게 생각하느냐고 묻자, 말을 못하면 글로 쓰면 되지 않느냐며 오히려 나를 이상하게 여겼습니다.

휴일마다 아버지와 함께 건축현장에서 일을 하는 쓰카사는 취재 때는 어색해했지만 다음 날 학교에 찾아갔을 때는 상냥하게 웃으며 제게 다가왔습니다. 그 아름다운 웃는 얼굴을 잊을 수가 없습니다.

그리고 무엇보다 희망적인 것은 이 아이들과 십몇 년 동안 동고동락해온 나카모토 도미 선생님 같은 분이 계신다는 사실이었습니다.

히메유리 부대제2차 세계대전 말, 오키나와 전투에 참여한 여고생 종군 간호부대의 대원으로 참전했다가 가까스로 살아남은 나카모토 도미 선생님은 죽어간 친구들의 얼굴을 하루도 잊은 적이 없다고 했습니다.

나카모토 도미 선생님은 이 아이들과 함께 살아감으로써 죽어간 친구들의 생명을 자기 안에서 살려내는 엄숙한 행위를 완수하려 하는 것은 아닐까요.

글 앞쪽의 「 」 부분은 프로그램 구성상 도저히 넣을 수 없다고 해서 결국 방송되지 못했다.

마지막으로, 나카모토 도미 선생님이 했던 말을 덧붙여둔다.

"이 아이들은 초등학교, 중학교는 일반 학교를 다녔는데, 그때가 말을 이해하는 능력도 더 좋았고 깊이도 있었죠."

에노켄은
나의 문화였다

エノケンがぼくの文化だった

　　　　　어린 시절 집 근처에 문화영화관이라는 곳이 있었는데, 거기 간다고 하면 부모님은 두말없이 돈을 주셨다. 하지만 나는 돈을 들고 문화영화관이 아니라 이치마관이라는 영화관으로 갔다. 거기서 에노켄_{일본의 희극왕이라고 불리는 에노모토 켄이지의 애칭}의 〈구라마덴구〉_{에노켄이 주연을 맡았던 코미디 시대물}나 〈잣키리킨타〉_{에노켄의 대표작 중 하나인 난센스 코미디}를 두근거리며 보곤 했다.

한번은 동생을 데리고 갔는데 동생이 집에 돌아와 영화 이야기를 마구 떠벌리는 바람에 나의 작은 즐거움은 거기서 끝나고 말았다. 초등학교 1학년 때였다.

문화영화관은 손님이 통 들지 않아 결국에는 망했다. 하지만 그 뒤 내게는 좋은 일이 생겼다. 영화관이 유령의 집으로 바뀌어 또 부모님 몰래 그곳에 드나들 수 있었으니까.

축제 때나 문을 여는 그저 그런 유령의 집이 아니라 이를테면 '권총 강도 겐, 붙잡히다' 장면 등을 볼 수 있는 곳이었다. 권총 강도 겐은 다이쇼 시대인지 쇼와 시대인지 시기에 한 세대를 풍미했던 강도로, 여자와 자다가 관헌들에게 기습공격을 당해 붙잡힌다. 그 장면이 그대로 재현되어 있었기 때문에 그야말로 가슴이 두근두근했다.

"겐지로라는 네 이름은 '권총 강도 겐'에서 따온 거란다. 권총 강도 겐은 나쁜 놈이지만 머리는 좋았지. 그놈만큼 지혜가 있고 그 지혜를 좋은 데에 쓰면 출세할 거야."

우리 아버지는 술에 취하면 늘 그렇게 말했다. 그래서 어릴 때는 권총 강도 겐에게 묘한 친근감을 느꼈다.

혼다 가쓰이치 씨는 최근 저서 《빈곤한 정신》 제8집에서 자신은 어린 시절 산과 들판을 뛰어다니며 산철쭉과 승아, 뽕나무와 감제풀 등을 날것으로 먹었다면서 이런 놀이는 일종의 '어린이 문화'라고 했다.

우리는 어린이 문화 하면 어린이를 위한 문화, 또는 어린이에게 유익한 문화라고 터무니없는 착각을 곧잘 한다.

이런 생각 속에는 어딘지 강압적인 부분이 있다. 적어도 어린이의 시선이 빠져 있는 것이다.

만화는 저속한 문화의 대명사로 여겨지지만, 한 아이는 이런 시선을 두고 다음과 같이 말한다.

"만화를 보고 있으면 '또 그 시시껄렁한 걸 보는 거니! 그럴 시간이 있으면 책 좀 봐.' 하고 말한다. 만화는 무조건 하찮게 생각한다. 만화도 수준이 높은 것에서 낮은 것까지 다양하고, 우리가 읽는 건 절대로 나쁜 만화가 아니다. 훌륭한 독서라고 생각한다. 생각해보면 글로 된 이야기를 그림으로 바꾼 것뿐이니까. 하지만 '만화는 만화일 뿐'이라며 눈과 귀를 닫아버린다. 그뿐 아니다. 뭘 좀 하려고 하면 일일이 감시하고 자기 뜻에 맞지 않으면 무지막지하게 화를 낸다. 그러니까 요즘 아이들이 죄다 어른한테 의지하려고만 하는 거다. 그런데도 어른들은 '요즘 애들은 도통 생각이 없다니까……' 같은 말이나 한다."(12세, 오카무리 마리코. 도쿄 거주)

아이들은 저속한 것에 마음이 움직이는 법이다. 저속한 것이기 때문에 마음이 움직인다는 말이 더 맞을지도 모르겠다.

저속한 것은 아이들의 성장에서 완전히 배제되어야 한다는 생각에 나는 찬성할 수 없다.

문제는 저속한 것이 아니라, 저속한 것이 상업주의와 결탁해 아이들을 유혹할 때다. 이것이야말로 위험하다고 생각한다.

목소리

声

– 악동

초등학교에 들어가기 전 무렵을 생각해보았다. 국철 효고 역 육교 밑에 문화영화관이라는 곳이 있었다. 거기에 간다고 하면 어머니는 두말 없이 돈을 주셨다.

문화영화관에는 가지 않고 항구 쪽에 있는 이치마관이라는 영화관에 가서 에노켄의 〈구라마덴구〉를 봤다.

유령의 집에 가면, 유령은 거들떠보지 않고 권총 강도 겐이 붙잡히는 장면을 연출한 코너에 있는 강도 인형을 보며 가슴을 두근거리고는 했다.

집 2층에 몰래 올라가 가정의학서에 있는 인체 그림을 뚫어져라 보았던 기억이 있다. 누군가 오면 딴청을 부렸다. 그때 처음 책이라는 것에 흥미를 가졌다(지난번에 동화작가 다니카와 슌타로 씨와 대담을 했는데, 그도

나와 똑같은 경험이 있었다. 그런데 얄밉게도 그의 경우에는 백과사전이었다고 한다).

판판한 화강석 위에서 딱지를 치다가 굴러떨어졌다. 머리가 깨져 피범벅이 되었다. 붕대를 둘둘 감은 채 다시 딱지를 쳤다고 한다.

지금도 내 오른쪽 이마에 그때 생긴 흉터가 뚜렷이 남아 있다.

스마의 바닷가도 잊지 못한다.

여름철이면 날마다 다녔다. 효고에서 스마까지 걸어서 갔다.

바다로 한참 나가면 갑자기 수심이 얕아지는 곳이 있는데, 거기에 가려다가 몇 번이나 물에 빠져 허우적거렸다. 그곳은 바닥을 딛고 서 있을 수 있어서 개량조개를 얼마든지 캘 수 있었다.

몇 번의 도전 끝에 처음으로 그곳 바닥을 딛고 섰을 때의 감격은 지금도 잊지 못한다. 발로 모래 속을 더듬으니 꿈에서 보았던 그 보물이 데굴데굴 굴러 나왔다. 욕심이 나서 몇 개씩 거머쥐고 돌아가다 또 물에 빠져 허우적거렸다.

그렇게 잡은 조개를 바닷가에서 구워 먹었다. 지금도 그때 먹었던 조개보다 맛있는 음식은 없다.

악동이 존재할 수 있던 시절도 있었건만, 지금 아이들은 자립을 위한 시행착오를 거의 인정받지 못하고 있는 듯하다.

아이들의 불행은 거기에서 싹트는데도 그 사실을 깨닫는 어른이 적다. 안타까운 일이다.

– 대등하다는 것

　동창회 안내장에 불참 표시를 하면서, 외국에도 이런 관습이 있을까 생각했다. 옛 친구들이 오랜만에 한자리에 모여 옛일을 추억하며 이야기꽃을 피우는 것도 나름대로 좋은 일이지만 나는 그런 인간관계를 좋아하지 않는 편이다.

　나는 17년 동안 교사 생활을 했기 때문에 수많은 제자의 편지를 받거나 방문을 받는다. 도쿄에서 사인회가 열리면 연인과 함께 찾아오는 제자도 있다.

　"아이고, 반갑구나."

　보통은 그런 말을 건네지만, 내가 정말로 반갑다고 느낄 때는 서로 이야기를 나누다 '이 녀석, 진지하게 살고 있구나.'라고 생각될 때뿐이다.

　고작 교사와 제자 사이에 지나치게 친한 척하는 사람이 나는 감당이 안 된다. 둘 사이에 인생을 엄격하게 살아가는 사람으로서 맺어진 우정이 없다면 그 인간관계는 메마른 관계라고 생각한다.

　십몇 년 동안 소식 한 통 없다가 선거철에 한 표 부탁한다며 뜬금없이 전화를 걸어온 제자가 있었다. 몹시 실망스러웠다.

　고등학교를 졸업하고 사회에 나가서도 삶의 의미에 대해 진지하게 이야기를 나누던 사이였기에 더욱 실망스러웠다. 백 년의 사랑도 단번에 식을 수 있구나, 하는 생각이 들었다.

　표를 부탁하려던 사람이니까 더 나은 세상을 만들겠다는 마음 정도는 있으리라. 그러나 10년 넘게 소식이 없다가 한 표를 얻기 위해 전화를 거는 것은 너무 무신경하지 않은가. 인간미라고는 전혀 없는, 정치활동을 하는 부패한 정치인들을 떠올리지 않을 수 없다.

그런 행위는 교사와 제자일 뿐인 관계에서 지나치게 친한 척하는 것과 같다.

S라는 제자가 있었다.

5학년이 되어서도 "선생님은 왜 나를 예뻐해주세요?"라는 말을 "선생님은 외 나를 예뻐주세요."라고밖에 쓰지 못하는 아이였다. 고군분투하던 그 아이는 그해 가을 다음과 같은 멋진 시를 썼다.

지금은 태풍이 한창

지금은 태풍이 한창
나는 태풍이 참 좋다
남자다우니까
선생님도 틀림없이 태풍을 좋아할 거다
풍속 40미터면 어때
갑자기 편지를 쓰고 싶어졌다
정전이라서
촛불을 켜고 편지를 쓴다
지금쯤 선생님 뭐 할까

나는 차 안에서 그 S가 자동차 판금 기술자가 되어 땀을 뻘뻘 흘리는 광경을 목격한 적이 있다. 나는 말을 걸지 않았다.

"똥 덩어리 같은 녀석! 내가 너한테 질까 보냐!"

그때 나는 그렇게 생각했다. S는 내 평생의 친구다.

– 고베

우라야마 기리오 감독과 고베 거리를 걸었다. 신카이치고베 시의 중심지를 곧장 내려간다. 노동자들이 주로 이용하는 대중음식점이나 술집이 처마를 맞대고 있는 이 부근은 시타마치옛 일본의 모습이 많이 남아 있는 오래된 상업 지역의 정취가 짙다.

시장을 빠져나오자 이나리 신사가 나온다. 붉은 기둥문이 겹겹이 세워져 있다.

"좋군요." 하고 우라야마 감독이 말한다.

여기서 남쪽은 골목이 바둑판 모양으로 뻗어 있다. 요즘은 좀처럼 보기 힘든, 처마가 낮고 드문드문 흰 벽이 남아 있는 옛날 집들이 있다. 골목에서 아이들이 팽이를 돌리고 있다. 조그만 철공소, 어구 판매점 등이 줄지어 있다.

조선소에서 캉캉 망치 소리가 들려온다. 꽤 날카로운, 그러나 투명한 그 소리를 들으며 우리는 오래된 두부 가게에서 한 잔에 10엔씩 하는 두유를 사 마셨다. 어릴 때는 두유가 먹기 싫어서 도망쳐 다니곤 했다.

"맛있어."

"맛있네요."

우리는 감탄했다.

"이 거리는 〈큐폴라가 있는 거리〉를 촬영했던 곳과 느낌이 거의 비슷하군요. 여기서 촬영을 하죠."

우라야마 감독은 《태양의 아이》라는 내 작품을 영화로 만들 예정이다. 나는 큰 기대를 하고 있다.

고베 하면, 외인관(이 말에도 저항감이 있지만), 외인묘지, 토어로드외국인 거주지로 새롭게 개발되었던 지역, 메리켄 파크 등이 유명하다고들 한다.

"흠, 그래요?"

우리 서민파들은 부루퉁한 얼굴로 그렇게만 대꾸했다.

포트 아일랜드(인공 섬), 플라워로드 같은 도를 넘는 것들이 끊임없이 만들어진다. 이게 대체 다 뭐란 말인가.

인간의 상냥함은 조상이 남겨준 문화유산을 얼마나 소중히 여기느냐에 달렸다.

서민감각을 잃어버려서는 안 된다는 말은 그런 의미다.

고베에서 나고 자란 나에게 슈라쿠칸1913년에 문을 열어 1978년에 폐관한 고베 시의 복합오락 시설물이 없어지는 것도, 마쓰타케자고베 시에 있던 극장. 1976년에 폐관가 사라지는 것도 물론 슬픈 일이다.

그러나 그것보다 더 힘들고 슬픈 것은 사람들 마음속에서 서민감각이라는 상냥함이 사라지는 일이다.

– 사람이 아름다울 때

단 후미 씨와 함께 중증 지적장애아들이 함께 배우고 함께 생활하는 시요 학원을 찾았다.

짧은 시간이었지만 아이들과 함께 식사도 하고 노래도 하며 즐거운 시간을 보냈다. 그래서 송구스러웠다.

시요 학원 아이들과 선생님들이 얼마나 고생을 하는지 알기에 그만큼 더 괴로웠다.

열일곱 살 소녀에게 배변 습관을 들이는 일화가 있다. 선생님들은 한밤중에 싫다고 날뛰는 소녀를 변기에 앉히고 몇 시간이고 꼼짝 못하게 누르고 있으려니 팔다리가 저린다. 밤이면 밤마다 그런 일이 이어진다. 선생님들은 거의 노이로제에 걸릴 지경이다. 석 달이 지나도록 효과가 전혀 없다. 이 아이는 가망이 없다고, 선생님이 말한다.

학원 설립자인 후쿠이 다쓰우 씨가 꾸짖는다.

"자네들, 인간이기를 포기하는 건가!"

화장실에서 배변을 하는 것은 인간으로서 가장 기본적인 일이다, 지금 그 일 가르치기를 포기한다면 저 아이는 영원히 비인간적인 존재가 된다, 그와 동시에 자네들 역시 비인간이 되어 버린다, 후쿠이 다쓰우 씨는 그렇게 말한다. 얼마나 가혹한 말인가.

선생님들은 울면서 다시 그 힘든 일에 도전한다.

그리고 넉 달 뒤, 그러니까 7개월째에 소녀는 화장실에서 배변을 한다.

선생님들은 환성을 지르고, 그리고 울었다. 그날 밤 주스와 맥주로 건

배를 하며 떠들썩하게 보냈다고 한다.

나는 이 이야기가 아름답다고 생각한다. 아름다운 인간 집단이라고 생각한다. 지금, 잊혀지는 교육의 본질이 여기에 있다고 생각한다.

시요 학원을 찾은 첫 번째 목적은 그 선생님들을 만나는 것이었다.

내가 상상하던 그대로였다.

선생님들은 하나같이 밝고 아름다웠다. 무엇보다 다들 눈빛이 반짝반짝 빛났다. 여기까지 쓰다가 나는 문득 한 가지 걱정이 떠올랐다.

이 글을 읽고 시요 학원을 유토피아 같은 곳이라고 생각해버리지 않을까 하는 점이다. 그것은 터무니없는 생각이다.

후쿠이 다쓰우 씨는 시요 학원이 존재하는 것 자체가 죄라고 말한다. 아이들은 저마다 가정에서 행복하게 살 권리가 있다. 사회가 장애아를 차별하기 때문에 그 아이들이 시요 학원에 와 있다는 사실을 우리는 잊으면 안 된다.

"그분들께 은혜를 입었으니 우리도 조금은 아름다워지지 않았을까요."

돌아오는 길에, 단 후미 씨는 그렇게 말하며 웃었다.

– 수상의 발언

꼭 해두어야 할 말이 있다.

"도쿄에 3대째 살면 백치를 낳는다."

한 나라의 수상이 내뱉은 말의 의미에 대해서다.

중증 지적장애아를 둔 부모님들이 이 발언에 가장 깊은 절망을 느꼈으리라.

장애아 차별로 더욱 힘든 삶을 살아야 하는 부모들에게 이 말은 그야말로 흉기와 같다.

이런 말을 내뱉는 수상의 재임 기간에 특수학교 의무화가 실시되었다는 사실에 소름이 끼치는 것은 나뿐만이 아니리라.

우리는 이 비인간적인 말을 규탄할 수 있다. 해야 한다고 생각한다.

그렇게 생각하면서도 한편으로는 이런 발언이 나올 수 있는 사회적 상황을 생각하지 않을 수 없다.

오히라 마사요시 수상의 차별성을 비난하는 것에서 끝난다면 문제는 축소된다.

학부모회장이기도 한 어느 절의 주지가 본당에서 불상을 보고 있던 지적장애 소녀를 두 번 다시 들어오지 말라며 반죽음이 되도록 폭행한 사건을 나는 알고 있다.

중증 장애아를 가리키며 "나쁜 짓을 하면 저렇게 된다."라고 자기 아이한테 말하는 젊은 엄마를 본 적도 있다. "저런 애는 무슨 낙으로 살까."라는 말도 한다.

이것을 특수한 예라고 자신 있게 말할 수 있을까.

부모라면 누구나 태어날 아이가 사지육신이 멀쩡하기를 바라게 마련이다. 그것은 부모로서 자연스러운 마음이지만, 그것이 자기 안에 차별의식을 만드는 것도 사실이다.

뿌리 깊은 차별 문제로 겪는 고통은 자신이 직접 차별을 당해보지 않는 이상 절대로 알 수 없다.

성실한 사람은 자기 안에 있는 차별 의식을 자각하고 있기 때문에 다수의 논리에 항상 의심의 눈길을 보내고 이른바 약자라고 불리는 사람들의 목소리를 들으려고 한다.

일본에는 그런 성실함을 지닌 정치가가 거의 없다.

– 타이프라이터의 노래

시집 한 권을 받았다.

《한 방울의 빗물이 되고 싶다》라는 제목이었다.

저자인 구사지마 노보루 씨는 중증 신체장애인이다. 뭔가를 하려고 하면 몸이 극도로 긴장하기 때문에 수건으로 양팔을 묶어야 한다.

빵 하나를 먹는 데에도 엄청난 노력이 필요하다.

점심때 빵이 나왔다
간병인이 올 때까지 참지 못하고
빵에 얼굴을 들이박는다
빵이 입가에서 주룩 달아난다
"빌어먹을!" 하고

몸에 들러붙어버린 듯한 손을 원망한다
누가 좀 와줬으면 하고
중얼거리며 달아나는 빵을 쫓는다

구사지마 노보루 씨는 어머니와 함께 날마다 병원에 다녔다. 일곱 살 때 입학 축하 통지서를 받았다. 그러나 어떤 학교에서도 그를 받아주지 않았다.

장애아 차별로 고통을 겪었다. 특수학교에 들어가 가와하라 마사미 선생을 만난 것이 그나마 한 줄기 희망이었다.

구사지마 씨는 발가락으로 타자 연습을 한다. 그러나 그것은 지극히 어려운 일이었다. 아무리 노력해도 틀린 글자가 찍힌다. 포기하고 싶어진다. 가까스로 극복했을 때 커다란 벽에 부딪힌다.

"…… 타자를 친다고 뭐가 어떻게 되는 것도 아니다. 어떡하지, 책만 읽는 것도 너무 지루하고……."

고뇌 끝에 그는 시를 쓰기 시작한다.

나

눈을 감고 가만히 있으니까
몸의 긴장이 풀려

어디든 갈 수 있을 것 같다
내 발로 길을 걷고
내 손으로 밥을 먹을 수 있을 것 같다
너무 기뻐서
웃어버리는 나

문득 정신을 차리면
여느 때처럼 휠체어에 앉은 나
그럴 때
눈물이 저절로 흐른다

구사지마 노보루 씨가 걸어온 길에 감동하고 눈물을 흘리기는 쉽다. 그러나 그의 정신을 내 것으로 만들기는 지극히 어렵다. 그의 시를 읽고 자식과 동반 자살하려던 생각을 접었다는 부모가 있었다. 구사지마 노보루 씨한테서 무엇을 배울 것인지는 우리 한 사람 한 사람의 몫이다.

– 결손가정?

청소년의 비행을 보도할 때 "결손가정의 아이였다." 따위의 말을 한다. '결손가정'은 곧 '악'의 이미지다. 이것은 심각한 차별이다.

무엇보다 결손가정이라는 말 자체가 이상하다. 한부모 가정이 왜 결손가정인가.

아이들의 성장에 중대한 결함이 있는 가정이야말로 결손가정 또는 결함가정(예를 들어 뇌물 5억 엔을 받고도 결코 부끄러운 짓을 하지 않았다며 뻔뻔스레 국회의원에 출마하는 인간이 있는 가정이야말로 인류를 상실한 최대의 결함가정이라고 해야 한다)이다. 아버지가 없다느니 어머니가 없다느니 하는 것으로 이렇게 부르는 건 말도 안 된다.

이마에 요시토모 씨의 소설 중에 《상냥하게 하기》가 있다. 아빠와 딸 단둘이서 열심히 살아가는 이야기다.

이 책 첫머리에 인용된 에리히 케스트너의 말은 우리 생각의 폭이 얼마나 좁은지 깨우쳐준다.

"세상에는 부모가 헤어져서 불행한 아이만큼 부모가 헤어지지 않아서 불행한 아이도 많다."

결손가정이라는 말이 한부모 가정의 아이들을 얼마나 힘들게 하는지 모른다. 그 차별의 굴레는 취직 때까지 이어져 열심히 살려는 아이들을 절망의 구렁텅이로 몰아넣는다.

나는 최근에 《로쿠스케, 왜 그래?》라는 그림책을 썼다. 부모님한테 버림받은 친구를 위로하려는 한부모 가정 아이들의 상냥함을 그린 책이다. 일부를 공개한다.

남들은 나랑 미코한테 곧잘 말한다.
"쓸쓸하지?"

미코는 엄마가 없고 나는 아빠가 없어서 그러는 걸까?

나는 엄마한테 물어보았다.

"엄마는 아빠가 없어서 쓸쓸해?"

"아빠가 있어도 쓸쓸할 때는 쓸쓸해."

"흐음."

"유키히코는?"

"뭐, 별로."

"괜히 그렇게 말할 거 없어."

"그러면 아빠를 백 명쯤 만들어달라고 할 거야."

하고 나는 말했다.

"애인이라면 백 명쯤 있는데."

"뭐야?"

"유키히코는 미코 한 명이지? 억울하니?"

"바보. 미코는 한 명이라도 백 명만큼 가치가 있다고."

"어머나, 유키히코, 멋지다."

하고 엄마가 말했다.

그렇게 말하며 웃을 때 엄마는 참 예쁘다.

'한부모 가정의 아이는 어둡다.'는 잘못된 이미지는 어떻게든 바로잡고 싶다.

– 어느 여대생의 편지

한 교육대학 학생에게 편지를 받았다.

"지난 한 달, 무의미한 교육법규와 교육심리를 공부하는 내내 '나는 왜 선생님이 되려고 하는가.', '선생님이 되어서 무엇을 하고 싶은가.', '좋은 선생님이 된다는 것은 어떤 것인가.'라는 의문이 솟구쳤습니다.

예를 들어 장애아 교육이라는 항목을 보면 맹아나 농아는 일반적으로 자기중심적이고 난폭하다고 되어 있고, 아이큐가 60 이하인 아이는 백치로서 스스로는 아무 감정도 표현하지 못한다는 등 너무나 차별적인 해설이 실려 있습니다. 이것도 물론 용서할 수 없는 일이지만 그보다 더 심각한 것은 그것을 그대로 외우고 시험에 합격해서 선생님이 되려는 사람이 있다는 사실입니다. 바로 저 자신입니다.

마음속으로는 반발하면서도 시험에 나오면 그대로 쓸 나 자신을 용서할 수가 없습니다.

하이타니 선생님, 선생님이 된다는 게 어떤 것인지 모르겠습니다.

현실의 아이들 속으로 들어갔을 때 제가 가진 모든 것을 아이들에게 쏟아내고 함께 고민하고 함께 고생하면 될 거라고 생각하지만, 막상 선생님이 되려는 단계에서 모든 감수성을 마비시켜야 한다면 어떻게 아이들과 함께할 수 있다고 자신 있게 말할 수 있을까요.

내가 가진 지식을 휘둘러 교사의 위엄을 유지하면서도 그 사실조차 깨닫지 못하는, 인간으로서 가장 최악의 삶을 살게 되는 건 아닌지 두렵습니다."

편지를 다 읽고, 나는 깊은 생각에 잠겼다. 나는 대답할 말이 없다.

이 학생은 교사 임용시험에 응시하는 일에 죄책감을 느끼고 있다.

다만 한 가지, 내가 말할 수 있는 것이 있다. 이런 생각을 가진 사람이야말로 교사가 되어야 한다. 이 양심을 묻어버린다면 불모 상태의 교육을 구제할 수 없다.

– 안경을 쓰다

내가 늙었다는 사실을 세상에 알리는 꼴이지만, 요즘 어두운 곳에서는 작은 글씨가 잘 안 보인다.

병원에 갔더니 오른쪽 눈에 가벼운 노안이 왔단다. 아직은 젊다고 생각했는데 벌써…… 하는 기분이었다.

밤이나 날씨가 흐린 날이면 가끔씩 안경을 쓰고 일을 한다.

재미있는 현상을 발견했다.

글씨가 잘 안 보여 안경을 쓴다. 얼마쯤 지나면 어쩐지 불안해져서 안경을 벗는다. 그러면 마음이 놓이고, 한동안 그 상태로 일을 한다. 다시 잘 안 보이기 시작한다. 안경을 쓴다. 역시 불안하다. 안경을 벗는다. 마음이 놓인다.

이 일을 반복하는데, 안경을 벗으면 마음이 놓인다는 게 재미있다.

이 이야기를 눈이 아니라 정신으로 바꿔놓으면 굉장히 함축적인 이야기가 되기 때문이다.

인간은 지식이나 분별력으로 이상적인 세계를 구축하지만, 그 이상적인 세계는 워낙 요상해서 끊임없이 되돌아보고 곱씹어보지 않으면 중요한 것이 결여된다.

얼마 전, 어떤 사람이 고교 증설 운동의 발기인이 되어달라는 부탁을 하러 왔다.

내가 그렇게 물었다.

"고등학교를 더 짓는 일에는 찬성이지만, 거기에서 이루어지는 교육의 방향이나 전망을 함께 생각하지 않는다면 그 일은 아이들의 행복으로 이어지지 않습니다. 이 점은 어떻게 생각하십니까?"

"학교 증설은 코앞에 닥친 문제라 일단 학교를 더 짓는 운동에 힘을 쏟고 있습니다."라고 대답한다.

"그럼 거절하겠습니다." 하고 말하자, "좀 더 서민과 아이들 편에 서세요." 하고 나한테 설교를 했다.

이 사람이 아이들의 행복을 진지하게 생각하고 있다는 것은 전혀 의심하지 않는다. 하지만 중요한 것이 무엇인지 놓치고 있다.

남의 일이 아니다. 나 자신도 똑같은 실수를 범하고 있는지 모른다.

안경을 벗으면 마음이 놓이는 감각을 언제까지나 잃고 싶지 않다.

– 오키나와 아이들

오키나와의 향토지 〈푸른 바다〉의 초대로 나하 시와 구시카와 시를 방문했다. 두 곳에서 각각 강연을 하면서 청중의 뜨거운 열기에 압도되었다.

나는 마흔 살 무렵에 깊은 좌절을 겪고 2년 정도 방랑 생활을 했는데, 그때 오키나와 사람들의 상냥함에 도움을 받은 적이 있다.

내가 어린이문학을 하게 된 계기도 그 일과 관계가 깊다. 내게 오키나와는 이중, 삼중으로 은인이라고 할 수 있다.

오키나와 사람들이 나의 그런 이야기에 감동한 것은 아니다. 그 사람들이 열심히 귀를 기울인 것은 오키나와 아이들의 이야기다.

진정으로 아이들 입장에 선 수업이 이루어진다면 성적이 좋다 나쁘다 하는 결과로 나타나지 않는다는 사실을 증명하기 위해 전국을 돌며 수업을 펼치고 있는 전 미야기 교육대학 학장 하야시 다케지 선생이 오키나와 나하 시의 구모지 초등학교에서 수업을 한 뒤, 오키나와 아이들 반응의 질과 힘과 깊이가 본토 아이들과 엄청나게 차이 난다는 말을 했다고 소개했을 때, 오키나와 사람들의 눈빛이 반짝거렸다.

나는 하야시 다케지 선생과의 대담에서 이야기했던 존 듀이미국의 철학자, 교육학자의 학설을 오키나와 아이들에 대입해서 말했다.

교육에는 두 가지 측면이 있다. 먼저, 사회생활에서 인간과 인간의 끊임없는 만남을 통해 다양한 것이 아이들에게 전해지는 교육이다. 또 하나는 의도적으로 조직된 공동체, 곧 학교에서 이루어지는 교육이다. 그리고 후자가 성립되기 위해서는 전자가 견고한 토대 위에 서 있어야 한다는 학설이다.

오늘날 일본에서 고유한 문화가 있고 자연과 더불어 그 문화를 소중히 지키고자 하는 힘이 가장 강한 곳은 아마 오키나와일 것이다. (그 반대도 있는데, 그것은 본토의 교활한 인간들이 꾸며낸 세력이라는 사실도 밝혀둔다.)

나는 사키시마라는 곳에 오랫동안 머물렀는데, 섬사람들에게서 사람만이 그곳에 산다는 거만한 생각은 눈곱만큼도 찾아보지 못했다. 섬사람들의 상냥함은 모든 생명을 대등하게 바라보는 지점에서 생겨나는 것 같았다.

오키나와는 그런 상냥함의 문화로 지탱되어온 곳이기에 하야시 다케지 선생이 인간 존재를 깊이 있게 들여다보는 수업을 하자 당연한 일이지만 오키나와 아이들은 훌륭한 집중력을 보였다.

이 아이들의 아름다운 얼굴은 《수업 중인 아이들》이라는 책 속에 담겨 있다.

"오키나와 아이들이 본토 아이들보다 학력이 낮다고 여겨 본토 아이들을 따라잡으라고 종용한다면 우리는 큰 죄를 짓는 꼴이 될 것입니다. 오키나와 아이들이야말로 오늘날 교육의 부재를 구원할 희망입니다."

나는 그렇게 이야기를 끝맺었다. 내가 그 자리를 떠난 뒤에도 오래도록 잦아들지 않는 청중의 뜨거운 박수 소리에 나는 깊은 감동을 받았다.

– 아이들은 지켜보고 있다

한 잡지사로부터 '어린이의 주장'이라는 글을 읽고 평가해달라는 부탁을 받았다.

나는 교육평론가가 아니기 때문에 그런 부탁은 대개 거절한다. 어린이에 관한 뉴스가 있으면 내 의견을 들으러 온다. 그런 일이 나는 몹시 싫다. 정중하게 거절했더니 어떤 형식이라면 승낙해주겠냐고 매달렸다.

결국 거절하지 못하고, 나의 어린이관을 중심으로 자유롭게 쓴다는 조건으로 원고를 떠맡았다.

보내온 복사본을 읽어보니 예상대로 부모에 대한 아이들의 불평불만 따위를 얄팍하게 다루고 있었다. 정말이지 난처한 일이다.

아이들이 깊이 있게 살아가는 모습을 보려고 하지 않은 채 그저 피상적으로만 본다면, 우리는 아이들을 으레 그렇다고 파악해버릴 위험이 있다.

요즘 아이들은…… 이라는 실체 없는 말이 그것을 증명하고 있지 않은가.

저널리즘의 태도는 그렇다 쳐도, 아이들의 발언 가운데 아주 예리한 것이 더러 있었다.

"시험지를 지긋이 들여다보면서 '도대체 이런 걸 왜 못 풀어?' 하고 말한다. 그걸 풀 줄 알면 나도 안 힘들겠다."(초등 4년, 여)

단순명쾌하다.

"화내는 건 대개 엄마다. 아빠는 아무 말도 하지 않는다. 하지만 엄마랑 아빠가 역할을 서로 나눈 게 뻔히 보여서 무지무지 어색하다."(초등 6년, 여)

나는 '이런 아이들을 둔 부모는 기뻐해야 하지 않을까.'라고 평가했다. 이런 아이들의 감수성은 소중히 여겨야 한다.

이런 글도 있었다.

"남들한테는 이런저런 훌륭한 말을 해요. 하지만 그런 말을 하는 사람 치고 착실한 사람이 없어요. 한마디로 대충대충이에요."(초등 6년, 여)

이런 아이들을 되바라졌다고 생각할 수도 있겠지만, 대체로 부모를 얕잡아 보는 아이보다 아이를 얕잡아 보는 부모가 훨씬 많다.

아이들은 그런 것까지 꿰뚫어 보고 있다.

아이의 인생이든 어른의 인생이든 둘도 없이 소중하다는 의미에서 대등하다. 함께 배우려는 자세는 아이보다 부모나 교사에게 더 부족하지 않을까.

아이들에게 배운다

だれだって 赤ちゃんは

人にきらわれたり

人をにくんだりする人間には

みんなに好かれて

みんなを愛する人間になりたいと

だれだって思っている

毎日のくらしの中には

人の心をちくちくさすような 意地悪な気持が

小虫のようになって いるし

いつもどこかで 戦争が起っている

どうしてだろう

그 아이는 다시 일어섰다.

가을 운동회 때 아이는 달렸다.

두 다리로 달리는 아이들 사이에서 외다리로,

아이는 달렸다.

다들 결승점으로 달려가고 있었지만 아이는 홀로

하늘을 향해 똑바로 달려가고 있었다.

신이 존재한다면 이 아이야말로 신이라고,

나는 그때 생각했다.

교육 속의
절망과 희망

教育の中の絶望と希望

　　　　자립적으로 산다는 의미에서 보면 오늘날만큼 아이들이
불행한 상황에 놓인 시대도 드물다. 그것은 물질문명이나 부모 가치관
의 강요로 아이들 삶의 터전이 좁아졌다는 의미다.

　삶은 달리 말하면 생명체가 자신을 표현하는 일인데, 오늘날 학교교
육에서 아이들의 표현은 존중받는 일이 거의 없다. 어른들이 강요하는
일방적인 가치를 달성하는 데에 거추장스러운 짐짝 취급을 받을 뿐이
다. 그런 곳에서 아이들은 참모습을 보이려 하지 않는다. 아이들의 불행
은 아이들이 참모습을 보일 수 없는 곳에서 교육이 이루어지는 데에 있
다. 다양한 말을 하는데도 듣는 귀를 갖지 못한 어른들에게 둘러싸여 살
아가는 아이들은 깊은 절망에 빠져 있다.

　역설적이게도 학교 폭력이나 가정 폭력이 빈번히 일어나자 아이들의
말을, 그것도 처세술적인 의미에서 들으려 한다.

　구할 방도가 없다는 말은 요즘 아이들을 위해 준비된 말인 듯하다.

인간은 자신의 존엄을 침해당했을 때 저항할 권리가 있다. 아이들이라고 예외가 아니다. 그런데 오늘날의 아이들은 보장받아야만 하는 저항에 한번 비행이라는 딱지가 붙으면 반사회적 행위로 규탄당하고, 삶의 의지를 재기불능 수준으로 꺾을 만큼 가혹한 처벌을 받는다. 교사들의 지독한 관리 체질은 비행과 저항도 구별하지 못하는 안이한 인간통찰에서 비롯한다.

내게 온 한 통의 편지에는 아이들의 슬픔을 함께 나누려 하지 않는 교사의 비정함이 배어 있어 소름이 끼친다.

"저는 ○○현 ○○시에서 태어났습니다. 장녀이고 여동생이 두 명입니다. 초등학교 4학년 때까지 ○○시에서 살았습니다. 부모님은 사이가 나빴는데 어머니는 접대부였습니다. 저는 여동생을 업고 학교에 갔습니다. 도시락이 없어서 점심시간에 그네에 앉아 가끔 선생님이 주시는 빵을 먹었고, 소풍 때 어머니가 가불을 받아 사주신 김밥이 무엇보다 좋았습니다.

용돈도 못 받고 공부도 잘 못하고 반 아이들한테 냄새난다는 말을 들으며 돌을 맞았습니다. 지갑을 주워 선생님한테 들고 갔다가 '돈은 꺼내지 않았나?'고 해서 울며 집에 간 적도 있습니다.

저는 1학년 3학기쯤부터 거의 학교에 가지 않고 가게에서 물건을 훔쳤습니다. 반찬거리, 과자, 신발 등을 훔쳤습니다. 주인아저씨한테 붙잡히면 어머니나 학교 선생님이 오셨는데, 어머니는 저를 마구 때리며 내내 울었습니다.

저는 선생님께 다시는 말썽 피우지 않겠다고 약속했지만 학교에 가는 척하고 집을 나와 아기를 봐주고 10엔을 벌었습니다. 10엔으로 두 개에 1엔짜리 사탕을 사 먹었습니다. 성적이 온통 양, 가, 양, 가라서 선생님이 굉장히 싫어했습니다.

······ 그 무렵 처음으로 죽고 싶다고 생각했습니다.

선생님은 저한테 '좀 깨끗하게 하고 다녀.'라고 했고, 소풍 때 달걀 프라이 하나가 얹힌 도시락을 보고는 큰 소리로 '세상에, 겨우 이거야?' 하며 웃었습니다. 저는 어머니에게 ○○로 돌아가고 싶다고 울면서 부탁했습니다.

다시 돌아왔지만 나아진 건 없었습니다. 그다음에 어머니는 우리 세자매를 데리고 ○○구 ○○동에 있는 모자 기숙사(지금은 없어졌습니다)에 들어갔습니다.

저는 처음으로 행복을 느꼈습니다. 세 끼를 다 먹을 수 있고 낡긴 했지만 옷도 얻어 입었습니다. 하지만 어머니는 일할 힘을 잃었습니다. 초등학교 4학년 가을이었습니다. 학교는 보통학교였지만 6학년 초에 특별반(모자 기숙사에 사는 아이들이 절반쯤 되었습니다) 시험을 쳤습니다. 수업 진도를 전혀 따라가지 못했기 때문입니다. 불행인지 다행인지 저는 그반에 가지 않게 되어 선생님한테 '가지 않게 되어서 다행이에요.'라고 하니까, 선생님은 '가는 게 더 좋았어.'라고 했습니다. ······'

이 편지를 쓴 사람은 19세 여성이다. 일본이 한창 고도성장의 길을 달리고 있을 때, 이런 '삶'을 강요받는 아이들이 있었다. 그리고 교사가 있었다.

보여주고 싶은 글이 있다. 한신 지역 어느 중학교에서 학생들에게 나뉘준 인쇄물의 일부다.

[복장·두발에 관해]
- 두발은 길게 자라기 전에 잘라주십시오. 남학생은 장발이나 목덜미 아래로 내려오는 머리는 인정되지 않습니다. 여학생의 경우에는 긴 머리나 파마머리, 염색 등을 금지하고 있습니다. 또 남녀 학생 모두 교복이 정해져 있으므로, 단정한 복장으로 학교생활을 할 수 있도록 해주십시오. 와이셔츠(남)와 블라우스(여)는 흰색만 입도록 해주십시오.

[생활 계획에 관해]
- 불규칙, 불건전한 생활에 빠지지 않도록 계획을 세우고 학습, 심부름 등 규율이 있는 생활을 할 수 있도록 지도해주십시오.
- 가족 사이의 대화, 오락 등의 기회를 되도록 많이 만들어 단란한 가정에서 밝게 자랄 수 있도록 배려해주십시오.

[복장에 관해]
- 가정에서는 복장이 화려해지기 쉽습니다. 단정하고 청결한 옷을 입을 수 있도록 해주십시오. 또 옷을 새로 살 때는 학생이 멋대로 사지 않고, 부모님이 함께 사러 가주십시오.

[교우 관계에 대해]
- 어떤 친구와 어떻게 사귀고 있는지 잘 파악해 건전하게 교제할 수 있도록 해주십시오.
- 아이들끼리 크리스마스 파티를 하거나 생일 파티를 하거나 교내에

서 허락 없이 이런저런 모임을 만들지 않도록 해주십시오.

• 남녀 학생끼리는 밝고 순결하고 절도 있게 교제하도록 하고, 특정 상대와 단독으로 교제하는 일이 없도록 지도해주십시오.

• 학교에서는 같은 학년 이외의 학생과는 어울리지 않도록 지도하고 있습니다. 원칙적으로 교외에서도 마찬가지입니다. 또 졸업생이나 유·무직 소년, 타교 학생과 사귀지 않도록 철저히 지도해주십시오.

• 친구 집에 우르르 몰려가지 않게 해주십시오.

• 대중목욕탕은 집 근처에 있는 것을 이용하게 하고, 여러 명이 몰려 가거나 너무 오래 있어 남에게 폐를 끼치지 않도록 해주십시오.

• 다른 사람에게 폐가 되지 않도록 친구들끼리 길게 전화 통화를 하지 않도록 해주십시오."

비통한 일이지만 이 글의 제목은 '올바르게 판단하고 행동하는 학생 자립의 길'이었다.

교사는 대체 어디까지 추락해버린 것일까.

보통의 사고력과 보통의 감수성을 가진 중학생이라면 교사와 학생의 신뢰관계를 짓밟고 인간의 존엄성마저 부정하는, 심지어 비속하다고까지 할 수 있는 이런 글에 깊은 상처를 입을 것이다.

이런 사소한 부분까지 지도할 만큼 믿지 못하는구나, 하는 절망은 아이들에게 분명 상처가 된다.(아이들은 그런 곳에서 3년이나 공부를 해야 한다.) 아이들에게 학교라는 세계가 암흑으로 비칠 게 뻔하다. 하지만 교사는 그것을 꿰뚫어 보지 못한다.

나는 한 고등학교에 초대받아 강연을 한 적이 있다. 그때 학교 쪽에서는 손댈 수 없는(?) 학생들을 모아 맨 뒷자리에 주르르 앉혔다. 교사들이 그 주위를 에워쌌고 있었지만 역설적이게도 내 강연을 가장 열심히 들어준 것은 그 아이들이었다.

이것은 교사가 만들어낸 파시즘이다.

교육이 때로는 사람을 죽이는 흉기가 될 수도 있다는 것을 교사들은 알까?

내게 편지를 보낸 열아홉 살 여성이 거쳐온 유년 시절의 '삶'에 '자립으로 가는 길'을 강요했다면 그날부터 그녀는 살아가지 못했을 것이다.

'불규칙하고 불건전한 생활에 빠지지 않도록 계획을 세우'지 못했기 때문에 그녀는 고통스러워했다. '가족 사이의 대화, 오락의 기회를 되도록 많이 만들' 수 없었기 때문에 그녀는 그저 하염없이 눈물을 흘려야 했다. 비정하다는 말밖에 할 수가 없다.

말해두고 싶은 것이 있다.

아이들의 비행이 문제될 때, 그 뒤에는 반드시 교사의 비행이 있다. 다음은 그 흔한 예다.

"요즘 상식을 벗어난 행동을 하는 교사가 있습니다. 바로 얼마 전에도 가나자와 시내 초등학교의 한 교사가 복도에서 뛰어다닌 학생에게 복도를 핥는 벌을 준 일이 있습니다. 무려 2미터 80센티미터나 핥게 했다고 합니다. 이 교사는 쉰 살로, 정상적이라면 노련한 실천가여야 합니다. 그런데 자기보다 나이 어린 사람들이 교감이 되거나 교장으로 출세하는데 자신은 뒤처지기만 하고, 교육에 정열을 쏟을 기력도 없고, 조합

원도 아닙니다. 그런 불만들이 신경질적인 형태로 아이들에게 돌아간 것입니다." (이시가와 현 해방교육 연구회 통신 〈서로 마주 보는 것에서부터〉 세키모토 고조 씨의 강연 요약에서)

아이들의 비행은 문제이고 교사의 비행은 문제가 아니라는 생각은 받아들일 수 없다. 교사의 비행에는 직접적으로 어린 생명의 생사가 달려 있다.

자폐아 부모모임 전국협의회 이사로서 힘든 나날을 보내고 있는 요코야마 게이코 씨는 자신의 저서《나의 만다라》에서 다음과 같이 말한다. 이 글에서 '형'은 요코야마 게이코 씨의 아들이다.

"여름방학이 코앞으로 다가온 7월의 어느 더운 날이었습니다. 형은 급식을 먹을 수 없기 때문에 늘 급식 시간이 시작되기 전에 교실을 나갔습니다(학적이 없는 손님 자격으로 겨우 입학 허가를 받았기 때문에). 배고픈 형이 급식을 보면 달라고 보채는데, 그런 형을 타이르기는 힘듭니다. 그날 엄마는 형이 우유 수레에서 우유 하나를 집어 드는 것을 보았습니다.

'시원한 우유, 마시고 싶어.'

엄마도 속으로 생각했습니다. 그러나 서둘러 우유를 뺏어 수레에 도로 내려놓았습니다.

선생님이 수레에서 그 우유를 집어 들었을 때, 엄마는 선생님이 그걸 형한테 주려나 보다고 생각하며 기뻐했습니다. 그런데 선생님은 우유 뚜껑을 뽕, 따더니 그대로 눈앞에서 꿀꺽꿀꺽 마셨습니다. 어안이 벙벙해서 쳐다보고 있던 엄마는 갑자기 부끄러워졌습니다.

그리고 '우유, 우유 먹을래.' 하고 떼쓰는 형을 끌고 교실을 나갔습니다.

엄마는 학교 근처에 있는 우유 가게로 부랴부랴 형을 데려갔습니다. 우윳값 23엔을 치렀을 때, 엄마는 하마터면 눈물을 쏟을 뻔했습니다.

그때 엄마는 똑똑히 깨달았습니다. 선생님은 형이 학교에 나오지 않기를 바랐던 것입니다. 윗사람 부탁으로 어쩔 수 없이 떠맡기는 했지만 어떻게든 못 나오게 하고 싶었던 겁니다. 고약하게 굴면 엄마가 견디지 못하고 스스로 떠날 것이라고 생각했던 겁니다. 훨씬 뒤에 그 선생님이 다른 사람한테 그런 말을 했다고 들었습니다.

23엔짜리 우유 한 병이 아까웠을 리가 없습니다. 설사 먹고 싶었다 해도, 먹고 싶어 하는 아이를 옆에 두고 그리 쉽게 저 혼자 마셔버릴 수는 없습니다. 또 반마다 우유를 싫어하는 아이가 있거나 해서 한두 병쯤은 여유가 있게 마련입니다. 그리고 선생님이 형한테 우유를 주었다면 엄마는 엄마대로 어떻게든 선생님께 답례를 했을 겁니다.

그곳을 나가면 형을 데리고 어디로 가면 좋을까요. 가까스로 생각해 낸 것이 학교였는데요. 섭섭한 일이 있어도, 힘든 일이 있어도 꾹 참고 모르는 척하는 수밖에 없었습니다. 그래서 엄마는 창고처럼 잡동사니를 쌓아두는 거미줄투성이 계단 밑 한구석의 망가진 의자에 앉아 형을 지켜보며 1년 반을 보냈습니다."

아이들의 생명을 흙발로 짓밟는 행위가 교육이라는 이름으로 이루어진다. 이것은 무거운 범죄이지만 죄를 지은 교사는 벌을 받는 일이 없다. 저 악명 높은 일본의 의사조차 오진으로 인명 피해를 입히면 여러

가지 형태로 보상을 해야 하는데, 교사에게는 그런 법이 없다.

여기에서 교사의 오만함이 발생한다.

교사 집단과 관련된 체험 두 가지를 예로 들어 보겠다.

하나는 젊은 여교사들의 모임에서 겪은 일이다. '사례연구'라고 쓰인 인쇄물을 나누어준다. 교사가 보고를 시작한다.

"A 학생의 경우, 한부모 가정이고 도벽이 있다. 성격이 음흉하고 힘 없는 여자아이한테만 폭력을 쓴다. 학습 진도를 제대로 따라오지 못하고⋯⋯."

이런 보고가 줄줄이 이어진다. 그 아이와 그 교사가 이 문제를 두고 어떻게 씨름했는가 하는 실천에 대한 이야기 없이 보고는 끝이 났다.

이것만으로도 기가 막힐 노릇인데, 그 뒤에 펼쳐진 광경은 참혹하다 고밖에 말할 수 없었다. 젊은 여교사들은 차례로 손을 들어 너도나도 자기가 맡은 아이들의 악행(?)을 들먹였는데, 그때 여교사들의 눈은 반짝반짝 빛이 났다. 강사로 참가한 나를 거의 무시했다.

이 사람들은 사람의 슬픔을 어떻게 생각하고 있을까. 과연 한 번이라도 좌절을 겪어보았을까, 하고 생각하지 않을 수 없었다.

또 하나는 연구모임 수업 중에 일어난 일이다. '자세히 쓰기'라는 초 등학교 1학년 글짓기 수업이었다.

교사는 아이들이 보자기 속에 무엇이 들어 있는지 알아맞히는 것부 터 수업을 시작했다. 보자기 속에는 헤어스프레이가 들어 있었는데, 교 사는 앞줄에 앉은 아이들의 머리에 뿌려주었다.

교사가 말했다.

"냄새 좋죠?"

뒷줄에 앉은 아이들은 그 냄새를 맡을 수 없었다. 그런 식으로 수업을 진행한 뒤 아이들에게 글을 쓰게 했다.

아이들이 발표했다.

"선생님은 보라색 보자기를 들고 교실에 들어왔습니다."

"선생님이 ○○의 머리에 헤어스프레이를 뿌려주었습니다."

교사가 이것을 칠판에 적는다.

"이것은 여러분의 몸에서 어디가 움직여서 쓰게 된 글일까요? 눈일까요, 코일까요?"

교사가 그렇게 묻는다.

"눈, 눈, 눈요."

"코요, 코요."

아이들이 일제히 대답했다. 교사는 흐뭇해하며 각각의 글 위에 눈 그림과 코 그림을 붙였다.

문장을 자세하게 쓰기 위해 오감을 예리하게 만들자는 수업 목적은 좋다. 하지만 여기서도 어이없는 일이 발생한다. 생각할 거리가 거의 없는 단조로운 수업이다 보니 아이들이 지루해하기 시작했다. 그때 한 아이가 말했다.

"선생님, 머리요."

멈추어 있던 수업이 그 아이의 말 덕분에 되살아났다. 자세하게 쓰기 위해서는 본 것, 냄새 맡은 것이 한 번 머리를 통과해야 한다고, 아이는 말하고 있었다. 그렇게 발언하고 있었다.

그런데 믿을 수 없는 일이 벌어졌다.

교사는 그 아이의 발언을 무시했다. 머리 그림을 준비해 오지 않았던 것이다. 아이는 금방이라도 울음을 터뜨릴 것 같은 얼굴이었다. 당황한 눈빛으로 애원하듯 주위를 둘러봤다.

이 아이는 글짓기 수업에만 좌절한 것이 아니다. 더 깊은 곳에서 상처를 입었으리라. 참고로 이 모임의 슬로건은 '낙오자 없는 교육'이었다. 이것은 그야말로 교사의 죄다. 교사의 빈곤한 수업은 아이들을 공부와 멀어지게 만들 뿐 아니라 마음속에 깊은 상처를 남기고 교육 자체를 황폐하게 만든다.

일본의 교육이 황폐해진 것이 교사만의 책임은 아니라고 생각한다. 일관되게 반민중적인 교육행정을 강요하는 권력은 언급하지 않고 무조건 교사만 추궁하는 것은 사물의 본질을 왜곡하고 문제를 축소시킨다.

그러나 현재 부패한 교사가 곳곳에 존재하고 교사의 힘이 위축되어 있기 때문에 먼저 교사가 스스로를 엄격하게 돌아보아야 한다. 그러지 않으면 이 반민중적인 권력에 맞설 수 없다.

교사가 부패한 근본 원인은 어느 시대건 교육은 권력의 지배를 받게 마련이고 민주교육은 권력과의 연결 고리를 끊어버릴 때 가능하다는 사실을, 그리고 교사는 피나는 교육 실천을 통해서만 그 고리를 끊어낼 수 있고 아이들의 인권을 보호할 수 있다는 이념을 망각해버린 데에 있다.

고쿠분 이치타로 일본의 교육자, 아동문학가, 글짓기 교육 실천가 씨는 자신의 저서 《교사》에서 다음과 같이 말한다.

"지배권력이 정치를 이용해 그들의 정치 방향에 맞는 나쁜 교육을 시행하려는 의도에 대한 저항은 어린이 인권 존중이라는 입장에서 어린이를 향한 깊은 애정을 드러냄으로써 가장 교육다운 교육을 이뤄내는 것이다."

이 책이 출판된 것은 벌써 20여 년 전이다.

최근에 나온《학교에 교육을 되돌려놓기 위해서》라는 책에서 하야시 다케지 씨는 다음과 같이 말한다.

"일본의 민주주의 정치제도가 그저 원칙에 지나지 않는 무의미한 형식이 되어버린 지금, 직접 민중을 책임지고 교육을 펼치려는 교사가 아이들을 지키는 길은 민중의 '지원 노예'가 되는 길밖에 없다고 느끼게 되었다. 나는 미나토가와에서, 아마가사키에서 일관되고 깊이 있게 아이들과 관계 맺는 교사들을 지켜보며 하층, 최하층 민중의 아이들을 지키기 위해 그야말로 민중의 지원 노예를 자처하는 사람의 결연한 의지를 느낀다."

전국을 돌며 교육 부흥을 호소하고 있는 노철학자가 그런 말을 할 수밖에 없는 참담함은 이루 헤아릴 수가 없다.

교사가 오늘날의 절망적인 교육을 가차 없이 도려내고 다시 희망의 길을 모색하겠다는 극한의 위치에 서지 않는 한 아이들을 구원할 수 없다는 하야시 다케지 씨의 신념을 우리는 어떻게 이어나갈 것인가. 이것을 생각해 보기 위해서라도 하야시 다케지 씨의 저작을 읽기 바란다.(특히《학교에 교육을 되돌려놓기 위해서—아마가사키 공고에서 일어난 일》,《교육의 재생을 바라며—미나토가와에서 일어난 일》,《배움은 변화하는 것—사진

집. 교육의 재생을 바라며》는 반드시 읽기 바란다.)

　　고베에는 아이들의 표현을 소중히 여기고 거기에서 뭔가 배우려는 소박한 모임인 '벌거숭이 모임'이 있다. 특수학교 교사, 보모, 어머니, 필자와 같은 작가 또는 화가, 방송 디렉터, 기자 등 다양한 사람이 모인다.
　　한 달에 한 번, 아이들의 글이나 그림으로 토론을 한다. 그때 다루었던 교사의 실천 보고 한두 가지를 소개하겠다.
　　세쓰시립 아지후 초등학교의 다카시나 마사노부 씨는 수업 시간에 내 책을 꾸준히 소개하는 교사 가운데 한 사람이다.
　　수업 시간에《선생님, 내 부하 해》에 실린 '껌 하나'라는 시를 다루었을 때 다음과 같은 시가 탄생했다.

　　도둑질

　　　　　　　　　　　　5학년 아라키 겐

　　선생님이 무라이 야스코의 시를 읽어주었을 때
　　나는 가슴이 아파 한숨만 나왔다
　　나는 옛날에 도둑질을 한 적이 있다

　　유치원 다닐 때 집에 찰흙이 없어서 찰흙놀이를 할 때 탐이 났다
　　끝나는 시간에 주머니에 넣을 수 있을 만큼 떼어냈다

집에 돌아와 좋아했다
하지만 조금 이상했다
어쩐지 점점 겁이 났다
나는 찰흙을 쓰레기통에 버렸다

다음 날 선생님이랑 얼굴을 마주 보기 무서웠다
선생님은 훔친 걸 모르는데도
그리고 몇 년이나 지난 지금 이 시를 쓴다
물론 유치원 선생님도 모르고
엄마도 모른다
내 마음만 알고 있다
나는 몇 년 동안이나 잊으려고 했지만
잊히지 않는다

선생님이 야스코의 시를 읽으니까
겨우 덮어지려는 것이
다시 들쑤셔지는 기분이었다
하지만 진짜로 잊어버렸다면
진짜 인간이 아니라고 생각한다
나는 이 시를 쓸 때
손이 부들부들 떨려서 제대로 쓸 수 없었다
이걸 아는 사람은 선생님이랑 나뿐이다

"자기만 잊으면 아무도 모른 채 넘어갈 수도 있는 사소한 일을……."
하고 다카시나 씨는 중얼거린다. 사람이라면 그 사소한 일을 잊어서는
안 된다고 외치는 어린 영혼 앞에서, 다카시나 씨는 오늘날 교육이 잊어
버린 것을 찾으려 한다.

다카시나 씨가 아이들 앞에서 구리타라는 아이의 시를 읽자 구리타
가 울먹이는 목소리로 말한다.

"다들 나더러 상냥하다고 하지만, 사실 난 상냥한 아이가 아냐. 4학년
때 계단에서 동생을 떨어뜨려서 입 안을 크게 다치게 했어."

그러자 '도둑질'이라는 시를 쓴 아라키 겐이 말한다.

"구리타는 동생을 일부러 떨어뜨린 게 아니잖아. 그리고 선생님이
'껌 하나'라는 시를 보여주면서 '중요한 건 도둑질을 한 사실이 아니라
그 뒤의 마음'이라고 했잖아. 너도 마찬가지야. 자기가 한 일을 돌아본
뒤에 '상냥하지 않다'고 말했으니까 역시 상냥한 거라고 생각해."

그 뒤 아라키 겐은 구리타에 대한 시를 쓴다. 그 시 한 구절을 소개하
겠다.

"너는 / 세상에서 가장 상냥하고 / 세상에서 가장 바보야."

얼마나 아름다운 우정인가. 이 우정은 어디에서 오는 것일까.

다카시나 씨는 말한다.

"어린이를 고정된 존재라고 생각하면 터무니없는 실수를 저지른다.
어린이는 깊이 있는 삶을 살고 싶어 하고 변화하고 싶어 한다. 문제는
그런 어린이들과 함께할 용기 있는 교사가 없다는 것이다."

나라시립 히가시케오카 초등학교의 나카야마 고이치 씨는 "아이들

의 마음을 열고 싶은데 어떻게 해야 좋을지 모르겠다."며 '벌거숭이 모임'을 찾아온 젊은이였다.

정직한 사람이지만 교사답지 않다는 말을 들어도 어쩔 수 없는 사람이었다.

그런 나카야마 씨가 어떤 사건을 계기로 급속하게 아이들의 마음을 열 수 있었던 것은 아이들의 슬픔을 자기 것으로 받아들이는 인간적인 성실함을 지녔기 때문일지도 모르고 막연하게나마 오늘날의 교육에 본질적인 의문을 품고 있었기 때문일지도 모른다.

어쨌거나 나카야마 씨는 수업 중 한 아이의 놀라운 발언에 어안이 벙벙해진다.

싸움

나는 오늘 싸웠다
내가 잘못했기 때문에
"미안해." 하고 말했더니
"미안하다면 다야?"라고 했다
다음엔 "내가 잘못했어."라고 했다
"잘못했다는 말로는 그냥 못 넘어가."라고 했다
그래서 묵묵히 집으로 돌아갔다
하지만 마음속으로는 울고 있었습니다

이 시를 두고 이야기하고 있을 때, 한 아이가 "선생님, 이 시는 예사말과 높임말을 같이 쓰고 있으니까 틀렸어요." 하고 말했다.

그 아이는 시마타 고라는 부잣집 아이였다. 아버지를 일찍 여의고 어머니와 단둘이 살고 있었다.

진학학원에 다니는 것도 아버지가 없는 역경 속에서 꿋꿋하게 살아가겠다는 시마타 고의 의지였을지 모른다.

사실은 기특한 일이고 칭찬받아야 할 일이 왜곡된 교육 때문에 먹물을 뒤집어쓴다. 여기에 분노하는 것은 교사인 나 자신의 나태함을 들추는 일이다.

이때 나카야마 씨는 자신의 부족함과 시마타 고에 대한 애정을 급속하게 자각한다. 그것이 시마타 고에게 전해진다.

나, 사실은

선생님
나, 사실은
아빠의 일, 시로 쓰고 싶지 않았습니다
하지만
쓸 수 있게 되었습니다.
그때의 선생님 말이 통했습니다.

나를

나, 말하는 거 싫었지만
말했다
쓰는 거 싫었지만
썼다
나는 내가 격려해주었다
내가 나를 격려했다
마음속으로
시마타 고 힘내, 하고

부끄럽다

선생님은
나를 지긋이 보더니
아버지 이야기를 해주셨습니다.
그리고 아이들은
내 쪽을 본다.
부끄러워서 눈물이 나려고 했다.
그때는 왠지
아이들의 얼굴을 볼 수가 없었다.

하지만
선생님 얼굴만은
가만히 보고 있었습니다.

공책

공책을 펼쳤더니
빨간 글씨가 전혀 보이지 않았다.
읽어봤더니
"더럽히고 싶지 않았다."라는 글이
적혀 있었다.
나는 그때 울음을 터뜨릴 뻔했다.
더럽히든 더럽히지 않든
이 공책은
선생님 공책이기도 한데!

나카야마 씨와 시마타 고 사이의 유대감이 반 아이들에게 옮아간다.
남의 일로써가 아니라 자신의 삶을 깊이 들여다보는 용기 같은 것으로
써······.

나는

5학년 후지이 교코

시마타의 괴로움을
나는 절반 이해합니다.
하지만 내 고통은
시로 쓰면
말로 하면
가족 한 사람이 괴로워하게 됩니다.
그래서 나는 쓸 수 없습니다.
시마타의 일은 모두가 알고 있지만
내 괴로움은 아무도 모릅니다.
괴로움을 누군가에게 말하면
왼쪽 절반 또는 오른쪽 절반은
무거운 짐을 덜 수 있겠지요.
하지만 나머지 절반은 남아 있을 겁니다.

아이들은 상상할 수 없을 만큼 깊이 있는 삶을 살고 있다.

사람이 살아가는 일, 생명이 살아가는 일이 가혹하다는 것을, 인간의 고통에는 한계가 없다는 것을, 그래서 인간에게는 상냥함과 배려가 필요하다는 것을 아이들에게 배우고 있다고, 나카야마 씨는 생각한다.

하야시 다케지 씨는 절망과 맞부딪쳐 이겨내지 않고서는 진정한 상
냥함을 지닐 수 없다고 했다. 모든 교사가 이 말의 의미를 되새겨보기를
간절히 바란다.

아이들의 슬픔을 함께 나누는 교사들은 진흙 속에서 피어나는 연꽃
과 같은 존재이지만, 진정으로 아름다운 꽃은 나무와 새들에 둘러싸여
무심히 피는 법이라는 말을 덧붙이며 이 보고를 마친다.

죽고 싶어 하는 아이일수록
살고 싶어 한다

死にたがっている子ほど生きたがっている

　　　　생각해야 할 것들이 산더미다. 아이들의 자살 소식이 하루가 멀다 하고 신문에 실린다. 가족의 화제에 오른다. 너무나 가슴 아픈 일이라고 생각한다. 그렇게 생각하는 것으로 우리는 아이들의 자살에 충분한 관심을 기울이는 양심을 자기 안에서 발견한 것 같은 기분에 빠진다.

　무사태평한 곳에서 뒷짐을 진 채 이런저런 말을 하는 거만한 자기 모습을 깨닫지 못한다. 저도 모르는 사이에 아이들의 자살을 일상으로 받아들여버린다. 정말로 살고 싶어 하는 아이들에게 그것만큼 고독한 세계가 없는데도.

　네 살의 나는 영원이었다
　네 살의 나에게 그늘 따위 없었다

언젠가 죽음이 찾아온다는 사실을 몰랐으니까

내 삶에 끝이 있다는 것을 몰랐으니까

—사무일 마르샤크

한 소녀가 있다.

소녀는 전신지체 장애아다. 100미터를 걷는 데 몇십 분이 걸린다.

무심한 사람들은 소녀를 보고 말한다.

"저 애는 무슨 낙으로 살까."

소녀는 100미터를 걷는 동안 수많은 생명과 교류한다.

고양이와 인사를 나눈다. 벌이 비눗방울 만드는 모습을 발견하고 손뼉을 친다. 채송화꽃 수술과 목을 까닥이며 인사한다.

그런 소녀의 '삶'이 우리에게는 보이지 않는다.

"저런 애는 무슨 낙으로 살까."라는 무심한 말을 하는 건 일부 사람들만이 아니다. 우리 모두가 소녀의 아름다운 시간을 보지 못한다.

진지하게 살아가고자 하는 아이들에게 그런 세계는 쓸쓸하다.

이 소녀는 생명에 대한 한없는 사랑과 생명은 둘도 없이 소중하다는 사실을 가르쳐주고 있지만, 우리는 배우려고 하지 않는다. 그것이 이 소녀의 '삶'을 더욱 가혹하게 만든다. 우리는 이중으로 죄를 짓고 있다.

아이들은 모든 사랑에 매우 예민하다. 아이들의 상냥함이 '존재하는 모든 것은 평등하다.'는 생명의 근원에 닿아 있기 때문이다.

우리는 아이들의 '상냥함의 의미'를 알려고 하지 않은 채 살아 왔다.

A라는 여섯 살 아이가 있다.

A는 부모님에게 버림받고 조부모님과 외롭게 살고 있다.

A는 급식비로 100엔을 받지만 그 돈으로 장난감을 산다. 그리고 기도한다.

"배가 고팠지만 나중에 아기가 돌아오면 이 장난감을 줄 거다. 손에 쥐고 걷게 해줄 테니까 빨리 돌아와. 빨리 돌아왔으면 좋겠다."

절망적인 상황 속에서도 여전히 아름다운 인간이고자 하는 어린 영혼 앞에서 우리는 대체 무슨 말을 할 수 있을까.

A의 기도가 가 닿지 못하는 세계는 인간이 만들어낸 가장 무섭고 가혹한 세계다.

아이들은 모두 살고 싶어 한다. 죽고 싶어 하는 아이일수록 살고 싶어 한다. 아이들을 살게 하는 방법을 알아내기 위해서는 어떻게 살 것인가 하는 문제를 깊이 고민해야 한다. 그리고 지금을 살아가는 아이들과 고통을 함께 나누며 걸어갈 때에만 그 방법을 찾을 수 있을 것이다.

깨지다
割られる

　　　　구마모토에 아시키타 학원이라는 중증 장애아 시설이 있다. 나는 졸저《나는 선생님이 좋아요》를 영화로 만들어준 나카야마 후지오 씨 덕분에 이곳을 알게 되었다.

　나중에 안 일이지만, 그는 〈나는 선생님이 좋아요〉와 그 학원의 기록영화를 동시에 제작하고 있었다.

　〈나는 선생님이 좋아요〉의 상영이 성공적으로 마무리되고 어쩐지 기운이 빠지려고 할 무렵 나카야마 씨가 싱글벙글 웃으며 고베로 찾아왔다. 그리고 내게 필름 하나를 보여주었다.

　그건 아시키타 학원 아이들의 생활을 담은 〈지금, 할 수 있는 일〉이었다.

　이 기록영화는 나를 충격에 빠뜨렸다.

　고짱이라는 아이의 이야기를 하겠다. 고짱은 여러 가지 장애를 안고 있다. 시력이 점점 나빠져 실명 직전인 아이다. 고짱에게는 귀여운(?) 취미가 있다. 바람에 날려 간 빨래를 주워 모아 선생님한테 가져다준다. 그럴 때 아이의 순한 얼굴은 한층 더 부드러워진다.

한번은 뭔가에 걸려 넘어져 크게 다친다. 자리에 누워 있는데, 어린 꼬마 친구가 병문안을 온다.

"아파?"

"별로 안 아파. 누구한테 들었어?"

"○○한테."

겨우 이 대화를 나누는 데에도 긴 시간이 걸린다. 언어장애가 있는 둘의 커뮤니케이션은 불처럼 뜨겁다. 고함치듯 말한다. 훌쩍이듯 말한다. 오감을 총동원한다. 상냥함으로 넘쳐나는 세계가 거기에 있다.

나는 감동으로 몸이 뜨거워졌다.

그런 고짱도 쉴 때가 있다. 고짱은 아버지가 밀어주는 휠체어를 타고 바다를 보러 간다. 배 세 척이 바다에 떠 있다.

"고짱, 배야."

아버지가 그렇게 말한다. 고짱은 멍하다. 엉뚱한 쪽을 보고 있다. 혹시 관심이 없는 걸까.

고짱의 표정을 가만히 본다. 앗! 하고 고함을 내지를 뻔했다.

고짱은 배의 움직임에 맞추어 미세하게 귀를 움직이고 있었던 것이다.

귀로 배를 보고 있었다는 사실을 알았을 때, 내 안의 '믿어 의심치 않는 세계'가 무너진다.

말을 가진, 온몸이 성한 사람에게는 보이지 않는 세계가 이 학교 아이들에게는 보인다.

아름다운 인간이란 무엇일까.

나는 또 한 번 아이들에게 깨졌구나 생각했다.

남과 여

男と女

　　　　재미있는 이야기가 있다. 초등학교 1학년이 50음도_{일본어}
의 자음과 모음이 한눈에 보이도록 배열해 놓은 표로 단어 만들기 공부를 하고 있
었다.

　한 아이가 "야키모치_{질투라는 뜻}." 하고 말했다.

　선생님이 "야키모치가 뭔 줄 아니?" 하고 묻자 "남자랑 여자가 서로
사랑하는 거요."라고 대답했다.

　선생님이 어떻게 대응했을지 무척이나 흥미로운 부분인데 아무튼 선
생님의 당황스러움이 눈에 선해서 유쾌하다.

　선생님, 하니까 떠오르는 것이 있다.

　　가르쳐주세요

　　　　　　　　　　　　　　　　　　3학년 오카베 다쿠

선생님, 신부한테
뽀뽀했어요?
나는 선생님이
뽀뽀했다고 생각해요
선생님 가르쳐주세요, 네?

이 아이의 시를 '음탕하다'고 비판한 멍청한 교사가 있었는데, 그야말로 터무니없는 생각이다.
이런 시도 있다.

결혼

3학년 다카다 다쓰오

선생님 신부 예뻐요?
상냥해요?
뚱뚱해요?
점점 무서워질 거예요
신부가 무서워져도
선생님은 상냥해야 돼요

배꼽을 잡고 웃었지만 그러면서도 순간 깜짝 놀란다.

나의 경우 몇 차례 연애와 실연을 겪으면서 (또는 결혼이나 이혼을 하면서) 가까스로 남녀 관계를 알게 되었는데, 어린이라는 얄미우리만치 뛰어난 동물은 감수성으로 그것을 꿰뚫어버린다.

아이들은 정말 무서워, 따위의 농담이나 할 일이 아니다.

관점

視点

- 아이들의 불행

한 교육 모임에서 강연을 했다. 강연이 끝난 뒤 한 교사가 나에게 물었다.

"선생님은 작품 속에서 장애아나 빈곤층 아이들 이야기를 즐겨 쓰시는데, 보통 아이들 이야기를 좀 더 써주세요. 그런 특수한 아이들을 동정의 눈으로 보는 것도 좋지만, 선생님은 차별 문제에 너무 민감한 것 아닙니까?"

나는 어이가 없어 한동안 멍하니 있다가, 이 말이 교사의 입에서 나왔다는 사실에 분노를 느꼈다.

"내가 장애아나 빈곤층 아이들에게 관심을 갖는 까닭은 그 아이들의 삶 속에서 내가 살아가는 의미를 배우고 싶기 때문입니다. 내가 그 아이들을 동정의 눈으로 본다는 말은 취소하세요. 그리고 내가 차별 문제에 민감한 것이 아니라, 선생님이 둔감한 겁니다."

그렇게 대답하면서, 나는 이 교사에게 배우고 있는 아이들은 불행할 거라고 생각했다.

아마 이 교사는 다수에 눈길을 주고 있는 자신이 옳다고 믿으리라.

나는 이 교사가 '배움'의 의미를 어떻게 생각하는지 궁금했다. 어쩌면 이 교사는 '가르치는 것은 배우는 것'이라는 아라공의 말도, '배움의 유일한 증거는 변화'라는 하야시 다케지 씨의 말도 그대로 흘려보내지 않을까.

– 낙오

지금은 꽤나 세월의 때가 묻었지만 '낙오'라는 말이 있다. 이 말은 부정적인 의미로 쓰인다. 그래서 낙오 교사라는 말은 쓰지 않는다. 하지만 본류에서 밀려나 있다는 의미에서 본다면 예나 지금이나 낙오 교사는 있다.

나는 위장병을 이유로 관리직에 앉으라는 권유를 줄곧 거부하고 있는 교사를 알고 있다. 이 교사는 아이들과 수업하는 것이 더없이 즐겁다. 아이들과 보내는 시간을 빼앗기기 싫어서 절대로 교장이 되려고 하지 않는다. 다른 교사들 사이에서 이 교사는 괴짜로 통한다.

형편이 어려워 학교에 나오지 않거나 나오지 못하는 아이들 집을 찾아다니는 교사도 알고 있다. 이 교사는 교장이 되었다. 정년퇴직 때까지 지적장애아들이 다니는 특수학교의 교장을 지냈다. 퇴직하고 나면 진짜 교사로서 일하겠다고 한다. 이 교장도 교장들 사이에서 괴짜로 취급받고 있다.

동료들 사이에 우수한 교사로 불리는 교사가 있다. 수업 기술이 대단하다고 정평이 나 있다. 실제로 해마다 몇 명씩 유명 사립학교에 아이들을 진학시킨다. '내 집 마련'도 빈틈없이 하고 있다. 동료들 사이에서는 나이는 젊지만 머잖아 교감이 될 거라는 말이 돈다.

역설적인 이야기를 하겠다.

그런 우수한 교사의 반에서 '낙오' 학생이 나온다. '낙오' 교사의 반에서는 '낙오' 학생이 나오지 않는다. 이 점을 곰곰이 생각해보기 바란다.

– 아이들에게 배운다

개인적인 이야기라 송구하지만 졸저《나는 선생님이 좋아요》가 단 후미 씨 주연으로 영화화되었다. 올봄부터 전국 각지에서 독립 영화로 상영을 할 예정이다.

이 영화 제작에 참여하면서 많은 것을 배웠다.

이 영화에는 지능이 떨어지는 아이가 등장하는데, 과연 그 역할을 어떻게 처리할지에 관심이 갔다.

지능이 떨어지기는 해도 지적장애아는 절대 아니다. 오히려 흔히 말하는 평범한 아이보다 예민한 감수성을 보일 때가 종종 있다.

그 점을 감독인 나카야마 후지오 씨와 사전에 충분히 이야기를 나누었다.

아무튼 그래서 어떻게 되었느냐면…….

감독은 1학년보다 나이가 한 살 어린 아이를 데리고 왔다. 혜안을 가진 사람이구나, 하고 생각했다. 보고만 있어도 마음이 평화로워지는 아이였다. 이 아이의 존재는 문제아로 불리는 데쓰조 역할을 맡은 아이의 상냥함과 함께 영화를 명작으로 만든 요소라고 나는 생각한다.

이 아이들이 교실을 빠져나가 진흙놀이를 하는 장면이 있다. 영화의 클라이맥스 부분인데, 연기를 초월한 아름다움이 있다. 아이들의 표정이 정말로 좋다. 나도 모르게 눈물을 흘리고 말았다.

아이들의 풍요로움을 이렇게까지 이끌어낸 제작진에게 경의를 표하고 싶다. 내가 무엇보다 감동한 점은 감독과 단 후미 씨를 비롯해 제작에 참가한 모든 사람이 오로지 아이들에게 배우려는 자세로 이 영화를 완성했다는 것이다. 지금 일본의 교사들에게 가장 절실히 요구되는 일을 이 사람들이 해낸 것이다.

– 아이들 눈높이에 맞지 않은 작품과 아이들 깔보기

어린이책에 대해 말해두고 싶은 것이 하나 있다.

'아이들 눈높이에 맞지 않는 작품'이라는 말을 한다. 아이들이 이런 이야기를 이해할 수 있겠느냐는 구태의연한 발상이다. 아무리 많은 성인 독자가 읽어도 정작 아이가 이해하지 못한다면 그것은 어린이문학이라고 할 수 없지 않느냐고, 그럴듯하게 이야기를 펼쳐나간다.

이런 말을 하는 사람들에게는 작품 자체가 훌륭하냐 아니냐는 문제되지 않는 듯하다. 또 하나, 아이들이 이해하느냐 못 하느냐를 따지는 것 자체가 아이들을 몹시 깔보는 일이라고 생각한다.

한 가지 이야기를 하겠다. 내 작품과 관련된 것이지만 여기서 꼭 필요한 이야기이므로 이해해주기 바란다.

어떤 사정으로 거의 자포자기에 빠진 젊은 여교사가 있었다.《나는 선생님이 좋아요》를 읽고 다시 일어서리라 결심했다. 지푸라기라도 잡는 심정으로 초등학교 3학년 아이들에게《나는 선생님이 좋아요》를 읽어주었다. (《나는 선생님이 좋아요》는 아이들 눈높이에 맞지 않는다는 이유로 비난을 받은 작품이다.) 아니나 다를까, 아이들은 소란스러웠다. 교사가 "그만 읽겠어요."라고 하자 아이들은 안 된다고 했다.

"그럼 진지하게 들어줘. 선생님도 진지하니까."

석 달에 걸쳐 책을 읽었다. 다 읽었을 때 교실에 엄청난 박수가 일었다. 그 교사는 울었다. 나는 그 아이들이 쓴 사랑스러운 감상문들을 갖고 있다.

아이들이 이해하느냐 못 하느냐가 문제가 아니다. 아이들을 진심으로 대하느냐 아니냐가 문제다. 글을 쓰는 쪽도, 책을 읽어주는 쪽도…….

- 참가

어느 학교의 음악회에 초대되었다. 아이들의 멋진 합창을 들었다. 아이들은 온몸으로 노래하고 있었다. 몸 전체에서 소리가 나오고 있었다.

아이들의 가능성을 최대한 이끌어내려고 노력한 학교가 거둔 성과였다.

전국적인 교육 연구회이기도 했기 때문에 수많은 손님이 감상을 말했다. 대학교수가 있었다. 교육평론가라는 사람도 있었다. 개중에는 경험 많은 장학사와 교장도 있었다.

저마다 칭찬을 늘어놓았지만 가장 칭찬받아야 할 부분을 이야기한 사람은 아무도 없었다.

그 학교에는 반마다 지적장애아라고 불리는 아이들이 있었다. 그 아이들도 모두 합창에 참가했다. 온몸을 가늘게 떠는 아이가 있었다. 선율이 격렬해지자 팔을 빙빙 돌리는 아이도 있었다. 마치 음을 쫓듯이 몇 번이고 몇 번이고 고개를 흔드는 아이도 있었다.

노래를 못 부르는 아이에게 부르는 척 입만 벙긋거리라고 강요하는 가짜 교육은 눈을 씻고 찾아봐도 없었다.

나는 그 점에 감동했다.

그런 아이들을 반 중심에 놓고 합창을 이루어냈기 때문에 이 학교의 음악은 진짜 음악이었다.

그러나 이 점을 짚어주는 교육자는 끝내 없었다. 나는 그 사실이 서글펐다.

– 의원님께

　우리는 이제 곧 여러분께 한 표를 던져야 합니다. 여러분의 공약을 읽어보면 누구 하나 빠짐없이 아이들의 행복을 말합니다. 충분한 교육설비, 고등학교 증설, 장애아 문제 등등. 그야말로 기쁜 일이지요. 친구에게 "이거 봐. 다들 아이들 생각을 많이 하셔." 하고 말했더니, 친구는 "바보냐? 말로는 뭔들 못해?" 하고 격이 떨어지는 소리를 했습니다.
　그래서 조금 걱정이 되었습니다. 여러분을 의심하는 것은 아니지만 일단 다음의 시를 읽어주시겠습니까?

　　침대

　　　　　　　　　　　　　　　5학년 하세 게이코

　　부잣집에는 침대가 있다
　　우리 집에는 빚이 있다
　　부잣집 아이는 웃을 때
　　우아하게 손으로 입을 가리고
　　호호호 웃는다
　　나는 양치질을 할 때처럼
　　입을 크게 벌리고
　　깔깔깔 웃는다

웃으면서
푹신푹신한 침대에서 한 번
자보고 싶다

어떻습니까.

이것은 하세 게이코라는 열한 살 소녀가 쓴 시입니다. 소녀는 평범한 일상을 썼을 뿐이지만 일상 너머에 있는 불평등을 잘 꼬집어냈다고 생각하지 않습니까? 어떤 누구보다 정치가 여러분이 이 시를 읽어주시길 바랍니다.

부탁이 있습니다. 여러분의 공약에 이 소녀의 시를 읽고 느낀 점과 이 소녀의 바람을 이루어주기 위해 여러분이 무엇을 할 것인지 구체적으로 밝혀주시지 않겠습니까? 그렇게 한다면 반드시 당선되리라고 생각합니다.

보복과
본보기의 시대

報復と見せしめの時代

　　　　어느 여자중학교에서 비행 학생의 이름을 교내에 써 붙인
일이 있었다. 〈고베신문〉은 이 사건을 다음과 같이 보도했다.

"학교에서는 학생과 학교를 찾아오는 학부형의 눈에 잘 띄는 본관 서
쪽 1층과 2층 사이의 계단참 게시판에 '이 학생들을 근신에 처한다.'는
글과 함께 학생 네 명의 실명을 써 붙여놓았다. 근신 처분을 내린 구체
적인 이유는 밝히지 않았지만 학생들 사이에서는 물건을 훔치다가 들
켰다는 소문이 돌고 있다.

　또 이 학교의 '근신 처분'은 자택 근신이 아니라 평소처럼 학교에 와
서 강당이나 화장실 청소, 정원 풀 뽑기, 걸레 빨기 같은 징벌적인 의미
의 노동을 해야 하는 것이므로 당사자에 대한 처벌이라기보다는 '본보
기적' 요소가 강하다."

　이런 지적에 반박하는 학교 쪽 주장도 같은 신문에 실렸다.

"실명 공개가 너무 가혹하다고 생각하는 사람도 있겠지만 학생들 스스로가 죄를 인정한 만큼 다시는 잘못을 저지르지 않도록 확실하게 벌을 주어야 한다. 만약 이번 기회에 적절한 처벌을 받지 않는다면 소문은 또 다른 소문을 불러일으킬 것이며 그것은 본인들을 위해서도 좋지 않다.

사회에서는 너그럽게 봐주더라도 학교 안에서는 엄격하게 처벌해야 한다. 단, 퇴학이나 정학 같은 처분을 내리지 않고 근신 처분을 내린 것은 교사도 합심해서 학생들의 재기를 위해 노력하고 있다는 증거다."

벌을 주어야 한다니, 얼마나 오만한 말인가. 그것이 교사의 입에서 나왔다는 사실에 전율을 금할 수 없다.

학교가 언제부터 경찰이 할 일까지 떠맡았단 말인가.

경찰은 이 사건을 다음과 같이 비판한다.

"소년법 취지에서 볼 때 인권을 심각하게 무시한 처사다. 오히려 아이들을 주눅 들게 만들거나 자포자기하게 만들 위험이 있으며 비행을 조장할 수도 있다."

학생을 퇴학시키거나 정학시키지 않고 근신하도록 하는 이유가 교사도 학생들의 재기를 위해 노력하고 있기 때문이라는 말은 긍정적으로 받아들이더라도, 자기들은 편안히 앉아 학생들에게 화장실 청소나 정원의 풀 뽑기를 시키는 것이 그들이 말하는 노력이라면 교육이 과연 무엇인지 묻지 않을 수 없다. 교사가 하는 일이 대체 무엇이란 말인가.

학교 교육에서 이런 식으로 아이들에게 노동을 체험하게 하는 것은 교사가 이중으로 죄를 짓는 꼴인데, 과연 그 책임을 어떻게 질 것인가.

한심한 사건이 또 있다. 한 초등학교에서 청소를 게을리한 아이들을 두고 반 아이들끼리 의논해서 플라스틱 야구방망이로 때리는 벌을 주었고 담임이 그 사실을 묵인한 일이 있었다.

평소 이 교사가 주는 벌을 아이들이 흉내 낸 것 같다고 한다.

이 이야기가 사실이라면 그 교사는 아이들을 가르칠 자격이 없다. 교육의 자율성과 자주성은 그 교사의 교실에서 일어난 일과 근본적으로 전혀 다르기 때문이다.

교육현장에서 보이는 이러한 보복과 본보기는 교사의 사고방식이 조직폭력배보다 못하다는 사실을 말해주는 증거다.

"이 학생들을 근신에 처한다."라니, 얼마나 시대착오적이고 고리타분한 말인가. 어떤 얼굴로 이 말을 종이에 썼을까. 내가 다 부끄러워진다.

어느 학교에 사건 사고가 자주 일어나자, 교장이 교직원을 모두 이끌고 근처 신사에 액막이 부적을 받으러 가려고 한 일이 있었다. 이 학교의 교사로 있는 내 친구가 반대해서 결국에는 없던 일이 되었지만 교장의 말에 따르려던 교사도 꽤 있었다고 한다.

그 학교에서 일어난 사건 사고는 아이들의 도둑질, 학교에서 아이들이 다치는 일, 학급 운영에 어려움을 겪던 신참 교사가 자살을 시도한 사건 등이었다.

정신이 제대로 박혔는지조차 의심스러운 교사에게 맡겨져 있는 아이들의 불행을 생각해보라.

교사로서 해야 할 일은 하지 않은 채 벌이나 본보기로 아이들을 변화시키려 한다.

몇백만 아이들이 절망 속에서 울고 있는 현실을 어떻게 생각하는지, 교사들에게 묻고 싶다.

여배우 오다케 시노부일본의 여배우. 하이타니 겐지로 원작을 영화화한 〈태양의 아이〉에 출연했다 씨와 대담을 했을 때 감동적인 이야기를 들었다.

고등학교 선생님이었던 오다케 씨의 아버지는 휴일이면 청소도구를 챙겨 학교 화장실을 청소하러 다녔다고 한다.

오다케 씨가 선생님이 왜 화장실 청소를 하느냐고 묻자, 아버지는 이렇게 청소를 하면서 학생들이 스스로 청소하기를 기다리는 거라고 대답했다고 한다. 그 뒤로 나도 아버지와 함께 화장실 청소를 하러 다녔답니다, 하고 말하며 오다케 씨는 웃었다.

배우가 되기 전 선생님이 꿈이었다는 오다케 씨의 마음속에는 그런 아버지가 언제까지나 살아 있으리라.

내게도 기억나는 선생님이 있다.

전쟁이 끝나고 모든 것이 부족하던 시절, 나는 배고픔을 못 이겨 학교 뒤편 밭에서 옥수수를 훔쳤다. 그리고 숙직 선생님에게 붙잡혔다. 그날 숙직 선생님은 내 담임 선생님이었던 후쿠다 선생님이었다. 후쿠다 선생님은 나를 꾸짖기는커녕 자기 집으로 데려가 흰 쌀밥을 배불리 먹여주었다.

나는 그때 다시는 도둑질을 하지 않겠다고 맹세했다.

A의
작은 고민

A君の小さな苦悩

기분 좋은 이야기를 하겠다. 편지 한 통을 받았다. 아이의 편지와 그 아이의 아버지가 쓴 편지가 들어 있었다.

불쑥 편지를 보내 미안하다는 말에 이어서 자기 아들이 나한테 편지를 보낸 이유가 적혀 있었다.

이 아이를 A라고 하자.

초등학교 2학년인 A는 나의 유년동화《왈가닥 나나, 울보 슌스케》를 읽고 여름방학 숙제로 독서 감상문을 썼다고 한다.

담임 선생님한테 칭찬을 받아 기분이 좋았던 모양이다. 자랑스러운 얼굴로 부모님한테 그 사실을 알렸다고 편지에 쓰여 있었다.

그 뒤로 문제가 생긴 모양이다.

얼마 뒤부터 A는 자꾸 저자인 나한테 편지를 쓰겠다는 말을 하기 시작했고 어딘지 초조하고 불안해 보였다고 한다.

급기야 배가 아프다며 학교에 못 가겠다고 한다.

부모님은 그것이 꾀병이란 사실을 알았던지 아이를 달래 학교에 보낸다.

담임의 전화로 그 원인이 밝혀진다.

A가 학교에 가서, 나한테 편지를 보냈고 답장까지 받았다고 말해버린 것이다.

담임은 그건 아주 귀한 편지니까 학급통신에 싣자며 A한테 편지를 가지고 오라고 한 것이다.

이때부터 A의 고민이 시작된다.

자세한 내막을 알게 된 부모님은 곧바로 담임에게 자초지종을 이야기한다.

A는 선생님에게 거짓말을 해서 죄송하다고 했단다.

아이 아버지의 편지는 다음과 같은 글로 끝맺었다.

"…… 이번 거짓말로 힘든 일을 겪으면서, 우리 큰아들은 뭔가를 깨달은 것 같습니다. 저와 큰아들은 이번에야말로 진짜로 하이타니 선생님께 편지를 쓰자고 약속했습니다. 큰아들이 쓴 편지를 함께 보냅니다. 송구스럽게도 제가 하고 싶은 말만 잔뜩 썼네요. 저는 아무래도 아들 바보인가 봅니다. 우표를 함께 넣어 보냅니다. 한 줄이라도 좋으니, 저희 아들이 선생님의 답장을 받을 수만 있다면 더없이 기쁘겠습니다. 부탁드립니다."

"……《왈가닥 나나, 울보 슌스케》를 읽고 독서 감상문을 썼습니다. 나는 울보는 아닙니다. 우리 선생님은 ○○ 선생님입니다. 저는 ○○ 선생님한테 '하이타니 선생님이 답장을 보내주셨어요.'라고 거짓말을 했습니다. 그랬더니 학교 가는 게 싫어졌습니다. ……"

A는 이런 귀여운 편지를 보내주었다.

나는 독자에게 답장을 쓰지 않는데(쓰지 않는다기보다 시간이 없어서 쓰지 못하는 것이지만) 이번만은 곧바로 답장을 썼다.

A의 거짓말이 누구나 흔히 하는 거짓말은 아니지만 자신의 잘못을 외면하지 않고 끝까지 마주한 A의 성실함에 우선 나는 감동했다. 아이들일수록 인생을 진지하게 살고 있다는 나의 생각이 증명된 것 같아 기뻤다.

그다음으로 내가 감동받은 것은 아이에게 일어난 문제를 단순히 아이의 문제로만 여기지 않고 인간의 문제로 보고 부모가 적극적으로 관여했다는 점이다.

더구나 어머니가 아닌 아버지가 관여했다는 점에 이중의 의미가 있다.

이런 문제가 생기면 어머니가 나서는 게 일반적이지만 인간의 문제에 어머니 아버지가 따로 있을 수 없다. 양쪽이 함께 가슴 아파 하고 대처하는 것이 본래의 모습이리라.

학교와 어머니에게만 교육을 맡겨버린 아버지에게도 오늘날 어린이의 불행을 낳은 책임이 있다.

A의 아버지가 취한 태도와 행동은 이런 문제에 한 줄기 빛을 비춰준다고 할 수 있지 않을까.

얼마 전 한 잡지에서 독자 참여로 이루어진 '가족관계 연구'라는 특집을 읽었다. 거기에는 수많은 가정 붕괴의 예가 실려 있었다.

부모에게 가해지는 끔찍한 폭력, 차마 눈 뜨고 볼 수 없는 청소년 비행……. 그 글을 읽으며 말로 표현하기 힘든 감정을 느낀 것은 나뿐만이 아니었으리라.

착하고 상냥한 아이들을 그런 상태로 몰아붙인 진짜 원인은 사회에 있고, 이런 사회를 만든 우리가 지금 무엇을 할 것인가에 대답하지 못한다면 우리는 더욱 큰 죄를 저지르게 된다.

아이들의 '삶에 관여하는 일'과 '과보호'는 전혀 다른 문제다.

A에게 벌어진 일과 아이와 함께 고민한 A의 부모님을 보면 이 점을 잘 알 수 있다.

A에게 생긴 일은 사소한 일일지도 모른다. 그러나 그것을 사소한 일로 받아들일 것인지, 큰일로 받아들이고 아이의 성장에 도움을 줄지는 깊이 고민해봐야 할 문제다.

가족 붕괴의 원인과 양상은 저마다 다르므로 방관자적인 제삼자의 입장에서 비판만 하는 일은 삼가야겠지만, A의 가정처럼 사소한 일상 속에서도 아이와 함께 '삶'을 살아가는 어른들이 있다면 아이들의 불행이 조금은 줄어들지 않을까 생각하는 것은 나뿐만이 아니리라.

자립할
권리

自立する権利

아이들에게 자립할 권리가 있다고 하면 '뭘 새삼스레 그런 말을.'이라고 생각하는 사람이 많으리라. 그러나 아이들의 행복을 바라는 나머지, 아이들을 일방적으로 비호하거나 아이들에게 배우려 하지 않거나 무심결에 아이들의 영역을 침범하는 일은 누구나 저지른다.

나는 입시 철에 도쿄에 갔다가 고급 호텔에 부모와 함께 묵는 수험생을 많이 보았다.

암담한 기분이었다.

젊은이가 자립하기 위해 첫걸음을 떼는 세계를 부모가 떠받들고 돈이 지켜주고 있는 것이다.

'수험생 여러분, 피로를 씻어주는 신선한 과일을 드세요. 멜론 6100엔, 망고 8100엔…….' 객실에 이런 메뉴판이 있다. '야식을 드세요. 사케 차즈케 1200엔'이라는 메뉴도 있다.

악질적인 상술도 상술이지만 그런 상술이 먹히는 것 자체가 오늘날의 세태를 말해준다.

나는 고급 호텔에서 묵고 있던 수험생과 그 부모들을 비난할 생각은 없다. 내가 부모였어도 그랬을 수 있고 그들을 비난한다고 내 죄가 없어지는 것도 아니기 때문이다.

그러나 삶의 의미를 깊이 생각하지 않고 살아가는 것은 자신의 정신을 해치는 일일뿐 아니라 남에게 상처를 주거나 남의 영역을 짓밟는 일로 이어진다.

부모와 자식 관계, 교사와 학생 관계도 그런 관점에서 생각해보기 바란다.

그러면 우리가 지금까지 아이들이 자립할 권리를 얼마나 짓밟아왔는지 돌아보게 될 것이다.

아이들은 자신의 행복을 주체적으로 선택할 권리가 있다.

이것은 입으로만 하는 말이 아니다. 내 조카는 대학에 합격했지만 진학하지 않겠다고 했다. 부모는 물론이고 친척들도 반대하며 나에게 설득해보라고 했지만 나는 조카의 생각에 찬성했다.

조카는 대학 공부가 자신을 행복하게 만들지는 않을 거라는 입장이다. 그 생각은 존중받아야 한다.

'이러니저러니 해도 현대사회는 경쟁사회니까 대학을 나와 번듯한 직장을 구하지 않으면 결국 울게 되는 건 너야.'라는 충고가 그 아이의 행복으로 이어진다고 생각하지 않는다. 또 그런 설교는 조카에게 쓸데없는 잔소리일 뿐이다.

남이 주는 행복보다 자신이 선택한 불행이 낫다는 것이 나의 신조이기에 나는 이런 결심을 한 조카에게 동지애마저 느꼈다.

오늘날 우리는 '선택'이라는 것을 너무 많이 잊고 산다.

남한테 맞추기에 급급하다. 그 결과 이 나라에는 물질문명에 매몰된 소심하고 주눅 든 사람들이 넘쳐난다.

행복은 무사안일하게 사는 것을 뜻하지 않는다. 고난의 길을 걸으려는 사람에게 박수 정도는 보내줄 수 있는 상냥함을 왜 갖지 못할까.

엄격함 없는 상냥함만이 넘쳐난다. 그리하여 아이들은 자립을 짓밟힌다.

병, 나한테 주세요

2학년 니시모토 고조

선생님, 아파요?

아프면

언제든지 그 병 나한테 주세요

나는 아파도 괜찮아요

선생님이 안 아프면

나는 그걸로

가슴이 뻥 뚫려요

고작 여덟 살짜리 아이가 사람이 어떻게 살아야 하는지 알려준다. 말로만 응원하지 말고 고통을 함께 나누자고 말이다.

S라는
아이에 대해

S君のこと

　　　　　S라는 아이가 있었다. 유치원에서 돌아오다가 덤프트럭
에 치여 한쪽 다리를 절단해야 했다. 아이는 그때 일을 시로 쓴다.

　　나의 다리

　　나는 유치원 때
　　트럭에 치였다
　　치였을 때 피가 막 나왔다
　　엄마가
　　'큰 소리로 울면
　　경찰 아저씨가 잡아간다'고
　　해서 꾹 참았다

그리고 구급차에 실려

미야지 병원에 갔다

전기톱으로 다리를 잘랐다

마취를 했기 때문에

자른 것을 몰랐다

그리고 한밤중에 울었다

깨어나보니까 깜깜해서

아빠랑 엄마밖에 보이지 않았다

나는 병원에서

만날 울기만 했다

퇴원하고는

텔레비전만 봤다

그리고 한참 있다가 뼈가 자랐다

나는 밤에

마음속으로 생각했다

'뼈야, 너는 나한테 다리가 있는 줄 알고 자라주었구나'

일주일쯤 학교에 나왔지만 그 뒤로 학교가 싫어졌는지 도통 나오지 않았다. 집으로 찾아가봤지만 피하기만 했다.

5학년 누나가 있어서 편지는 계속 주고받을 수 있었다.

어느 날 아이의 편지를 읽고 나는 충격을 받았다.

학교에 가지 않고 후카에 바닷가에서 놀았다, 다리가 잘려나간 게만 잡아서 빈 깡통에 담았다는 내용의 글이었다.

다리가 잘려나간 게만 잡던 그 아이의 심정을 생각하니, 그 아이에게 나는 선생님이 아니었다는 것이 뼈저리게 느껴졌다. 나는 그 아이의 고통을 조금도 함께 나누고 있지 않았다.

"선생님은 S가 학교에 안 와서 걱정했어. S는 의족이 부끄러운 거구나. 하지만 선생님은 S가 좋아. 의족을 하고 있어도 좋아. 의족을 하고 있기 때문에 다른 아이들보다 훨씬 더 좋아. 힘든 일이 있으면 편지해 줘."

나는 그런 편지를 쓰면서 교사의 게으름을 생각했다. 교사의 게으름이 짓는 죄를 생각했다.

교사가 게으르면 그만큼 아이들이 힘든 일을 겪는다. 정작 게으른 교사는 어떤 고통도 겪지 않는데 말이다. 이것이 다른 직업과 결정적으로 다른 점이리라.

그 뒤로도 많은 일이 있었다. 그러나 그 아이는 다시 일어섰다. 가을 운동회 때 아이는 달렸다. 두 다리로 달리는 아이들 사이에서 외다리로, 아이는 달렸다.

다들 결승점으로 달려가고 있었지만 아이는 홀로 하늘을 향해 똑바로 달려가고 있었다. 신이 존재한다면 이 아이야말로 신이라고, 나는 그때 생각했다.

이 이야기를 교육 미담으로 받아들이는 사람이 있다. 그것은 잘못이다. 교육에는 결코 미담이 성립하지 않는다. 함께 배우는 관계가 존재할 뿐이다.

나는 S에게 사람의 낙천성을 배웠다. 그 아이가 다시 일어설 수 있었던 요인은 여러 가지였겠지만 그 근원에는 낙천성이 있었다.

"뼈야, 너는 나한테 다리가 있는 줄 알고 자라주었구나."라는 가슴 아픈 시를 쓸 무렵 아이는 다음과 같은 시도 썼다.

거꾸로 나라

여기가 거꾸로 나라라면 재미있을 거야
부자가 가난뱅이고
돈 한 푼 없는 사람이 엄청난 부자야
도둑이 들어오면
'손 들어' 하지 않고
'발 들어' 해서
엉덩방아를 찧겠지
그리고 도둑이 돈을 줄 거야

우리는 낙천성이라는 말의 의미를 표면적으로 파악하기 쉽지만 낙천성의 본래 의미는 삶의 발판 같은 역할을 해내는 힘이다.

나는 S에게 그 사실을 배웠다. 비약 같지만 낙천성을 갖지 못한 사람은 진정으로 남을 사랑할 수 없을지도 모른다.

이 사실을 어렴풋이 이해하게 된 것은 S와 헤어지고 십몇 년이 지나, 내 인생이 아이들에 의해 지탱되어왔다고 생각하기 시작할 때부터였다.

아이들과 함께
성장하자

子どもと共に伸びていこう

　　　　아이들에게 일방적으로 지식을 주입하는 것으로 교사의
의무를 다했다고 생각하는 것은 너무나 안타까운 일이다. 하야시 다케
지 선생은 어린이의 진정한 가능성은 미리 예측할 수 있는 것이 아니며,
어린이는 물론이고 교사 자신도 도저히 믿을 수 없을 만큼 엄청난 힘을
지니고 있다고 했다.

　내가 그 말을 실감할 수 있었던 것은 17년 동안 교사 생활을 하면서
아이들의 표현에 꾸준히 관심을 가졌기 때문이다.

　그 계기는 아이들의 마음을 알고 싶다는 지극히 소박한 바람 때문이
었다. 내가 처음 근무하던 학교에는 가정형편이 어려운 아이가 많았다.

　아이들의 가정환경을 알 수 있는 예를 하나 들자면, 그 학교는 학부모
회 출석률이 굉장히 낮았는데 회의 시간을 밤 시간으로 옮기자 훨씬 많
은 부모님이 참석했다.

　교과서만으로 수업을 하면 아이들은 도통 생기가 없었다. 아무리 꾸

짖고 나무라도 반응이 없었다. 눈앞이 캄캄했다.

이 아이들은 대체 무슨 생각을 하고 있을까. 그것을 알기 위해 나는 아이들에게 종이와 연필을 쥐여주었다. 아이들이 곧바로 자기 생활과 마음을 글로 표현한 것은 물론 아니다. 갖가지 시행착오가 있었지만 아이들은 조금씩, 조금씩 내게 속마음을 드러내 보였다.

교실에서 보이는 모습과 사뭇 다른 아이들이 있었는데, 참으로 꿋꿋하게 살아가는 모습이어서 감동을 받았다. 아이들을 그저 가르침의 대상으로 여길 때와 달리, 아이들에게 우정에 가까운 감정이 느껴졌다.

그런 감정이 전해지자 아이들과 급속하게 가까워졌다.

교사인 내가 아이들에게 다가간 것이 아니라 아이들이 내게 다가와 준 것이다. 얼마나 고마운 일인가.

문자 그대로 아이들에게 도움을 받은 것이다.

나는 젊은 선생님들에게 교사에게 가장 중요한 것은 풍부한 전문적 지식이 아니라 자신을 미숙한 인간이라고 인정하고 아이들과 함께 성장해나가겠다는 결의가 아니겠냐고 곧잘 말한다.

아이들의 고민과 고통을 함께 나눌 수 있는 교사는 적어도 자기 자신에게 겸허하다.

아이들에게 성실하다는 말을 성립되게 하려면 일방적인 관계에 만족하지 않고 교사 자신도 아이들을 통해 성장할 수 있다는 겸허한 마음을 가져야 하지 않을까.

지난번 강연 때 제자가 나를 찾아왔다.

아기를 안고, 눈부시도록 아름다워진 얼굴로 환히 웃으며 내 앞에 서

있었다. 아, 이 아이는(아무리 어른이 되었다 해도 나한테는 언제까지나 아이
이다) 지금 인생에서 가장 행복한 시절을 보내고 있구나, 하고 나는 생
각했다.

　억지로 끌려가 술을 마셨다. 남편과 아이의 언니도 함께 있는 자리에
서 그 아이가 말했다.

　"선생님, 저랑 같이 목욕했던 거 기억나세요?"

　엣? 하고 나는 깜짝 놀라 소리를 질렀다.

　그 아이는 그때 일을 자랑스레 떠들기 시작했다.

　나는 부끄러워서 고개를 들지 못했고 남편은 옆에서 싱글벙글 웃으
며 듣고 있었다.

희망으로 가는
나의 다리
나의 어린이 원론

希望への橋 – わたしの子ども原論

어떤 충격으로부터

내가 받은 충격으로 이야기를 시작할까 합니다.

《산다는 것의 의미》로 우리에게 각성을 촉구했던 고사명 씨는 최근 주목할 만한 발언을 합니다.

그는 《바람을 타고 온 메리 포핀스》를 예로 들며 인간이 언어를 가지고 살아가는 의미에 대해 묻습니다.

어른은 '말의 지혜'로 살아가고, 아기는 햇빛과 바람, 나무와 새, 모든 자연과 교감할 수 있는 말로 살아간다는 차이에서 매우 중요한 것을 발견해냅니다. 그리고 '말의 지혜'에서 풀려 나온 실이 엉클어지는 지점, 더욱이 그 말이 절대적이라고 믿는 지점에 인간의 고녀가 있는 게 아니냐고 문제를 제기합니다. 말로 사고하는 세계에서는 말이 그대로 현실이나 일상생활을 형성하기 때문에 그것을 뛰어넘는 이미지는 절대로 볼 수 없다, 곧 일상세계에서 통용되는 가치관을 뒤집는 세계를 파악하는 일이 불가능하다는 것입니다. 이 논리는 궁극적으로 '죽음'은 '삶'의 반대쪽에 있다는 일상 세계의 관념을 무너뜨립니다. 계속해서 그는 '삶' 쪽에 있던 자가 죽으면 '삶'과는 무관한 '죽음'의 세계로 옮겨 가버리고 두 세계 사이에 아무런 관계가 없다는 사고방식, 곧 '말의 지혜'로 살아가는 인간의 자아 문제를 언급합니다.

그는 '삶'과 '죽음'을 양극으로 분리시키는 관점은 근본부터 잘못되었다고 지적하고 다음과 같이 말합니다.

"여러분도 익히 알고 있는 미나마타 문제입니다. 나라의 최고 권위자가 위원회를 만들고 후생성의 지원까지 받아 수은중독이 아니라고 결론을 냅니다. 그런 결과를 이끌어내는 지혜는 대체 무엇일까요. 그것은 '삶'과 '죽음'을 분열시키는 지혜가 아닐까요. 그 권위자도 갓난아기 때는 삶과 죽음이 통일된 세계에서 살았겠지요. 바람이나 나무와 이야기를 나눌 수 있었겠지요. 그러다 말을 익히고 지혜를 흡수하고 똑똑해져서 도쿄 대학을 나왔지만, 그런들 뭐합니까. 바다에서 물고기가 죽어가도, 고양이가 그 물고기를 먹고 쓰러져도, 그 고양이의 호소와 바다의 울음소리를 듣지 못하고 환자들의 고통을 보지 못합니다. 이것이 최고의 지혜라고 할 수 있을까요? 이것이야말로 '삶'과 '죽음'을 분리해서 생각하는 인간의 모습을 상징적으로 보여주는 것 아닐까요.

'삶'과 '죽음'을 분리해서 생각하는 사고방식의 또 다른 상징이 있습니다. 그것은 '인간은 만물의 영장'이라는 사고방식이라고 생각합니다.

바로 그것입니다. 인간은 의지를 갖고 살아가는 존재다, 따라서 극단의 경우 인간은 자기 자신의 존엄을 지키기 위해서라면 자살을 할 수도 있다는 사고방식입니다. 그것을 인간이 위대하다는 증거라고 생각합니다. 그렇게 해서 젊은이가 자살을 합니다.

우리 아이도 그렇게 자살을 했습니다. 나만은 절대로 죽지 않을 거라는 시를 쓰던 아이가 자살을 했습니다. 그러나 자살을 할 수 있다는 것은 인간의 그릇된 면을, 삶과 죽음을 분리시키는 말의 지혜가 가진 모순을 가장 극단적으로 보여주는 예가 아닐까요. 나는 죽어서 지옥에 가면 먼저 아들의 엉덩이를 세 대쯤 때려줄 생각입니다. 부모로서, 비록 못난 부모였다 해도, 그런 다음에야 사죄할 수 있을 것 같습니다.

나는 이렇게 말하고 싶습니다. 만약 자살이 인간의 우월성을 나타내는 증거라면, 스스로 심장을 멈출 수 있는 것이 그렇게 위대한 능력이라면 심장을 뛰게 할 수도 있어야 한다고, 심장을 뛰게 해보라고 말입니다.

자살은 '만물의 영장'이라는 착각이 초래한 인간의 불행을 드러내는 행위일 뿐입니다."

고사명 씨의 이 말에 나는 강한 충격을 받은 동시에 무거운 숙제를 떠안은 기분이었습니다.

고사명 씨가 나에게 "당신은 보이는 아이만 보고 보이지 않는 아이는 보려고 하지 않았던 것은 아니냐?"라고 말하는 것 같은 느낌이었습니다.

그루지야의 방랑 화가 니코 피로스마나시빌리의 그림 가운데 아버지의 전사 통지서와 화환을 거부하는 아이를 그린 것이 있습니다. 고미야마 료헤이 씨가 그 그림을 보여주었을 때 느낀 감동과 고사명 씨가 제시한 문제의 깊이는 내 마음을 강하게 뒤흔들었고, 지금도 뒤흔들고 있습니다.

아무리 작은 생명에도 아이들이 상냥한 눈길을 보낼 수 있는 것은 생명에는 끝이 없다는 사실을 굳건히 믿기 때문이라는 시인의 말을, 나는 떠올립니다.

"인간이 말의 지혜로 살아갈 수밖에 없는 존재라면, 나는 그 지혜로 다시 한 번 젖먹이의 웃는 얼굴이 갖는 무심無心의 '상냥함'을 지니고 싶습니다. 말의 지혜는 그야말로 그 '상냥함'에 지탱되었을 때 생기는 것 아닐까요."라고 고사명 씨는 말합니다. 그렇다면 보이지 않는 아이를 '보는' 열쇠는 아무래도 이 말 속에 있지 않을까요.

어린이가 보인다는 것

러시아의 시인이자 어린이문학가인 코르네이 추콥스키는 어린이의 낙천성을 언급하며 두 살부터 다섯 살까지의 유아들은 예외 없이 삶은 기쁨과 한없는 행복을 위해 생겨난 것이라고 믿는다고 말합니다.

네 살의 나는 영원이었다

네 살의 나에게 그늘 따위 없었다

언젠가 죽음이 찾아온다는 사실을 몰랐으니까

나의 삶에 끝이 있다는 것을 몰랐으니까

―사무일 마르샤크

어른과 유아의 차이점은, 어른은 언젠가 죽음이 찾아온다는 것을 믿지만 유아는 자기가 영원히 산다고 믿는 것이라고 하는데, 이 말은 사실인 듯합니다.

"빨간 모자라는 여자아이가 있었습니다. 일어나서 문을 열었습니다. 이걸로 끝. 그다음은 몰라."

"늑대는?"

"늑대는 무서우니까 없어도 돼!"

"늑대는 없어도 돼!"라는 말은 인간의 슬픔이나 공포 따위는 눈곱만큼도 알고 싶지 않다는 뜻이겠지요.

돼지가 기차에 부딪혀 두 동강이 난 것을 보고 엉엉 울던 아이가 며칠 뒤 살아 있는 다른 돼지를 보고 "돼지가 원래대로 딱 붙었어." 하고 환호성을 질렀다는 이야기도 유아가 죽음을 멀리하려 하고 자기만은 죽지 않는다고 생각하는 데에서 비롯되었을지 모릅니다.

추콥스키가 위대한 이유는 어린이의 말과 행동을 임상학적으로 바라보거나 단순히 어린이의 특질로 보지 않았기 때문이며, 불사不死를 바라

는 마음이 자기 자신에게서 주변 사람들에게로 옮아가고 점점 퍼져서
모든 인류가 영생하기를 바라는 평화주의자로서 어린이를 바라보았기
때문입니다.

어린이가 지닌 상냥함의 근원은 모든 생명을 평등하게 느끼는 감각
이라고 생각합니다.

"생명이 있는 것은 모두 평등하다."라는 말을 굳이 하지 않아도 아이
들은 그런 사상을 아무런 저항 없이 받아들이고 생활 속에서 구체적으
로 실천해 보입니다.

개

1학년 쓰카다 겐지

나는 개가 참 좋습니다
나는 개를
밖에 내보내줍니다
나는 개랑
놀아줍니다
나는 외톨이입니다
내 개가 왔습니다
개랑 내가 놀았습니다
내 개가 와서 좋았습니다

개랑 나랑
집에서 놀았습니다.
개랑 나랑
텔레비전을 보았습니다.
개랑 나는 추워서
고타쓰 옆에 갔습니다.
개랑 나랑 같이
고타쓰에 들어갔습니다

이 시에 담긴 공감은 결코 감상적인 것이 아닙니다.

다음의 어린이 시 두 편도 어린이의 평등 감각이 단순한 감상이 아니라는 사실을 증명해줍니다.

마음

1학년 요시카와 가요코

선생님은
어떤 마음을 갖고 있어요
그걸 가르쳐주세요
나는

어떤 마음을 갖고 있어요

가르쳐주세요

개

1학년 사쿠다 미호

개는

나쁜

눈을 하지 않는다

어린이의 공감은 정신의 공유로 성립됩니다. 곧 생명에 대한 한없는 사랑과, 생명은 둘도 없이 소중하다는 인식을 분명히 가지고 있는 것이지요.

그렇기에 아이들은 생명에 대해 대단히 민감할 뿐 아니라 모든 사랑에 대해 매우 예민합니다.

인간의 상냥함이 분명 생명의 근원에 닿아 있다는 사실을 나는 신체 장애를 가진 한 소녀에게 배웠습니다.

소녀는 200미터를 걷는 데에 몇십 분이 걸렸습니다. 집에서 스쿨버스 정류장까지 가는 길이 소녀가 외부와 접촉할 수 있는 유일한 시간이었습니다. 그러니 웬 어른이 다음과 같은 말을 내뱉었다고 해서 무조건 나무랄 수 없을지도 모릅니다.

"저런 애는 무슨 낙으로 살까."

소녀에게 아무런 낙이 없을까요?

소녀의 하루는 소녀의 등교 시간에 맞추어 모닝서비스 간판을 내거는 카페 언니와 인사를 나누는 일에서 시작됩니다.

"마리야, 안녕?"

"언니, 안녕?"

소녀를 이해하지 못하는 사람에게 소녀의 말소리는 그저 '우우' 하는 소리로밖에 들리지 않습니다.

소녀는 도시락 가게 앞에서 첫 번째로 쉽니다. 고양이 구로에게 아침 인사를 건넵니다. 야옹 하고 울면, 그날은 구로 기분이 좋은 겁니다. 울지 않을 때는 과식을 해서 속이 좋지 않을 때입니다. 그러면 소녀는 구로에게 조릿대 잎을 줍니다.

소녀는 관목이 있는 풀밭에서 두 번째 휴식을 취합니다. 그때 벌이 몸 속에 남아 있던 수분을 입 밖으로 내는 모습을 볼 때가 있는데, 소녀는 이것을 벌의 비눗방울이라고 부릅니다. 빵집 앞을 지날 때 소녀는 지금 잼빵을 굽고 있는지, 햄빵을 굽고 있는지 딱 알아맞힙니다.

빵집 주인은 "마리, 힘내." 하고 싹싹하게 말을 걸어줍니다.

마지막으로 쉬는 곳은 꽃과 풀이 있는 어느 집 앞입니다.

소녀는 채송화와 인사를 나눕니다. 채송화는 오른쪽에서 꽃 수술 하나를 건드리면 나머지 수술이 모두 오른쪽으로 기우는 습성이 있습니다. 왼쪽에서 건드리면 왼쪽으로, 위에서 건드리면 위로 뻗습니다.

소녀는 누구한테 배우지 않았는데도 그 사실을 잘 알았고 그것을 채송화의 아침 인사라고 말합니다.

소녀가 정류장에 닿을 무렵이면 아침을 거른 회사원들이 넥타이를 비뚤게 맨 채 소녀 앞으로 허둥지둥 뛰어갑니다. 유치원에 가기 싫어하는 아이가 엉엉 울며 부모님 손에 끌려갑니다.

소녀는 천천히 걸어갑니다.

소녀가 아침 몇십 분을 어떻게 보내는지 알았을 때 나는 충격을 받았습니다.

어린이의 상냥함이 지닌 의미를 통찰하지 못하는 우리는 "저런 애는 무슨 낙으로 살까." 하고 말함으로써 스스로를 타락시키고 정신을 빈곤하게 만들고 결코 있어서는 안 될, 어린이가 자살하는 상황을 만드는 일에 가담하는 것은 아닐까요.

나는 이 소녀 덕분에 '어린이가 보인다'는 말의 의미를 배웠습니다.

소녀가 나를 찾아온 것은 초등학교 5학년 때였습니다. 근육이 점점 마비되고 있어서 전혀 표정을 지을 수 없었습니다(그때 나는 그렇게 생각했습니다). 언어장애가 동반되어 무슨 말을 해도 '우우' 하는 신음 소리로 들릴 뿐 전혀 알아들을 수 없었습니다.

모든 커뮤니케이션 수단을 빼앗겨버린 소녀와 소통하는 일은 고통이었습니다. 어떻게 하면 기뻐하는지, 어떻게 하면 화를 내는지 전혀 알 수 없었습니다.

이때 나는 고사명 씨가 말하는 '말의 지혜'만으로 소녀를 대하려고 했던 게 틀림없습니다. 모든 커뮤니케이션이라고 썼는데, 그때 나는 거만하게도 말의 세계가 커뮤니케이션의 전부라고 생각했습니다.

소녀를 이해하기 위해 나는 나의 오감을 곤두세워야 했습니다. 소녀와 함께 힘든 노동을 해야 했습니다.

나는 육체적인 고통을 맛보았지만 동시에 소녀의 고통을 조금이나마 함께 나눌 수 있었습니다.

두 달쯤 지나, 나는 소녀를 수영장에 데리고 가기로 했습니다. 부모님은 너무 위험하다며 말렸지만, 나는 부모님을 설득해서 소녀를 데리고 나섰습니다.

물을 겁낼 줄 알았는데, 소녀는 그야말로 자연스럽게 물과 친해졌습니다. 팔다리를 가볍게 움직이며 첫 체험을 한껏 즐기는 듯이 보였습니다.

내가 손으로 받쳐주기는 했지만, 소녀는 수영장 가장자리에서 맞은편 가장자리까지 짧은 여행을 완주했습니다.

그때 소녀가 나를 돌아보았습니다. 그리고 정말로 아름다운 웃는 얼굴로 내게 말을 걸었습니다. 반짝이는 눈이, 물에 젖은 피부가 분명 내게 말을 걸었습니다.

나는 가슴이 벅차올랐고 지금껏 본 적 없는 세계를 보게 된 흥분에 몸이 떨렸습니다.

소녀의 웃는 얼굴을 가슴 깊이 새겨야지, 하고 생각했습니다. 그러다 문득 어떤 사실을 깨닫고 입이 딱 벌어지고 말았습니다.

'내게는 소녀의 웃는 얼굴이 보인다. 하지만 수영장 가장자리에 있는 사람들에게는 소녀의 웃는 얼굴이 웃는 얼굴로 보이지 않는다, 예전의

나처럼.'

보이지 않던 아이가 보인다는 것은 분명 하나의 세계를 발견했다는 뜻이며, 그 세계를 바라보는 나의 가치관이 달라졌다는 뜻입니다.

곧 '어린이가 보인다'라는 의미는 나 자신이 달라졌다는 의미입니다.

보이지 않는 것을 보는 세계가 우리의 가치관 너머에 있다면, 우리는 인간이 지녀야 할 가장 중요한 자질로써 자신을 깨부술 수 있는 용기를 반드시 갖추어야 합니다.

나는 그것을 나이 어린 소녀에게 배웠습니다.

투쟁하는 아이들

나는 예전에 아이들의 눈은 아름답다고 하면서, 그것은 아이들의 눈이 아름답다기보다 아름다운 눈을 유지하기 위한 어린이들의 저항이 아름답다는 뜻이라는 말을 한 적이 있습니다.

지금도 그 생각에 전혀 변함이 없습니다. 아이들의 상냥함이 근원적으로 생명을 평등하게 느끼는 감각에서 온다는 말은 앞에서도 했는데, 그것이 성립되는 과정에 아이들의 투쟁이 있습니다. 아이들은 그런 투쟁을 통해 강해지기도 하고 인간으로서 유연함도 터득합니다.

안타깝게도 아이들이 투쟁하는 상대가 부모이거나 교사인 경우에 결코 바람직하지 않은 드라마가 전개되어 희극 또는 비극이 생겨납니다.

어른들은 '선택'하기보다 '타협'하는 쪽을 택하지만 아이들은 '선택'

에 집착하고 분별이나 원칙을 외면합니다. 아이들에게 최대의 양심은 흥미이며, 아이들은 그 양심을 지키기 위해 투쟁하기를 조금도 꺼리지 않습니다.

소와 나

6학년 사와 마사히코

1. 소가 좋아합니다. 원래는 꼬리를 그렇게 흔들지 않는데 요즘은 흔듭니다. 소는 힘센 소도 있고, 약한 소도 있습니다. 얼굴이 길쭉한 소도 있습니다. 소도 싫은 소와 좋은 소가 있습니다. 지금 기르고 있는 27만 엔짜리 소가 좋습니다.

2. 비듬이 많은 소는 젖이 잘 나오기 때문에 그런 소를 길러야 합니다. 잘 모르는 사람은 그런 소는 지저분하다고 하지만 전문가가 보면 그런 소가 좋은 소입니다.

3. 소를 풀어놓으면 소하고 개가 싸움을 합니다. 소가 경주하는 말처럼 펄쩍펄쩍 뛰어다닙니다. 개가 멍멍 짖으며 쫓아갑니다. 소도 내가 옆에 없으면 불쌍하다고 생각했습니다. 소가 쓸쓸하다고 생각했습니다.

4. 소 목에 줄을 매고 아무리 잡아당겨도 아프지 않지만, 내 목에 줄을 매고 잡아당기면 살갗이 벗겨지고 목이 막힙니다. 나는 소 목에 매달릴 만큼 소가 좋습니다. 딴 데 가 있어도 소 생각만 나고 다른 생

각은 안 납니다.

5. 소는 몸집이 아주 크고, 나는 몸집이 아주 작습니다. 소는 다리도 깁니다. 나는 뭘 해도 소한테 이길 수 없습니다. 나는 소한테 이기려고 해도 이길 수가 없습니다.

6. 소는 뿔이 부러지면 값도 떨어집니다. 젖소는 값이 그대로입니다. 일본 소는 값이 떨어집니다.

7. 다카하시랑 오카는 나더러 소똥치기라고 놀립니다. 나는 "소똥 치우는 게 뭐가 나빠?" 하고 말했습니다. 집에 돌아와서 또 소똥을 치웠습니다. 깨끗하게 기르면 소도 기분 좋을 거라고 생각합니다. 더럽게 키우는 집의 소는 젖이 안 나옵니다.

8. 소가 병에 걸렸습니다. 가즈마사네 소보다 훨씬 많이 아팠습니다. 내가 외양간에 들어가 소의 다리를 짚으로 문질러주니까, 눈물이 마음속에서 울고 있습니다. 나는 우는 얼굴로 문질렀습니다.

이 글을 쓴 아이는 2년이 조금 안 되는 기간 동안 85편의 시와 글을 썼는데 그중 82편이 소에 관한 글이었습니다. 소에 엄청난 집착을 보인 이 아이는 "소똥 치우는 게 뭐가 나빠?"라는 말로 자기 삶을 선택합니다.

"내가 외양간에 들어가 소의 다리를 문질러주니까, 눈물이 마음속에서 울고 있습니다. 나는 우는 얼굴로 문질렀습니다."라는 표현이 탄생한 배경에는 소똥치기라고 놀려대는 반정신적 도전에 맞서, 정신의 존엄과 인간의 상냥함은 생명을 사랑으로 기르는 행위 속에 있다고 긍지를 갖고 단언하는 강인한 영혼이 존재합니다. 그것은 아이가 고독한 투쟁

속에서 길러내고 지켜온 영혼입니다.

그런데 표기법이 틀렸다는 이유로 아이의 이 아름다운 문장에 빨간 줄을 긋는 반인간적인 행위가 교육에서 이루어지기도 합니다.

아이들 표현의 주체가 무엇인지 이해하지 못한 채 어른과 아이의 관계를 가르치는 쪽과 배우는 쪽으로 고정시키는 세계는 아이들에게 폭력의 세계입니다. 이런 세계에서 아이들이 필연적으로 저항의 길로 나아가는 것을 아무도 비난할 수 없습니다.

선생님

2학년 오쓰카 신지

나

이제 선생님이 싫다

나

오늘 눈알이 튀어나올 만큼

화가 났다.

나

내 짝꿍한테

친절하게 가르쳐주었다

나

딴 데 보고 있지 않았다

선생님이라도 무릎 꿇고 사과해
"신지, 용서해줘."
하고 사과해

빠진 이

2학년 이케자키 고지

공부 시간에
떠들었는데
선생님이
"어금니 깨물어." 하고 말했다
"어금니 썩었어요."
하니까
"앞니 깨물어." 하고 말했다
선생님
앞니 빠져서 없는데요

추콥스키는 아이가 말을 습득하는 과정에서, 어른들의 몰이해가 아이들의 마음에 얼마나 상처를 주는지 증명했는데, 그런 예는 추콥스키의 가르침이 아니더라도 우리의 일상 속에 얼마든지 있습니다.

초밥집에서 접시에 놓인 전복이 꿈틀거리는 것을 보고 "아, 살아 있다!" 하고 소리친 아이가 있었습니다. 굉장하구나 생각하고 있는데, 아이의 부모가 굳이 "어머, 아직 살아 있네." 하고 말해버렸습니다.

그런 예는 얼마든지 있습니다.

병원 대기실에서 차례를 기다리던 아이가 엄마한테 물었습니다.

"엄마, 엄마, 슬리퍼는 왜 슬리퍼야?"

그때 젊은 엄마는 잡지를 읽고 있었습니다.

"엄마, 엄마, 엄마는 왜 엄마야? 엄마를 아빠라고 해도 되잖아. 응? 응?"

엄마는 잡지를 내려놓고 아이를 노려보며 말했습니다.

"넌 왜 그렇게 바보 같은 것만 묻니?"

이런 이해심 없는 엄마한테 걸리면 다음과 같은 유아들의 멋진 말은 모두 바보 같은 말이 되어버립니다.

"엄마, 엄마는 여자고 나는 남잔데, 엄마가 어떻게 나를 낳았지? 되게 재미있다." (일본 어린이)

"하느님, 요즘은 왜 새로운 동물을 발명하지 않으세요? 지금 있는 동물은 죄다 오래된 것들뿐이에요." (미국 어린이)

"맨 처음 사람은 어떻게 생겨났을까? 아무도 낳아주지 않았는데." (러시아 어린이)

교육 현장에도 비슷한 경우가 있습니다. 1학년 어느 반에서 반대말 공부를 하고 있었습니다.

"반대말이 뭔지 아니?"

교사가 묻자, 마사토라는 아이가 자기 이름에 '사마님이라는 뜻'를 붙여서 "마사토사마." 하고 말했습니다. 아이 나름으로는 열심히 생각한 것이겠지요. 하지만 교사는 그 말을 무시했습니다.

마사토사마가 반대말은 아니지만 마사토사마라는 말을 제대로 다뤄보면서 아이들이 반대말의 뜻을 생각하게 할 수는 있습니다. 오히려 그렇게 하는 것이 살아 있는 수업이라고 할 수 있겠지요.

아이들은 반대말의 뜻을 이해하면 반대말 그 자체를 줄줄이 생각해 냅니다. 중요한 것은 배운 것을 단순히 기억하는 일이 아니라 마사토처럼 자율적으로 생각하는 아이들의 언어입니다. 그 언어가 잘 살 수 있도록 가르치지 않는다면 마사토 같은 아이는 국어 수업에 흥미를 잃을 뿐 아니라 마음에 깊은 상처를 안게 됩니다.

오늘날의 수준별 교육은 그 뿌리를 깊숙이 뻗어 인생을 스스로 헤쳐 나가려는 적극적인 아이를 쓸데없이 괴롭히고 있습니다. 이것은 마사토 같은 아이들에게 투쟁의 시작을 의미합니다.

《나는 선생님이 좋아요》의 데쓰조는 공격적으로 반항을 합니다. 데쓰조는 자신을 이해하려는 여교사 고다니 선생에게 손톱을 세웁니다.

말하기를 거부하고, 사람들이 싫어하는 파리를 기릅니다.

고다니 선생은 그런 데쓰조를 이해할 수 없습니다. 고다니 선생에게 데쓰조는 보이지 않는 아이인 셈입니다.

고다니 선생은 가치관이 전혀 다른 누군가가 자기 세계를 침범할 때는 싸우는 수밖에 없다는 것도 이해하지 못하고, 자신이 아이의 영역을 침범하고 있다는 사실도 깨닫지 못합니다. 그런 거만함은 미숙한 인간들에게 공통적으로 나타납니다.

고다니 선생이 가까스로 데쓰조의 마음에 다가갈 수 있었던 계기는 아이러니하게도 자신을 엉엉 울게 했던 파리였습니다.

"파리는 나면서부터 부모한테 버려진 채 평생 친구도 가족도 집도 없이 혼자 산다. 항상 벌, 거미, 참새 등의 위협을 받지만 남을 위협하는 일은 없고, 먹이라고는 인간 사회의 폐기물밖에 없다. 파리의 생태는 전혀 아름답지 않지만, 잔인하지 않으며 극히 조촐한, 말하자면 서민들이 사는 모습과 닮았다."

파리에 대한 지식을 통해 데쓰조의 마음속을 엿보았을 때, 고다니 선생은 자신의 슬픔과 데쓰조의 슬픔이 다른 곳에 있지 않다는 사실을, 인간이 인간으로 살아가기 위한 필연적인 뭔가를 깨닫습니다.

이 슬픔의 공감이 고다니 선생으로 하여금 교사의 허상을 버리게 하고 자신의 인생도, 데쓰조의 인생도 둘도 없이 소중하게 여기며 함께 걸어나가고자 다짐하게 만듭니다.

데쓰조의 반항이 교사의 약한 부분을, 또는 교사의 나태함을 일깨우고 있다는 사실을 고다니 선생은 어렴풋이 이해합니다.

투쟁하는 아이들의 모습이 보일 때 자신의 모습도 보이기 시작한다는 것을 가까스로 알게 됩니다.

우에노 료의 저서《우리 시대의 피터 팬》에 이 문제를 깊이 있고 설득력 있게 논하는 부분이 있으니 읽어보기 바랍니다.

상냥함의 근원

상냥함에 대해 이야기할 때 늘 내 머리를 떠나지 않는 두 사람이 있습니다.

한 사람은 체로키어를 문자화한 천재 체로키 인디언 세쿼이아이고, 또 한 사람은 '학교에 와서 수지맞았다'라는 글을 쓴 재일 조선인 임영길입니다.

세쿼이아는 백인들이 문자를 통해 지식을 쌓을 수 있었기 때문에 인디언보다 우위에 있다는 사실을 일찍부터 간파하고 체로키 인디언의 문자를 만들려고 했습니다.

세쿼이아 자신은 미국인과 체로키 인디언 사이에서 태어난 혼혈이었지만 체로키 문화와 생활양식을 철저히 지킨 사람이었다고 합니다.

체로키어는 한 사물의 상태에도 두 개 이상의 음이 있고, 어떤 동사는 활용형이 무려 200가지가 넘을 정도로 형태가 매우 복잡하다고 합니다.

이런 언어를 문자화하는 것이 얼마나 힘들지 충분히 예상할 수 있었지만 세쿼이아는 결연히 그 일에 도전했습니다.

아내에게 욕을 먹고 사람들에게 미치광이 취급을 받았을 뿐 아니라 연구성과 자료가 불에 타버리는 어려움도 겪었습니다.

어린 딸의 얼굴을 볼 때 유일하게 기쁨을 느끼던 초라한 오두막 생활이 이어집니다.

이윽고 그는 체로키어에 약 80개의 음절 조합이 있다는 사실을 알게 되고 마침내 그 엄청난 일을 해냅니다. 하지만 결과보다는 과정 그 자체가 감동적입니다.

그의 행동은 말하자면 민중에 대한 헌신이 분명하지만, 그렇게 말해 버리기에는 너무나 고고한 행동이었습니다. 세쿼이아의 인생은 궁극의 상냥함을 깊이 생각하게 합니다.

그의 업적이 분노에서 출발해 형제들의 고통을 자신의 고통으로 여기고 그 뜨거운 생각을 지속함으로서 깊은 인간애를 증명했다는 점에서, 그는 성실한 인간이었습니다.

상냥함은 인간의 조건으로써 존재하는 것이 아니라 인간이 인간이기 위한 '길'로써 존재하는 것이라고 나는 생각합니다.

이것은 임영길 씨의 수기에 잘 드러나 있습니다.

"야간 중학교에 입학할 수 있는지 확실히 알고 싶다. 직접 가려니 도저히 용기가 안 났다. 그래서 집사람을 보냈는데, 선생님이 '그런 거라면 와야지. 바보냐?' 하고 말했다. 선생님한테 '자네는 이렇게 가까이에 있으면서 뭐 했나?'라는 말을 듣고 다른 어려운 시험문제나 그런 게 있나 싶었는데 '자네 바본가? 왜 좀 더 일찍 오지 않았나.'라는 말을 듣고 엄청 기뻐서 벌떡 일어섰다.

겨우 입학을 해서, 처음에는 무조건 읽기와 쓰기, 계산만은 할 수 있으면 좋겠다고 생각했다. 다른 건 아무래도 상관없다. 학교는 배우는 곳, 글씨를 쓸 수 있게 되는 곳, 읽을 수 있게 되는 곳, 계산을 할 수 있게 되는 곳. 어릴 때부터 그것만 생각했으니까.

처음 학교에 입학했을 때, 어쩐지 나 자신이 불만스러웠다. 쓰기만 있는 게 아니다. 다른 과목, 전 과목이 다 있다. 열심히 공부해서 어떻게든 빨리 읽을 수 있어야 할 텐데, 계산할 수 있어야 할 텐데 하고 초조해했다. 학교에 오기 전까지 글씨를 못 쓰고 계산을 못하는 것 때문에 제일 고생했으니까.

나는 지금까지 조선인이라는 것도 잊자고, 잊으려고 했다. 일본인이고 싶었다. 일자리를 얻을 때도 일본인 같은 얼굴로 일을 얻었다. 그래서 이름도 '히라바야시 미신'이라고 지었다. 일본인 회사를 상대하기 바랐고, 실 한 줄을 사더라도 재료 하나를 사더라도 일본인 거래처이길 바랐다. 학교에서도 조선인이라고 하면 공부를 할 수 없을 게 뻔하다. 사람들한테 따돌림을 당할 게 뻔하다고 생각했다. 처음 학교에 왔을 때는 그랬다.

그렇게 공부를 하면서, 지금도 가장 머리에 남는 것은 사전 찾는 법이다. 아무리 찾으려고 해도 못 찾았던 경험이 있었으니까. 뭐야, 이렇게 간단한 방법으로 찾을 수 있었어? 그걸 처음 알았을 때 나는 '수지맞았다, 학교에 와서 수지맞았다.'고 생각했다. 기술 같은 것도, 내가 너무 궁금해하던 것을 쉽게 할 수 있었을 때도 수지맞았다고 생각했다. 쓰기 하나만 해도 일하는 것보다 시간이 몇 배로 걸렸으니까. 그에 비하면 공부하는 일도, 글을 배우는 일도 수지맞은 거라고 생각했다.

처음에 계산이나 곱셈, 구구단도 몰랐다. 나도 학교에 다니니까 구구단을 외우기로 하고 열심히 외웠다. 초등학교 1학년이나 2학년도 구구단을 안다고 생각하면 억울하다. 초등학생들도 아는 걸 나는 몰랐다. 그래도 나는 그게 가장 기뻤다.

일본어의 알파벳 표기와 영어 단어도 구분할 줄 몰랐다. 학교에는 못

다녔지만 영어를 배워 보려고 관심을 가져도 역시 하나도 이해할 수 없었다. 학교에 와서 영어와 일본어의 알파벳 표기가 어떻게 다른지 알고, 조금 쓸 수 있게 되었다. 제대로 읽을 수 있게 되었을 때, 학교에서 돌아와 기뻐서 밤새도록 잠을 못 잔 적도 있다.

학급활동이나 토론, 음악, 식물 같은 것을 배우다 보면 옛날 일, 학교에 다니지 않던 시절이 문득 떠오른다. 나는 화분 따위는 거치적거리니까 걷어차 버리면 된다, 걷어차버리자고 했고, 걷어찬 적도 여러 번 있다. 그런데 이런 것을 배우니까 지금은 애정이라고 할까, 이건 수술이고 이건 암술이구나 하게 된다. 이것도 생명임을 알게 되니까 애정이 생겼다."

세쿼이아와 임영길 씨는 인간이 문자를 갖는 의미, 문자를 배우는 의미를 참으로 정확하게 말해주고 있습니다.

고사명 씨도, 위의 두 사람도 인간과 언어의 관계를 깊이 파악하고 있습니다.

상냥함의 근원을 찾는 일은 그것과 무관하지 않습니다. 아니, 인간과 언어의 관계를 파악하는 가운데, 삶의 의미를 완전히 새로운 관점에서 생각해보는 일이라고 할 수 있습니다.

말이라는 것을 아무 저항 없이 받아들이는 인간이 말 자체를 타락시키고, 말을 습득하는 데에 자신의 모든 것을 걸어야 하는 이른바 약한 인간이라고 여겨지는 어린이들이 그 힘든 과정 속에서 상냥함의 근원을 찾아내는 아이러니를 우리는 한번 생각해볼 필요가 있습니다.

나만 남겨두고 가버렸어

1학년 아오야마 다카시

학교 갔다 오니까
아무도 없었다
새아빠도
우리 엄마도 형도
그리고 아기도
모두 집을 나가버렸다
아기 기저귀도 없고
엄마 옷도 없고
집 안에 짐이 하나도 없다
나만 남겨두고 이사를 가버렸다
나만 남겨두고

이렇게 시작하는 여섯 살 어린이의 시가 있습니다. 부모에게 버림받은 절망적인 상황에서도 이 아이는 점심값을 아껴 장난감을 사고 "아기가 돌아오면 이 장난감을 줄 거다. 빨리 돌아와. 빨리 돌아왔으면 좋겠다."라고 소리쳤습니다.

이 아이의 상냥함 앞에, 나는 인간으로서 너무나 부끄러웠습니다. 가혹한 상황에서도 훌륭한 인간이고자 하는 어린 영혼의 모습에 절망에서 희망으로 가는 다리를 놓는 어린 전사를 본 것입니다. 내가 그토록 찾던 인간상이 거기에 있었습니다.

고사명 씨, 세쿼이아와 임영길 씨, 그리고 아오야마 다카시의 공통점은 절망적인 상황에서 더욱 아름다운 인간이고자 하는 정신을 지닌 인간이라는 점입니다. 이 사람들의 존재가 나에게 얼마나 큰 용기를 주는지 모릅니다.

이들은 어린이문학 속에 아름다운 인간을 계속 그려내는 일을 어떻게 해내면 좋을지 나에게 깊은 시사를 주는 사람들이기도 합니다.

문학과
나

세계를 보면 언제나 어디선가 전쟁을

どうしてだろう

小虫のようにはってゐるし

世界を見ればいつもどこかで戦争は

人の心をちくちくさすような意地悪な話

毎日のくらしの中には

だれだって思っている

みんなを愛する人間になりたいと

みんなに好かれて

人をくんだりする人間になりたくはない

人にきらわれたり

형의 죽음이라는 개인적인 일에서

'삶'의 근원적인 의미를

깊이 파고들던

나는 어느새 작품 속에서 살고 있었다.

소설을 쓰는 세계는 이런 세계다.

책 한 권 없는
인간의 책 한 권
一冊の本のない人間の一冊

　　　　책에서 배우거나 구원을 받은 적은 거의 없고, 교사 시절
에 만났던 아이들이나 청년기에 만났던 이른바 밑바닥 노동자라 불리
던 사람들 덕분에 되살아날 수 있었던 사람에게 한 권의 책을 꼽는 일
은 매우 까다로운 일이다.

　진지하게 생각해봤지만 도저히 답이 나오지 않았다.

　관점을 조금 바꾸어 '그 책을 만나지 못했더라면……?'이라고 묻는다
면 인생의 굽이굽이에 분명 그런 책이 있었다.

　나는 지금까지의 내 인생을 크게 세 시기로 나누어 생각하곤 한다.

　출생에서 사춘기 시절까지, 초등학교 교사 시절, 그리고 좌절과 방랑
을 거친 뒤 작가가 되기까지이다.

　우리 할아버지는 노점상, 아버지는 공장노동자였다. 어머니는 전차
건널목지기의 딸이었으니까 어떻게 봐도 지적인 분위기를 풍기는 가정
과는 거리가 멀었다.

그런 가정에서도 다행히 책과 만날 기회가 있었다.

고단샤 그림책이나 쇼각칸 학년지학년별로 나오는 학습잡지는 없었지만 집에는 책이 두 권 있었다.

한 권은 가정의학전서 같은 것이었고, 또 한 권은 소년고단의 《쓰카하라 보쿠덴》일본 전국시대의 병법가이었다.

글을 모르던 어린 시절, 2층에 올라가 몰래 두꺼운 책을 펼쳐 인체 해부도나 아기가 나오는 그림을 보면서 괜히 가슴을 두근거리곤 했다.

글을 읽을 수 있게 된 뒤로는 《쓰카하라 보쿠덴》에 매료되었다. 술가게 아들한테 빌려 여러 번 읽은 《사나다의 용사 10인》전국시대 말에서 에도 시대 초기의 무장 사나다를 따르던 가신들과 함께 잊을 수 없는 책이다.

이때 책의 매력에 빠지지 않았다면 내 인생은 지금과 달라졌을 거라고 생각한다.

나와 달리 우리 집의 그 책 두 권을 읽지 않았던 바로 위의 형은 성격도 취미도 나와는 전혀 딴판인 사람으로 자랐다.

두 번째 시기, 문학청년이랍시고 으스대는 한편으로 사회과학 분야를 기웃거렸지만 실제 삶은 퇴폐적이기만 했던 밑바닥 시절에도 영향을 받은 책 한 권이 있었다. 책이라기보다 책자에 가까운 얄팍한 책이었지만 그 만남은 엄청나게 강렬했다.

그것은 다케나카 이쿠, 이노우에 야스시일본의 소설가, 시인. 역사소설의 대가로 불린다, 사카모토 료일본의 시인, 아다치 겐이치 들이 간사이에서 간행하던 어린이 시 잡지 〈기린〉 1955년 9월 호였는데, 급식비를 다른 곳에 써버린 어린 영혼의 방랑과 극복의 기록이 실려 있었다.

열두 살 소년의 그 글은 120행이나 되었는데 일본의 글짓기 교육사를 통틀어서 기록적인 분량이었다.

"어쩌자고 이런 짓을 한 걸까. 내일, 선생님한테 뭐라고 하지. 어떡하지. 지금이라도 사실대로 털어놓을까. 아냐, 안 돼. 선생님한테는 벌써 거짓말을 해버린걸. 하지만 나쁜 짓이야. 벌써 두 번째야. 들키면 어차피 야단맞을 텐데. 한 번이든 두 번이든 야단맞는 건 마찬가지잖아. 죄다 써버린걸. 모르겠다, 될 대로 되라지. 잊지 마, 죄다 써버렸다고. 하지만 아무것도 안 사주니까 그런 거잖아. 구두쇠, 이 돈을 쓰면 왜 안 되는 거야. 바보 같아. 내가 물어줄 줄 알고. 절대로 안 물어줄 거야."

이처럼 소년은 쉽사리 속아 넘어가는 어른들을 비웃고, 그럼으로써 자신도 상처를 입는다. 몇 번이나 재기하려 했지만 그때마다 좌절하며 쓴맛을 본다.

가엾게도 소년의 영혼은 상처를 입고 절망 끝에 가출을 한다. 주린 배를 움켜쥐고 추위에 떨며 소년은 대나무와 실로 체조하는 인형을 만든다.

소년이 인형을 움직이며 하던 혼잣말이 내 마음에 사무쳤다.

"1학년 때가 생각난다. 공원에 있는 철봉에 올랐다가 떨어졌지. 올랐다가는 떨어지고 떨어지면 또 오르고."

어린 나이에 인생의 나락을 맛보고 거기에서 벗어나려는 강인한 정신 앞에 나는 엄청난 충격을 받았다.

'나는 대체 어떤 인간인가.'라는 근본적인 문제의 해답을 소년한테 추궁당하는 기분이었다.

몇 년 뒤 나는 교사가 되어 아이들의 표현에서 많은 것을 배웠지만, 이 한 명의 소년이 쓴 글에서 얼마나 많은 것을 배웠는지 모른다.

세 번째는 야마모토 슈고로와의 만남이다. 방랑 시절 나는 탐닉하듯 그의 작품을 섭렵했다.

《계절 없는 거리》나 《푸른 배 이야기》에 보이는 인간 통찰의 깊이에서, 문학이 갖는 구도의 의미를 배운 느낌이었다.

그제야 인간은 평생 동안 망설여야 한다는 확신이 내 안에 생기기 시작했음에 나는 감사했다.

야마모토 슈고로 문학과의 만남을 상세히 쓸 여유가 없는 것이 아쉽지만, 그의 작품은 내가 책에서 얻은 모든 것을 단번에 버릴 수 있는 용기를 주었다는 점은 꼭 밝혀두고 싶다.

〈기린〉이여,
일어나라

「きりん」よ、起これ

　　　　　　　　〈빨간 새〉1918년에 창간된 일본의 대표적인 어린이 잡지. 1936년에 폐
간되었다 복각본이 출판되고 텔레비전 만화로 만들어져 방영되고 있다.
더없이 반가운 일이다. 그런데 또 하나 잊어서는 안 되는 귀중한 잡지가
있다.

　간사이 지방을 중심으로 발행되던 〈기린〉이라는 어린이 시 잡지다.

　〈기린〉에는 매호 아이들의 자유로운 발상이 가득 실려 있었다. 1948
년부터 1971년까지, 230호라는 방대한 양을 발간했다. 〈빨간 새〉에 뒤
지지 않는 일본의 귀중한 재산이다.

　〈기린〉이 휴간하기를 기다렸다는 듯이 일본 교육은 수준별 수업의
늪 속으로 빠져든다. 〈기린〉을 발행하던 리론샤의 고미야마 료헤이 씨
가 아다치 겐이치 씨에게 보낸 편지에서 그 분노를 읽을 수 있다.

　"여지껏 누구한테도 〈기린〉을 휴간한 솔직한 심정을 내비치지 않았
는데, 단순히 경제적인 이유나 일손 부족 때문이 아니었습니다. 나는 분

노하고 있습니다. 교원 평가제도 실시에 따른 교육 실태, 교사들의 모습, 그리고 놀이가 현저하게 사라져버린 교사와 아이들의 관계, 이런 시점에서 마치 어린이 시가 존재하기라도 하듯이 한 호 한 호를 날조하는 공허함. 〈기린〉은 일본 어린이들의 마음을 그대로 표현하는 곳입니다. 그 터전을 잃어버린 일본이라는 나라 자체에 느낀 분노를 나는 침묵으로, 휴간으로 표현한 것입니다."

나의 교사 시절을 돌아보건대 〈기린〉이 아이들의 둘도 없는 해방구였다는 사실은 분명하게 말할 수 있다.

흉내

2학년 구로다 마코토

모두가 몰래몰래 옆 사람의
'그림'이랑 '시'를 흉내 내지만
나는 흉내 내는 게 제일 싫어
남이 발명한 것을
그대로 따라 하는 건 나빠
모두의 마음속에는
검은 옷을 입은 흉내쟁이 귀신이
히히히 웃으며 살고 있을 거야

마코토는 학교에서 포기한 아이였다. 문제아라고도 불렸다. 덤프트럭이 다니는 찻길에 드러눕기도 하고 홈통을 타고 올라가 선생님들을 질겁하게 만들었다. 다들 그런 아이라고 여겼다.

그러나 그 아이의 압도적인 표현이 거꾸로 우리 교사를 눈뜨게 했다. 진심으로 배우고 싶어 하는 아이를 공부하기 싫어하는 아이로 만들어버린 교사들의 죄를 마코토가 고발한다. 〈기린〉에 실린 마코토의 수많은 작품이 그 사실을 증명한다.

5학년 때부터 6학년 때까지 85편의 글을 쓴 아이가 있었다. 그중 82편이 소에 대한 글이었다.

소와 나

6학년 사와 마사히코

"어제 외양간을 치우려는데, 온통 똥이어서 나무판자로 치웠습니다. 나무판자로 치우니까 똥이 자꾸 떨어져서 손으로 치웠습니다. 똥을 만졌던 손을 씻으니까 아주 깨끗해졌습니다."

"내가 소 혀를 만지니까 꿈틀거렸습니다. 소 혀에 내 혀를 맞대니까 꿈틀거려서 기분이 안 좋았습니다."

"소가 병에 걸렸습니다. 가즈마사네 소보다 훨씬 많이 아팠습니다. 내가 외양간에 들어가 소의 다리를 짚으로 문질러주니까, 눈물이 마음속에서 울고 있습니다. 나는 우는 얼굴로 문질렀습니다."

너무 당연한 말이지만, 사와 마사히코를 오늘날의 수험경쟁 한복판에 떨어뜨린다면 깊은 상처를 입을 것이다. 아름다운 인간을 아름답다고 평가하는 세계가 〈기린〉에 있었다.

삶의 근원적인 의미, 인간의 상냥함을 진지하게 생각하는 세계가 〈기린〉에 있었다. 진취적이고 낙천적이며 유머 넘치는 세계가 있었다. 그렇다면 지금이야말로 '〈기린〉이여, 일어나라'를 외쳐야 할 때라고 나는 생각한다.

머잖아 지구를 묶어 버릴지도
모르는 그림

조 신타 씨에 대해

やがて地球をくくてしまうかも知れない絵 - 長新太さんのこと

조 신타 씨의 작업을 생각하면 반사적으로 떠오르는 기억이 있다. 내가 아이들에게 그림을 가르치던 때의 일이다(원래 그림은 가르치는 것이 아니므로 이런 표현은 좀 이상하지만 이번에는 관례에 따르겠다).

그때 우리는 '묶는 그림'이라는 것을 하고 있었다.

무엇을 어떻게 묶건 자유이므로 어떤 아이는 골판지 상자를 끈으로 꽁꽁 묶었다. 어떤 아이는 주워 온 돌멩이 여러 개를 낑낑거리며 색실로 묶었다.

알루미늄 포일을 손으로 꾹꾹 뭉쳐 재미있는 모양을 만든 다음 역시 알루미늄 포일로 만든 끈으로 묶어서 매단 작품은 내가 가로채서 우리 집 장식품으로 썼을 정도였다.

마코토라는 아이가 있었다. 이 아이가 어떤 일을 했는지 아는가?

마코토는 학교 건물을 묶었다. 밧줄이 모자라자 관리실에 있는 밧줄을 죄다 빌려 와 끝내는 건물을 묶어버렸다.

이것은 반 아이들의 어떤 작품보다 웅장했다. 어떤 선생님은 어처구니없다고 했고 어떤 선생님은 굉장하다고 했다.

나는 마코토 속에 있는 광대한 우주를 들여다본 것 같아 말할 수 없이 놀랐다. 마코토는 2학년이었는데 이른바 문제아로 불리는 아이였다.

그때 내가 그림이나 어린이문학을 잘 알아서 조 신타 씨의《나의 크레용》이나《등에 아아와 부부》나《봄이에요, 올빼미 아줌마》같은 책을 보여주었다면 마코토가 얼마나 좋아했을까. 지금 생각하면 무척 아쉽다.

훗날 나는 마코토 이야기를 동화로 썼고 조 신타 씨가 그림을 그려주었다. 조 신타 씨는 고집쟁이에 울보였던 마코토를 더없이 잘 표현해주었다.

조 신타 씨의 그림책에는 모든 인공적인 것을 파괴해버리는 웅장함과 유머가 있다.

어른인 우리는 그저 감탄만 하지만 아이들은 거기에 동화되어 자신의 정신을 해방한다.

아이들의 얼굴과 몸짓, 손의 표정을 보면 그 사실을 잘 알 수 있다.

조 신타 씨의 그림책을 볼 때, 아이들은 무의식중에 온몸으로 그 사실을 표현한다.

호리우치 세이이치 씨는 조 신타 씨의 그림책을 이렇게 분석했다.

"조 신타는 명백히 세잔이나 잭슨 폴록 스타일을 추구하지만 또 한편으로는 애초에 만화가로 출발한 데에서 알 수 있듯이 비판적 사상을 지닌 이야기꾼 화가다. 그런 점에서 조 신타는 보폭이 넓다. 이 본질은 매우 소중하다. 그리고 또 하나의 세계, 또 하나의 화가인 어린이에게 눈을 돌리고 그 속에 발을 들여놓았다."

"모든 원시예술과 어린이 그림의 본질적인 표현력을 도입한 화가로 파울 클레가 있다. …… 어린이의 본질적인 오감과 좀 더 강하게 감응하려는 점에서 조 신타의 그림과 어린이 그림은 이어져 있는 것으로 보인다."

"…… 자신의 아군은 아이들뿐이다. 든든한 아군이지만 교육산업이 휘두르는 폭력 앞에서는 약자인 아이들과 결합하는 일에 승부를 걸기 때문이리라."

호리우치 씨는 놀라운 혜안을 지녔지만 이의를 제기하고 싶은 부분도 조금 있다.

조 신타 씨가 과연 아이들의 세계에 발을 들여놓거나 아이들과 결합하는 일에 승부를 걸었을까. 오히려 호리우치 씨도 말했듯이, 단지 아이들의 본질적인 오감과 좀 더 강하게 감응하려는 것뿐이라고 보아야 하지 않을까.

조 신타 씨의 작업은 감응시키는 것도, 감응되는 것도 아닌, 어디까지나 서로 감응하는 관계에서만 성립된다고 나는 생각하고 싶다. 그렇지 않다면 한 권의 책을 읽으며 그것을 온몸으로 표현하는, 아이들의 이런 근사한 감수성을 이끌어낼 수 없다.

조 신타 씨의 작품 속에 있는 웅대함이 아이들의 마음을 해방하는 용수철 역할을 할 수 있는 까닭은 아이들 속에 본래부터 그것이 존재하고 있고 대개의 경우 억압받고 있기 때문이다.

아마도 조 신타 씨는 그 점을 충분히 알고 있었을 것이다. 그래서 조 신타 씨의 난센스는 단순히 난센스로 끝나는 것이 아니라 뭔가 따뜻한 여운을 남긴다.

《나의 크레용》에서 코끼리 코끼리가 파란색 크레용으로 그림을 그리자, 개구리가 연못인 줄 알고 뛰어든다. 빨간색 크레용으로 그림을 그리자, 동물들은 불이 난 줄 알고 도 망간다. 노란색은 바나나처럼 보이지만 먹을 수가 없다. 나중에 코끼리의 그림은 엉망진창 낙서가 되어버린다는 사자한테 야단을 맞는다. 그런데도 코끼리가 아직 성 에 차지 않는다는 듯 크레용을 들고 어디론가 달려가는 지점에서 아이 들은 박수갈채를 보낸다. 이것이야말로 멋진 공감 아닐까.

《등에 아아와 부부》는 등에 두 마리가 커다란 종이로 누군가의 얼굴 을 가리며 돌아다니는(날아다닌다고 해야 하나?) 이야기다. 둘은 사자 얼 굴, 고양이 얼굴, 쥐 얼굴, 개구리의 우스꽝스러운 얼굴을 차례차례 가 린다. 그럴 때마다 속이 후련해진다는 등에 아아와 부부.

등에
아아와
부부는
오늘도
커다란
종이를
들고

날아간다
목표는
코끼리거나
고래거나
아니면

씨름 선수

등에 두 마리는 커다란 종이를 들고 날아간다.

작디작은 등에가 큰 동물들의 얼굴을 가리기 때문에 아이들은 이 이야기를 재미있어 한다.

아이들은 등에의 모습에서 자신의 한 부분을 발견한다. 억압의 해방이니 하는 시시한 말은 하지 않겠다. 한 권의 그림책에서 자신의 한 부분을 발견한다는 말은 자신의 우주를 발견한다는 말과 같다.

다음 이야기는 일곱 살 어린이가 쓴 글이다. 이 글을 읽으면 조 신타 씨가 소중히 여기는 세계와 아이들이 소중히 여기는 세계가 매우 흡사하다는 사실에 깜짝 놀랄 것이다.

코끼리와 벼룩은 친구였습니다. 어느 날 코끼리가 벼룩의 집에 놀러 갔습니다. 벼룩의 집은 모래 속의 돌 속에 있었습니다.

코끼리가 난처해하며 말했습니다.

"야단났네. 벼룩의 집은 대체 어디지?"

그러자 땅바닥에서 커다란 소리가 났습니다.

"아야!"

그것은 벼룩의 소리였습니다.

벼룩이 "복수다!" 하고 소리치며 코끼리한테 날아갔습니다.

꽝 하는 소리가 나고 코끼리한테 10미터나 되는 혹이 생겼습니다. 코끼리와 벼룩이 마구 싸우기 시작했습니다. 싸움이 끝나고 벼룩이 코끼리의 뽈록한 배꼽 위에 올라가 말했습니다.

"이겼다!"

《로쿠베, 조금만 기다려》라는 그림책이 있다. 조 신타 씨가 그림을 그리고 내가 글을 썼다.

아이들이 구덩이에 빠진 개를 구출하는 단순한 이야기로, 극히 일부를 제외하면 어두운 구덩이 장면만으로 구성되어 있다. 다니카와 슌타로 씨와 와다 모코토 씨의 그림책 《구멍》이라는 책도 있지만, 《로쿠베, 조금만 기다려》가 더 먼저 나왔다.

나는 편집자인 마쓰다 시로 씨에게 이 책은 팔리지 않을 거라고 했다. 좋은 책이지만 팔릴 책은 아니라고 생각했던 것이다. 조 신타 씨는 물론 나와 달라서 이런 속물스러운 말을 하는 사람이 아니다.

예상(?)은 보기 좋게 빗나가 책은 잘 팔렸다. 내가 너무 거만했던 셈이다.

조 신타 씨의 그림은 예측하기가 힘들다며 처음에는 편집자가 꺼렸다는 말을 이마에 요시토모 씨한테 여러 번 들었다. 당연히 그렇겠지 생각했다.

조 신타 씨는 그런 화가다.《힘내라 원숭이 사란아》,《임금님과 수다쟁이 달걀부침》,《세 마리 새끼 사자》에서《다 같이 만들었어》,《북슬북슬한 건 뭘까?》,《나》와 같은 조 신타 씨의 작품을 쭉 보다 보면 그 사실을 잘 알 수 있다.

《바다를 달리는 백마》의 그림을 보고 깜짝 놀랐던 나는《도련님》의 그림을 보고 또 한 번 깜짝 놀라고 말았다.《바다를 달리는 백마》에서는 느긋함과 따뜻함으로 가득하던 서정적인 그림이《도련님》에서는 서정을 뛰어넘어 무척이나 격렬하고 아름다웠다(서정이라는 표현을 쓰면 조 신타 씨가 화내려나?)

붓을 떼지 않고 한번에 그린 수묵화 느낌의《도련님》삽화는 엔쿠_{일본}에도 시대의 승려. 수많은 불상을 조각했다의 조각상을 연상시킬 정도로 예리하면서도 유연하고 부드러웠다.

이런 그림은 어지간히 강렬한 파괴 감각을 지닌 사람만이 그릴 수 있지 않을까 생각하다가 문득 구사모리 신이치_{일본의 문학평론가} 씨의 말이 떠올랐다.

"조 신타는 잠든 시늉을 하면서 잠을 깨우러 오는 '어떤 것'과 만나기를 끊임없이 기다린다. '어떤 것'과 만났을 때 그의 다시마 같은 촉수가 천천히 뻗어 나온다. 그러나 그는 그 '어떤 것'에 집착하지 않는다. 그는 도무지 뭔가에 집착하거나 흥분할 것 같지 않다. 설령 실제로 그랬다고 해도 우리에게는 '시늉'으로 보인다. 그렇기에 늘 '지루해하는 얼굴'을 한다."

조 신타 씨는 텍스트를 정확하고 깊이 있게 읽기로 정평이 나 있는데, 구사모리 신이치 씨의 말에서 그 이유를 찾을 수 있지 않을까.

나는 조 신타 씨가 최대한 '무집착'의 자세를 견지하려는 데에는 자유의 문제와 깊이 관련되어 있다고 생각하며 그의 통찰력도 '무집착'에서 나온다고 생각한다.

자꾸 내 작품을 예로 들어 쑥스럽지만, 앞에서 말한 〈큰고추 작은고추〉의 마코토와 〈도코의 요트〉에 나오는 도코를 비교해보라. 조 신타 씨가 얼마나 작품을 잘 이해하고 표현하는지를.

도코는 지적장애다(물론 이 사실을 몰라도 얼마든지 이야기를 이해할 수 있다).

마코토는 장난꾸러기답게 늘 여기저기 두리번거린다. 민첩하고 생기가 넘친다. 한편 도코는 눈빛이 착 가라앉아 있고 움직이지 못하는 물고기처럼 가련하다. 조 신타 씨는 장난꾸러기를 장난꾸러기답게, 장애아를 장애아답게 그리는 대신에 장난꾸러기의 내면에 있는 인간적인 면을, 장애아의 내면에 있는 풍요로움을 찾아내 형상화하고 있다.

이것은 심오한 인간애인 동시에 조 신타 씨의 통찰력이며, '존재하는 모든 것은 평등하다.'는 그의 철학에서 비롯된 표현일 것이다.

구사모리 신이치 씨는 사회의식보다 중요한 것은 사회에서 엄격하게 살아가며 인간을 바라보는 일을 게을리하지 않는 힘이라고 말하고, "밑바닥 삶을 사는 사람들 모두가 중심이 되는 사회가 되어야 하는데 그것이 공론으로 끝나고 있다. 가난한 사람들이 퀭한 눈을 하고 입을 벌린 채 죽음만 기다리는 상황은 이 세상 어디에서도 용납될 수 없다."(조 신타의《바다의 색유리 구슬》중에서)라고 대답할 수도 있는 사람이 조 신타 씨라고 말한다.

나는 인간의 문제를 조 신타 씨처럼 차분하게 이야기하는 사람을 존경하고, '유들거리며 사람을 깔보듯이' 이야기하는 사람은 더더욱 좋아한다.

내 친구 가운데 오로지 조 신타 씨의 그림만 칭찬하는 사람이 있다. 조 신타 씨의 그림책만 보는 아이가 있다면 나는 충격을 받겠지만, 그래도 그런 아이가 있다면 마음이 아주 든든할 것 같다.

그 친구에게 마코토가 학교를 묶었다는 말을 하자, 친구는 '유들거리며 사람을 깔보듯이' 말했다.

"조 신타였다면 지구를 묶어버렸을지 몰라. 아무렴, 그쯤은 일도 아니지."

화려한 투명인간의
화려한 고독
다니카와 슌타로 씨에 대해

華麗なる透明人間の華麗なる孤独 – 谷川俊太郎さんのこと

제목이 너무 과장되었다고 생각되지만, 그냥 넘어가겠다. 다니카와 슌타로 씨의 비극(?)은 슌타로 씨가 시인이라는 점에 있다.

무슨 말이냐고?

일단은 그렇게 표현하겠다. 다니카와 슌타로 씨의 동화, 그림책, 번역물, 과학책은 모두 시다.

당연한 말을 왜 하냐고 할지 모르지만, 철저하게 시인이라는 것이 때로는 슬픈 일이기도 하다는 말을 하고 싶어서다.

다니카와 슌타로 씨 하면, 나는 곧바로 열 살 어린이의 시가 떠오른다.

별 이야기

툇마루에 드러누워
별을 보고 있으니까
그리스신화가 생각난다

안드로메다 공주
용사 헤라클레스
전갈자리의 안타레스

옛날에는
지구가 훨씬 어두웠다
별은 지금보다 훨씬
가깝게 보였다

드넓은 벌판에 드러누워
별이랑 이야기 나눴겠지

—《시 앨범》중에서

아다치 겐이치 씨는 이 시를 읽고 "깊은 쓸쓸함으로 가득한 하나의 세계다. 이 시는 까닭 없이 우리를 쓸쓸하게 만든다. 별을 바라보는 소년의 쓸쓸한 모습이 보인다. 하늘을 바라볼 때, 누구나 품는 슬픔과 공허함을 드러내고 있기 때문일까."라고 말한다.

그리고 소년이 된 이시무라 다카오를 다시 만났고, 소년이 건축가가 되고 싶다고 하자 저도 모르게 어깨를 두드리며 "건축가, 그거 좋지!" 하고 말한다.

그런데 다니카와 씨는…… 다니카와 씨는 《이십억 광년의 고독》을 쓴 시인이 되어버렸다.

시인일 수밖에 없는 시인이, 나는 조금 슬프다.

이시하라 신타로^{일본의 정치가, 작가} 씨는 강연 첫머리에 늘 다니카와 씨의 '사랑의 팡세'를 낭송한다는데, 나는 다니카와 씨의 '남자아이 행진곡'을 낭송한다.

남자아이 행진곡

고추는 뾰족해서
달로 가는 로켓 같다
날아라 날아라 고추
술래가 눈을 가리고 있는 사이에

고추는 보드라운

작은 동물 같다

달려라 달려라 고추

뱀 키키보다 더 빨리

고추는 차가워

갓 피어난 꽃봉오리

피어라 피어라 고추

꿀이 꽃봉오리에 넘쳐흐른다

고추는 딱딱해서

도둑의 권총 같다

쏘아라 쏘아라 고추

주석 병정을 몰살시켜라

—시집 《너에게》 중에서

누군가는 다니카와 슌타로 같은 위대한 시인이 고추를 주제로 시를 썼을 리가 없다고 한다.

나는 분한 눈물에 잠긴다.

아름다운 들판의 꽃

꽃 이름이 뭐야

냉이꽃 채소의 꽃

이름도 없는 들꽃

위 시를 일본어 발음 그대로 옮기면 '하나노노노노하나 / 하나노나나아니 / 나즈나나

노하나 / 나모나이노바나'가 된다

—시집 《말놀이 노래》 중에서

이것도 다니카와 씨의 시다.

다니카와 씨는 《겐은 끄떡없어》나 《도루가 지나간다》 같은 동화도 썼다.

자식 교육에 목매는 어머니가 눈을 부라릴 만한 일도 다니카와 씨가 하면 완전히 달라진다. 그것은 이 시인이 절도를 지키기 때문일 것이다. 다니카와 씨의 윤리관이나 상냥함은 고독에 바탕에 두고 있다고 나는 생각한다.

검은 임금님

배고픈 아이는

배가 고파 슬펐다

배부른 임금님은
배가 불러 슬펐다

아이는 바람 소리를 들었다
임금님은 음악을 들었다
둘 다 눈에 눈물이 맺힌다
같은 하나의 별 위에서

—시집 《한밤중 부엌에서 나는 네게 말을 걸고 싶었다》 중에서

변신 욕망은 대체로 추한 법이지만, 다니카와 슌타로 씨처럼 너무나 시인다워서 투명 인간이 되어버린 경우는 한없이 아름다워서 오히려 슬프다. 슌타로 씨에게는 이제 창작 활동이 무심한 놀이에 지나지 않는 게 아닐까 싶어서, 나는 조금 슬퍼지기도 한다.

다니카와 슌타로 씨의 신작 그림책 《나》는 보기 좋게 성공을 거두었지만, 이 작품이 아이들과 밀착하면 할수록 그가 늘 중얼거리는 '나는 누구인가?'라는 말이 떠오를 때가 있어서, 역시 나는 조금 슬프다.

그러나 이것은 모두 어른인 나의 나약하고 쓸데없는 생각일 뿐, 아이들에게는 작품이 무심한 놀이일수록 친근하고 정겹게 느껴지는 법이므로 그걸로 족하다.

그런 점에서 아이들은 잔인하다. 어쩌면 아이들의 잔인함을 가장 잘

알고 있는 사람은 다니카와 슌타로 씨일지 모른다.
　어린이와 다니카와 씨의 잔인한 놀이.

아이와 철길

아이는 그날도 바빴다
철길을 그리느라 바빴다
길을 꽉 메우고 끝없이 이어지는 철길을

아이는 날마다 바빴다
길은 끝없이 이어져 있기에
흰 분필로 그은 두 줄기 철길은
언제까지나 종점이 없었다

아이는 날마다 바빴다
그사이
사랑이 없이 또는 사랑을 품고
사람들은 진짜 기차를 오르내렸다

아이가 철길을 그리는 동안
사람들은 울타리에 기대

웃거나 또는 웃었다
사랑이 없이 또는 사랑을 품고

그러던 어느 날
아이가 기차에 치였을 때
저녁놀은 마치 종점처럼
분필로 그린 하얀 철길 너머에 걸려 있었다

—시집 《그림책》 중에서

그림책 《구멍》은 어린아이가 그냥 구멍을 팠다가 다시 메우는 게 끝인 이야기지만, 나는 조금 무서웠다. 무서울 게 전혀 없는데도 무서웠다. 아무것도 남는 게 없어서일까.

이 그림책을 보면 다니카와 씨는 역시 투명 인간이구나 싶다.

아이들은 이 이야기를 전혀 무서워하지 않을 테니까. 다니카와 씨는 직감적으로 그 사실을 알고 있다.

다니카와 슌타로 씨의 어린이문학 작품에는 일종의 태평스러운 명랑함 같은 것이 있다. 아주 심오한 이야기를 할 때도 그렇다. 아주 무서운 이야기를 할 때도 그렇고. 그런 의미에서 《도루가 지나간다》는 대단한 작품이다.

이 명랑함은 어린이에 대한 다니카와 씨의 상냥함이라고 나는 생각한다. 아니, 인간에 대한 상냥함이라고 해야 할지도 모르겠다. 그러나 다니카와 씨의 상냥함은 사실은 매우 무섭다.

앞에서 절도라는 단어를 썼지만, 그의 작품에는 상냥함과 절도라는 두 개의 축이 단단히 관통하고 있는 것 같다.

투명 인간이나 고독 같은 말은 어딘지 어두운 이면의 냄새를 풍기기 쉽지만 다니카와 씨의 경우는 어디까지나 화려한 투명 인간의 화려한 고독이라고 해야 할 거다.

미요시 다쓰지일본 특유의 정감을 노래한 서정 시인으로, 일본의 국민 시인으로 불린다는 다니카와 씨의 시집을 두고 이렇게 노래한다.

이 젊은이는
뜻밖에도 멀리서 왔다
그리고 그 먼 어딘가에서
그는 어제 출발했다
10년보다 훨씬 긴
하루를 그는 여행했다
천 리를 가는 신발도 빌리지 않은 채
그의 발꿈치로 밟아온 길을 무엇으로 가늠할까
그리고 그 내력을 무엇으로 가늠할까

이것은 바람에도 흔들리는 고독을 안고 자랑스레, 겸손하게 여행을 계속한 젊은이에게만 허락된 화려함일까.

다시마 씨의
유토피아
다시마 세이조 씨에 대해

征三さんのユートピア — 田島征三さんのこと

　　　　다시마 세이조 씨의 그림을 보고 있으면 (모든 사람이 그렇
지는 않겠지만) 나도 모르게 일종의 초조함이 느껴질 때가 있다.

　내 안에 멈춰 있는 뭔가를 질타당하는 기분이다. 그래서 너무 강압적
이라고 생각하는 사람도 있는 듯하지만, 그렇게 기합이 잔뜩 들어간 그
림을 그림책 속으로 끌어들인 사람은 다시마 세이조 씨가 처음이고 이
것은 매우 굉장한 일이라고 생각한다.

　예를 들어 미나마타 사람들이 질소비료 공장에 몰려가 시위를 할 때
'원한'이라는 글씨가 적힌 거적 깃발을 휘두르는 모습을 보고 충격을 받
지 않은 사람은 없었을 것이라고 생각하는데(충격은커녕 콧방귀를 뀐 사
람도 있기는 했지만), 다시마 씨의 그림도 그것과 비슷해서 언뜻 보면 우
악스럽지만 그 우악스러움 너머에 우리의 영혼을 송두리째 뒤흔드는
엄청난 박력이 있다. 그것 역시 매우 귀중한 것이다.

　어떤 사람은 다시마 세이조라는 사람의 행동력과 작품의 현실성을

혼동하기도 한다. 완전히 잘못되었다고 할 수는 없지만 그렇게 되면 예술적 감동을 제대로 느낄 수 없고, 무엇보다 다시마 세이조의 인간성을 왜곡할 위험이 있다. 말은 이렇게 하지만 사실 나는 다시마 씨에게 불만이 아주 많다.

히라노 겐일본의 문학평론가 씨인가 누군가가 말하기를 소설의 재미에는 몰아의 재미와 감정이입의 재미가 있다고 했는데, 나의 경우 다시마 세이조 씨의 그림은 후자다. 조 신타 씨는 전자였다.

지나치게 개성이 강한 작가는 때로 자승자박의 함정에 빠져 고통받는 숙명을 감수해야 하는데, 그렇다고 독자가 그 고통을 함께 나눠갖지는 않는다.

예를 들어 세이조 씨는 1974년에 〈일본아동문학〉일본 아동문학협회의 기관지의 표지 그림을 맡고 있었는데, 이 작업 중 몇몇 그림은 나를 격노시키기에 충분했다(라고 굳이 번역투로 표현하겠다).

사이토 신이치일본의 화가, 작가의 그림처럼 팔다리가 가는 소녀라니, 이게 뭐야. 배신자, 다시마 세이조! 하고 나는 몹시 화를 냈다. (다시마 세이조 씨 그림책은 다시는 안 사!)

그야말로 생트집이다.

감정이입의 재미를 느끼는 독자는 나를 부정당하는 것이 싫어서 이렇게 비정해지기도 한다.

나는 다시마 씨가 유화 작품을 발표하는 것도 싫다. "그림책 예술가(?)로서 해서는 안 되는 일이잖아. 다시마 씨, 미워."라고 마구 투덜거렸다.

더군다나 "나 혼자 그림책을 만들겠다.", "삽화는 그리기 싫다." 같은 소리도 어디선가 들려온다.

마침내 나는 화가 머리끝까지 치밀어 "다시마 세이조 따위, 죽어버려!" 하고 소리치기에 이른다.

다시마 씨, 이런 팬도 있답니다.

다시마 씨를 분노의 화가라고 말하는 사람이 있는데, 반은 찬성이고 반은 반대. 나는 다시마 씨의 분노의 질에는 별 흥미가 없다(흥미가 없다는 표현은 적절치 않을 수도 있다). 그러나 다시마 세이조 씨의 분노가 어디에서 오는지 생각하는 것은 매우 흥미롭다. 그리고 그 분노가 어디로 향하는지 지켜보는 것도 매우 흥미롭다. 왜냐하면 그것이 다시마 씨의 민중관과 이어져 있기 때문이다. 《낡은 집에 새는 비》는 《시바텐》^{괴물 시바텐의 환생으로 여겨져 가혹한 운명을 짊어져야 했던 고아 소년 이야기}과 함께 다시마 씨의 첫 작품이라 할 수 있는데, 둘 다 자신의 민중관을 제시했다는 점에서도 그야말로 첫 작품이다.

이런 점에서 다시마 세이조는 출발점부터 비범한 화가였다.

우디 거스리^{미국의 민요가수. 특히 가난한 농민의 마음을 노래했다}의 일생을 그린 영화 〈바운드 포 글로리〉가 훌륭하게 그려냈듯이, 개인이 민중의 입장에 선다는 것은(더구나 '표현'하는 일과 관련이 있는 개인이라면 더더욱) 민중의 등 뒤에서 주뼛거리며 뒤따르는 것이 아니라 어떻게 살 것인가를 용기 있게 선택하는 것이고 '혹에서 지혜가 나온다.'는 것을 민중에게 보여주는 것이며 혹이란 말 그대로 피도 나고 엄청나게 아픈 것임을 스스로에게 보여주는 일일 것이다.

다시마 씨의 그림책은 그렇게 피를 뚝뚝 흘리며 출발했다.

그래서 나는 다시마 씨를 현실적인 화가라고 표현한다.

다시마 씨의 《시바텐》은 너무 유명해졌다고, 생각한다. 이것은 물론 좋은 일이지만 《시바텐》 속에 있는 급진적인 부분에만 눈이 가면 다시마씨의 민중관을 제대로 파악할 수 없다.

그런 의미에서 《낡은 집에 새는 비》는 좀 더 생각해봐도, 좀 더 논의해봐도 좋은 작품이 아닐까.

앞에서 나는 피를 뚝뚝 흘린다고 했는데 《낡은 집에 새는 비》 어디에서 피가 떨어지고 있을까. 어딘가 얼빠진 듯하기도 하고 바보스럽기도 하고 우습기도 한 이 이야기 그 어디에 피가 뚝뚝 떨어진단 말일까.

법 없이도 살 법한 선량한 할아버지와 할머니, 부끄럼쟁이 망아지, 망아지를 훔쳐 가려고 숨어든 소심한 도둑, 위협적으로 보이지만 늘 불안에 떠는 늑대, 등장인물 하나하나에 우리의 모습이 담긴 이 그림책은 의도적으로 색조를 가라앉혀 어딘지 우스꽝스러우면서도 온화한 효과를 준다.

등장인물이 저마다 자기 삶의 최저 조건을 충족시키기 위해 행동에 나서고, '낡은 집에 새는 비'를 오해함으로써 코믹한 드라마를 만들어내는데, 여기서 다시마 씨는 모든 생명은 평등하다는 감각을 참으로 훌륭하게 표현한다.

도둑과 늑대는 물론이고 원숭이, 단역인 너구리와 곰에 이르기까지 그야말로 묵직한 존재감이 느껴진다.

삶의 진지함, 익살, 계략, 실패가 인생을 더 풍부하게 만들면 만들었지 결코 남을 착취하거나 다치게 하지 않는 세계, 바로 서민들의 세계다. 모든 생명이 대등한 세계이며 그렇기 때문에 느긋하고 낙천적인 이상향이다. 가난한 사람들을 속이는 극락정토가 아니라 엄격하면서도 즐거운 이상향인 것이다.

나는 최근에야 다시마 씨가 후카자와 시치로 씨에게 흥미를 갖고 있다는 것을 알았는데, 과연 그럴 수 있겠구나 생각했다. 두 사람은 분명 서로 통하는 데가 있다. 다른 점이라면 다시마 씨는 이글거리는 분노의 사상으로 이상향을 파괴하는 적과 맞선다는 것이다.

다시마 씨가 분노의 화가라는 말에 절반은 찬성하는 까닭은 다시마 씨가 이상향을 그려버린 이상, 다른 선택은 할 수 없다고 생각하기 때문이다.

조금 해학적으로 말한다면 다시마 세이조의 비극은 '베트남 어린이를 지원하는 모임' 활동이나 선거전 응원 등에 따른 과로와 만성설사에 시달리는 점이 아니라, 그가 바라는 세상을 첫 작품 속에 그려버렸다는 점이다.

《낡은 집에 새는 비》에는 분명 피가 뚝뚝 떨어지고 있다.

다시마 세이조 씨는 공감이 결여된 세계를 몹시 증오해왔다. 앞으로도 생명이 다하는 날까지 증오할 것이다. 그런 세상을 만든 원흉을 찾아 쓸어버리는 과격한 행동을 할 수도 있는 사람이다.

그러나 그는 피가 보이지 않도록 닦아내면서 끊임없이 이상향을 향하고 있을 것이다. "이상향 따위 믿지 않아."라고 말하면서.

다시마 세이조 씨를 베트남 같은 곳에 데려다 놓으면 그는 과연 어떤 그림을 그릴까? 나는 문득 그런 생각을 할 때가 있다. 그림 그리기를 그만두고 농사를 지을까?

얄미운
사람
데라무라 데루오 씨에 대해

ヤな人 - 等村輝夫さんのこと

가장 개성적인 일본의 동화작가가 누구냐고 물으면 나는
주저 없이 데라무라 데루오 씨와 야마시타 하루오 씨라고 대답한다.

물론 다른 훌륭한 동화작가도 있지만(어쩔 수 없이 내 취향이 작용하겠
지만……) 독자적인 세계를 가졌다는 점에서는 이 두 사람을 당할 수 없
다고 생각한다(다른 동화작가도 많은데 이렇게 말해서 죄송합니다).

나도 동화작가라는 말을 듣지만 그럴 때마다 항상 쑥스러운 것은 이
두 사람 때문이다.

그래서 존경하면서도 얄미운 사람이라고 생각하고 말아버린다.

심보가 사나운 건지 동심을 잃은 건지, 나는 동화를 읽으면 늘 맥이
빠진다.

뭐가 이래? 하고 책을 내던지고 낮잠을 잘 때도 있다.

지금은 고인이 된 다쿠마 히데오_{교토어린이의벗 출판사 사장} 씨가 한 동화
작가의 작품을 읽고 쥐뿔만도 못하다고 평가한 적이 있는데, 나도 같은

생각이었기에 세상에는 역시 비슷한 생각을 하는 사람이 있구나 싶었다.

데라무라 데루오 씨나 야마시타 하루오 씨의 작품을 읽으면 늘 "와, 잘 쓴다. 훌륭해." 하고 감탄하게 된다. 이런 게 지성이야, 하고 생각하기도 한다.

두 사람은 나의 동화 알레르기를 고쳐준 은인이다.

《일본 아동문학 100선》에서 나는 데라무라 데루오 씨에 대해 이렇게 썼다.

"데라무라 데루오라는 사람은 어린이를 통찰하는 데에 전례 없는 재능을 가진 사람이 분명합니다."

이것은 데라무라 씨가 어린이에게 맞춘, 어린이가 좋아할 만한 동화를 잘 쓴다는 뜻이 절대로 아니다.

내 식으로 해석하자면, 난센스는 인간의 감성 가운데 가장 예민한 것, 또는 억압받는 것으로부터 정화된 감성이라고 생각한다.

어린이는 원래 난센스를 가장 잘 이해하는 존재이고 무엇보다 어린이 자체가 난센스다.

또 데라무라 씨의 작품 《나는 임금님》에 대해 이렇게 썼다.

"데라무라 데루오 씨는 자기 안에 있는 어린이를 거쳐서 이 이야기를 완성했을 것입니다. 그리고 그때 어린이의 성장에 무엇이 유해하고 무엇이 무해한지를 예리하게 파악한 것이 틀림없습니다.

어린이에게 필요한 것은 해방이지 억압이 아닙니다. 어린이는 분별이 아니라 자유를 원합니다.

어린이가 이 이야기를 좋아하는 까닭은 이 이야기 속에 자신들의 놀이터가 있고 거기서는 자유롭게 행동할 수 있다는 사실을 본능적으로 알기 때문입니다."

지금 다시 읽어보니, 아주 중요한 말을 했구나 싶다.

내가 데라무라 씨의 문학에 친근감을 느낀 까닭은 작품을 통해 알게 된 데라무라 씨의 어린이관 때문이었다는 것을 새삼 깨달았다.

그렇다면 데라무라 씨는 굉장한 일을 한 셈이다.

데라무라 씨는 교육평론가가 아니므로 이론을 들먹이며 왈가왈부하는 대신에 작품을 통해 우리의 고정된 어린이관을 깨부수려 했다고 생각한다.

데라무라 씨가 그것을 의식했느냐 아니냐는 별개지만, 작품은 분명 그 역할을 훌륭히 해냈다.

그러므로 17년 동안 아이들을 가르쳤던 나에게 데라무라 데루오 씨는 역시 얄미운 사람이다.

데라무라 데루오 씨와 야마시타 하루오 씨와 나, 이렇게 세 사람이 베개를 나란히 맞대고 잠을 잔 적이 있다.

다카하마 나오코일본의 어린이문학 작가 씨의 출판기념회에서 만나 마이코빌라일본 고베 시에 있는 호텔에서 묵었다.

셋이서 술을 마시며 시시한 이야기를 주고받았다.

편집자를 두고 큰 소리로 농담을 하는 데라무라 씨의 얼굴은 어디서나 변함이 없었다.

데라무라 씨와는 자주 술을 마시는 편이 아닌데도 오래전부터 알던 사이처럼 친근함이 느껴졌다. 저렇게 대단한 사람에게 친근감이 느껴지다니……. 나는 늘 그렇게 생각한다.

나의 《큰고추 작은고추》라는 작품을 인정해준 것은 이마에 요시토모 씨를 빼면 데라무라 데루오 씨가 처음이었다는 것을 여기에 밝혀둔다.

데라무라 씨, 이번에 100권 출판 기념회를 열었으니까 다음번에는 200권 출판 기념회를 열어주세요.

어린 영혼의 저항
《나는 선생님이 좋아요》가 의미하는 것

幼い魂の抵抗『兎の眼』の意味するもの

《나는 선생님이 좋아요》는 한마디로 자립하려는 어린 영혼이 의식적이든 무의식적이든 자립을 방해하려는 것에 맞선 저항의 기록이며, 교사가 아이들의 내면 깊숙이 간직된 상냥함을 찾아냈을 때 비로소 인간 대 인간으로서 함께 살아가는 길을 발견할 수 있다는 이야기다.

그렇다면 1974년 여름에 발매된 《나는 선생님이 좋아요》가 초판 4000부로 시작해 판매량이 기하급수적으로 늘어나다가 마침내 20만 부(1979년 현재 100만 부를 넘었다)를 넘어서 이른바 성인문학과 어깨를 나란히 하며 베스트셀러에까지 오른 놀라운 현상은 무엇을 의미할까. 이것은 기뻐할 일일까. 《나는 선생님이 좋아요》는 어린이문학이다. 지금껏 이런 경우는 없었다고 한다.

이 현상은 어린이를 둘러싼 상황이 한층 더 열악해졌음을 의미하지 않을까. 또 《나는 선생님이 좋아요》의 독자 중 젊은이, 특히 일하는 여성이 많다는 사실은 관리 사회 안에서 신음하는 정신이, 자립하려는 어린이의 영혼에 투사되어 가까스로 삶의 의미를 찾기 시작했다는 것을 의미하지 않을까. 그렇게 생각할 수는 없을까.

저자로서 자신의 작품을 많은 사람이 읽어주는 것을 순수하게 기뻐해야겠지만 한편으로 이런 생각에 괴로운 것도 사실이다.

나는 스스로 깊이 경계하는 것이 있다.

우리는 아이들이 반항하는 의미를 너무 모르는 게 아닐까.

《나는 선생님이 좋아요》에는 이른바 자폐아로 불리는 아이가 나온다. 그 아이는 왜 입을 닫고 침묵하는가. 왜 공격적으로 반항하는가.

아이들이 왜 반항하는지 깊이 살피려 하지 않고 그저 가르치는 입장에 안주했던 우리의 게으름이 지금 수준별 수업의 소용돌이 속에서 질타받고 있다. 지능을 가장 중시하며 아이들을 가르쳐 교육을 황폐화시킨 우리의 죄가 갖가지 사실을 통해 똑똑히 드러나고 있다. 나는 그렇게밖에 생각할 수 없다.

《나는 선생님이 좋아요》의 자폐아 데쓰조의 반항은 교사의 거만함과 오해를 까발린다. 기를 것이라고는 파리밖에 없는 환경에 놓인 데쓰조를 있는 그대로 바라보지 않은 채 파리는 더럽다며 그 조그만 생명을 죽이라고 명령하는 교사의 거만함에 맞서, 파리도 생명이라고 외치는 어린 영혼의 빛은 분명 우리가 얼마나 부패했는지를 뚜렷이 비춘다.

젊은 여교사의 절망이 데쓰조를 이해하고자 하는 행위로 이어졌을 때, 여교사는 파리에 대해 지식을 얻는다.

이것은 파리 이야기일까. 부모도 없이 쓰레기 처리장에서 할아버지와 단둘이 살아가는 데쓰조라는 존재 그 자체의 이야기가 아닐까. 파리를 기르는 행위 속에서 인생을 발견했을 때 젊은 여교사는 비로소 자신의 태만과 오해를 깨닫는다.

교육의 본질은 가르치는 쪽과 배우는 쪽이라는 표면적 관계에 있는 것이 아니라 모든 인생은 둘도 없이 소중하다는 의미에서 양자는 대등하며 서로에게 배우는 관계라는 것, 그리고 그랬을 때 비로소 진정한 인간교육이 성립된다는 것을 이 여교사는 가까스로 알게 된다.

지적장애가 있는 미나코를 돌보아야 했을 때, 데쓰조는 축구 경기를 방해한 미나코를 요령 없이(요령이 없었다기보다 일본 교사의 본질적인 차별의식을 드러냈다고 해야겠지만) 끌어낸 교사를 거칠게 공격한다.

데쓰조의 분노는 인간의 아름다움이다. 이것을 이해하지 못하는 교사의 무자비함은 오늘날의 교육 그 자체를 상징한다.

이른바 비행청소년을 단번에 사법의 손에 넘겨버리는 교사의 무력함과도 이어진다.

아이들 표현의 주체를 이해하지 못할 때 교육은 쇠퇴한다.

데쓰조와 미나코가 수업을 내팽개치고 교정에서 조형물 놀이에 열중하는 장면이 있는데, 이 조형물 만들기는 인간의 상냥함에 뒷받침된 하나의 의지이며 미술이지만 교사는 그 의미를 이해하지 못한다.

《나는 선생님이 좋아요》에는 이런 절망적인 상황이 수두룩하다. 아이들에게 감동받고 아이들 덕분에 눈을 뜨는 장면이 있다. 고통스러운 일이다. 그러나 그 속에서 희망을 향해 나아가고자 하는 성질이 없다면 어린이문학이 아니다. 지금 우리에게 가장 필요한 것은 절망 속에서 인간의 존엄을 노래하는 문학이 아닐까.

어린이문학은 지금, 어려운 국면으로 접어들고 있다.

'삶'의 근원
《태양의 아이》를
이야기하다
「生」の根源『太陽の子』を語る

    《태양의 아이》를 다 썼을 때 맨 처음 든 생각은 더 이상 아무것도 쓸 수 없다는 거였다.

  작품 속에서 내가 살고, 살아내고, 그리고 끝났다는 느낌이었다.

  그런 생각이 글 쓰는 사람에게 행복인지 불행인지 잘 모르겠다.

  《태양의 아이》는 《나는 선생님이 좋아요》 다음으로 쓴 나의 두 번째 장편이다.

  《나는 선생님이 좋아요》를 완성했을 때, 리론샤의 고미야마 료헤이 씨는 "앞으로 작가로서 살고자 한다면 당신이 가진 모든 것을 버리세요."라고 말했다. 꽤나 엄격한 말이다.

  《태양의 아이》는 어떻게든 《나는 선생님이 좋아요》와 다른 작품으로 만들어야 했다.

  여러모로 고민한 끝에, 나는 나의 고민을 그대로 작품 속에 담아내기로 했다. 《나는 선생님이 좋아요》의 단점은 작가가 독자들이 생각할 부분을 빼앗아버렸다는 점이다. 그 반성이 계기가 되어서 나온 생각이다. 그때 내 머릿속에는 야마모토 주고로가 있었다. 야마모토 주고로는 고뇌하며 작품을 쓰고 그렇게 해서 작가로 성장해나갔다.《허공편력》같은 작품을 읽으면 그 사실을 잘 알 수 있다.

설계도가 있다고 해서 작품을 쉽게 쓸 수 있는 것은 아니지만, 큰 주제만 잡고 탐색하며 글을 쓰다 보면 때때로 본질적인 불안에 빠지게 마련이다.

잡지 연재라는 것도 힘든 조건이었다. 연재를 하면서 때때로 신경발작을 일으켜 공포감에 의식을 잃기도 했다.

작품 속의 슬픔과 고통에 나도 함께 슬퍼하고 고통스러웠다.

지금, 살아 있는 아이들의 슬픔과 고통을 함께 겪어야 비로소 아이들이 보인다는 나의 지론이 소설을 쓰는 세계에서도 그대로 적용된다.

뭘 그런 당연한 소리를 하느냐고 선배 작가들은 호통치겠지만, 나는 두 번째 장편을 쓰면서 간신히 그 의미를 이해하게 되었다.

형의 죽음이라는 개인적인 일에서 '삶'의 근원적인 의미를 깊이 파고들던 나는 어느새 작품 속에서 살고 있었다.

소설을 쓰는 세계는 이런 세계다.

《태양의 아이》
집필을 끝내고
『太陽の子』を書き終えての記

마사유키, 구니히로에게

드디어 《태양의 아이》를 끝냈어. 긴 시간이었어. 2년 반이 걸렸지만 나로서는 한 사람의 일생을 걸은 것처럼 감격적이었어.

너희 아버지가 스스로 목숨을 끊은 지도 벌써 10여 년이 되는구나. 도시에는 사람과 차가 넘쳐나고 일본이라는 나라는 점점 번성하는 것처럼 보여. 사람들은 과거를 잊고 눈앞의 일만 좇으며 바쁘게 살고 있지.

하나의 '삶'을 생각하는 일본인이 극단적으로 줄었어. 현재의 '삶'이 얼마나 많은 '죽음'과 '슬픔' 끝에 서 있는지 가르쳐주는 교사도 줄었어.

일본인 전체가 타락한 거야.

마사유키, 그리고 구니히로.

지금의 일본을 보고 있으면 슬퍼져. 너희 돌아가신 아버지, 그러니까 우리 형은 지하에서 무슨 생각을 하고 있을까.

일본이라는 나라를 위해 목숨을 바쳤던 몇십만, 몇백만의 사람들은 어떤 눈물을 흘려야 좋을까.

죽은 사람들에게 응답할 수 있는 '삶'이 오늘날 일본에 없다면, 이 일본이라는 나라는 대체 무엇일까.

《태양의 아이》를 쓰기로 마음먹은 건 지금부터 5년 전이었어.

너희 아버지이자 우리 형의 죽음의 의미를 생각하지 않고서는 나 자신이 살아갈 수 없었기 때문에 시작했지만, 아버지를 여읜 너희를 생각했을 때 너희 인생에 항상 아버지의 죽음이 있고 그것 없이는 너희 둘의 인생이 존재하지 않는다는 결정적인 사실 앞에, 나는 큰 충격을 받았어.

하나의 '삶'과 '죽음'을 이야기하는 것은 너무나 어려워. 하물며 형의 죽음을 생각하면 혼란스러워지는 내가 너희에게 대체 무슨 얘기를 해줄 수 있을까.

그러나 반드시 이야기해야 한다고 생각했어.

한 사람의 죽음을 개인적인 것으로 치부해버리는 사람들이 '삶'을 누리는 나라, 그것이 일본이야. 일본이 쇠락한 근원은 여기에 있어. 그걸 외면하면 안 된다고 생각했어.

형의 죽음에 대해 쓰는 게 아니다, 너희에게 변명을 하기 위해《태양의 아이》를 쓰는 것도 아니다, 형의 '죽음'을 통해 '삶'의 근원적인 의미를 생각하기 위해《태양의 아이》를 쓰는 거라고 나는 생각했어.

태양의 아이.

마사유키, 구니히로.

너희는 태양의 아이야. 너희 안에 있는 모든 가능성은 내게 인간 존재의 의미를 철저하게 따져 묻겠지. 이 사실만이 일본을 재생시킬 수 있는 유일한 힘이 될 거야.

그렇게 믿고《태양의 아이》를 쓰자고 생각했어.

《태양의 아이》를 25회까지 읽은 열아홉 살 소녀가 나에게 편지를 보냈어. 조금 옮겨볼게.

"선생님, 너무나도 마음이 지쳤어요. 가만히 있으면 짓눌려버릴 것 같아서 고통스러워요. 도와주세요. 사흘 내내 학교 도서관에 들러서《태양의 아이》를 이달 호까지 읽어버렸어요. …… 왜죠, 선생님. 왜 그렇게 무거운 거예요? 어떻게 그렇게 따뜻해요? 사람이 너무 많아서 울지 않으려고 했지만 눈물이 나와서 난처했어요. 부끄러웠어요. 책상 위에 〈교육평론〉당시《태양의 아이》가 연재되던 잡지을 빙 둘러 쌓아두고 울어서 너무 눈에 띄었어요. 오키나와의 참모습을 하나씩 알게 될 때마다 슬퍼하고 괴로워하며 점점 강해지는 후짱. 너무나 힘든 현실을 살아가기 때문에 무뚝뚝하지만 마음 깊은 곳에 진정한 상냥함을 가득 가진 기요시. 기천천도, 어머니도 모두들 무척이나 상냥하고 무척이나 강해요.

책을 읽으면서 작년 여름에 갔던 오키나와 남부의 전적지를, 가데나 미군 기지를, 그리고 가시철조망으로 둘러싸인 그곳 바닷가를 떠올렸어요. '이곳 사람들, 일본 말을 할 줄 모르나? 영어를 쓰나?', '일본에는 이렇게 큰 기지가 없는데.' 같은 심한 말을 아무렇지 않게 내뱉는 사람들을 보고 불쾌하긴 했지만, 저 역시 본토에서 아무 부족함 없이 살고 있는 사람으로서 기요시가 일하던 식당집 주인아주머니와 똑같은 죄를 저지르고 있다는 사실을 새삼 깨달았어요.

선생님, 사도야마 유타카라는 포크가수를 아세요? 예전에 오키나와 포크마을의 촌장님을 지냈던 사람이에요. 이 사람이 노래하는 '도추무니(혼잣말)'와 '오키나와 혼혈아'는 고등학생인 저에게, 사람들 앞에서 기타를 치며 노래하기를 포기할 수밖에 없던 저에게 얄미우리만치 굉장한 노래였어요. 기요시가 엄마한테 '진실을 가르쳐줘!' 하고 울부짖는 부분이 있죠. 거기서 사도야마 유타카의 '당나라 세상에서 일본 세상으로, 일본 세상에서 미국 세상으로, 또다시 일본 세상으로 이상하게 변해가는 우리 오키나와'라고 절규하는 목소리가 겹쳐져 들렸어요. 물론 기요시가 기타를 들고 노래했다면 사도야마 유타카보다 훨씬 더 박력이 있었겠지만…….

현실이 너무 암울하고 무거워서 해피 엔딩이 있을 수 없다는 건 알지만 후짱 아버지의 병이 어떻게 될지, 후짱과 가지야마 선생님의 그 '일'이 어떻게 될지 진짜진짜 궁금해요. 하지만 6월 호는 읽지 않을 거예요. (말은 이렇게 하지만 참지 못하고 6월 호를 집어 들지도 몰라요.) 꾹 참으며 제 안에 또다시 묵직하게 내려앉아버린 이 무거운 것에 짓눌리지 않도록 힘을 내볼까 해요."

마사유키, 그리고 구니히로.

나는 젊은이들의 감수성을 소중히 여기고 싶어. 부끄러운 말이지만 나는 열아홉 살 때 오키나와의 '오'자도 몰랐단다. 젊은이들의 감수성이 언젠가 죄인의 나라 '일본'을 단죄하고, 그리고 부활시키리라고 나는 믿어.

너희는 태양의 아이니까…….

상상력이 사실을
뛰어넘을 때

想像力が事実をこえるとき

인간의 상상력은 때로 생각지도 못한 사실을 불러올 때가 있다. 그런 이야기를 시작해보려 한다.

나의 단편집 《우리와 안녕하려면》에는 〈물 이야기〉라는 단편이 실려 있다.

교사들에게 불량소년 집단이라는 딱지가 붙은 중학교 수영부가 해산을 코앞에 두고 있다.

"공부할 수 있는 놈은 공부를 할 수 있게 해주는 선생님이 좋은 선생님이지만, 슬픈 일이 하도 많아서 공부 따위가 손에 잡히지 않는 놈한테는 슬픈 일을 같이 걱정해주는 선생님이 좋은 선생님이잖아. 우리 학교에 그런 선생님 있나?"

아이들은 그렇게 항변한다.

무기력하게 수영부를 내주기보다는 차라리 교사들을 공격해 장렬하게 전사하자고 아이들은 생각한다.

수영부원 중 재일 조선인의 아들인 이소순만 거기에 반대한다.

"…… 우린 누굴 따돌린 적 없어. 이 많은 사람이 이렇게 하자고 결정한 걸 그 자식만 반대했다고. 뭐, 그것도 자유니까, 상관없지. 하지만 그 자식 말대로 수영부를 이대로 놔두었다가는 우린 학교에 무조건 항복하는 게 된단 말씀이야. 솔직히 그런 거 가장 못하는 놈이 이소순 아닌가? 이 학교 어떤 선생이 무슨 말을 지껄였는데? 이소순한테 대놓고 '불만이 있으면 너, 너네 나라로 가서 공부하면 되잖아.' 그랬어. 난 야시장에서 조선인들한테 자주 들었는데, 좋아서 일본에 온 사람은 하나도 없어. 중학생인 나도 일본인이 조선인한테 얼마나 못된 짓을 해왔는지 알고 있는데, 학교 선생이면서 대학에서 뭘 배웠는지. 내가 이소순 대신 그 선생 확 갈겨줬지. 아저씨, 우린 비뚤어져서 반항하는 거랑 다르다고."

수영부를 찾아온 이소순의 아버지에게, 수영부원 가운데 한 명이 그렇게 말한다. 남자는 침착하게 "한바탕 휘저어봐도 되겠지." 하고 말한다. 결국 남자는 수영부 주장과 자유형 800미터 경주를 하게 된다.

이 단편 대부분은 수영경기 묘사로 채워져 있는데, 남자는 중학생이라고는 해도 현역 수영 선수와 막상막하의 승부를 펼친다.

수수께끼를 풀 때가 온다. 남자는 예전에 수영 선수였는데 그 일로 깊은 상처를 입었다.

"난 말이야, 어렸을 때부터 헤엄치기를 좋아했어. 온종일, 강에서 수영을 했지. 무척 즐거웠어. 수영하는 게 더 이상 즐겁지 않게 된 건 너희 또래부터야. …… 수영 대회가 열렸지. 이기는 건 일본인이고 지는 건 항상 조선인이야. 알겠니? 올림픽에 흑인 수영 선수가 안 나오는 것과 똑같은 이치지. 조선인은 투혼이 강한 민족이야. 일본인과 마찬가지로 말이야. 우리는 분했어. 수영장에서 헤엄치지 못하기 때문에 강에서 연습을 해야 했거든. 강 물살을 거슬러가며 이를 악물고 연습했지. …… 일본인을 이겼다고 몹시 구박을 하더군. 나는 고집이 셌기 때문에 아무리 구박해도 꿋꿋이 연습해서 시합에 나갔지. 그리고 조금씩 이름이 알려졌지. …… 독일 선수가 왔을 때 최초로 국제 시합에 나갔어. 기뻤지. 열심히 해서 결승전에서 3등으로 들어왔어. 일본, 독일, 조선의 순서였지. 일본 국기가 올라갔어. 독일 국기도 올라갔고. 그리고……. 그러고 나서 올라간 것은 역시 일본 국기였어. 나는 울었어. 관중들은 기뻐서 우는 줄 알았겠지만, 나는 분해서 울었다. 그 뒤 난 수영을 그만뒀어."

그리고 남자는 자기 아들 이소순도 이 일을 알고 있다고 했다.

"…… 어제 소순이는 울고 있었어. 하루 종일 밥도 안 먹고 울었지. 소순이는 잃고 싶지 않았던 거야. 내가 맛본 적이 없는 세계를 어떻게든 잃고 싶지 않았던 거지."

남자는 그렇게 말한다.

불량소년이라는 낙인이 찍힌 소년들은 "오랫동안 나는 저항해왔어. 오랜 저항이었지."라는 남자의 말을 울먹이며, 뜨거워진 가슴을 주체하지 못하며 되새긴다. 〈물 이야기〉는 그런 작품이다.

나는 이 이야기를 완성하고 두 번째 한국 여행길에 올랐다. 지난번에 미처 다 보지 못한 돌부처를 보기 위한 여행이었다. 몇 년 만에 찾은 서울과 부산은 많이 변해 있었다. 도시화가 급속히 이루어져 거리 전체가 복작복작하고 사람들도 어딘지 안정감이 없어 보였다.

일본과 똑같구나, 하고 나는 생각했다.

서울 한복판에 롯데일본 롯데를 말한다가 자본을 댄 초고층 호텔이 건설되고 있었다. 그 건물이 상징하듯 한국의 고도성장 역시 서민의 생활과는 거의 무관하게 이뤄지는 것 같았다. 여전히 흉악한 일본 자본가들의 먹잇감이 되고 있는 한국 국민의 고통을 생각하면, 그것은 내게 괴로운 여행이었다.

나는 신라의 고도, 경주를 찾았다. 곧바로 박물관으로 간다. 지난번에 왔을 때는 임대한 옛 관아 건물에 미술품이 전시되어 있었기 때문에 좁기는 해도 독특한 분위기가 있었다. 문화유산을 전시하기에 썩 잘 어울리는 예스러운 건물이었다. 정원 전체를 가득 메울 듯이 늘어선 돌부처에 가슴이 뛰었는데 이제 그 석불들은 그 자리에 없었다. 박물관이 이전한 것이다.

근대적인 미술관 건물 안에서 돌부처들이 점잔을 빼고 있는 모습을 보자, 나는 맥이 빠졌다. 따뜻한 웃음을 머금었던 돌부처들이 형광등 불빛 아래서 차갑게 웃고 있다.

일본과 똑같구나, 하고 또 한 번 생각한다. 보존을 위해 어쩔 수 없는 일이리라. 불평할 권리는 물론 없다.

그러나 어떤 나라건 문화유산이 관광이라는 이름 아래 민중의 손에서 멀어지고 그 땅 사람들의 생활과 동떨어지는 것은 근본적으로 잘못이 아닐까. 불국사, 석굴암을 돌아본 뒤로 그 생각은 한층 강해졌다.

그것은 관광이라는 이름의 능욕이다. 일본인도 한몫하고 있다. 참을 수 없는 기분이었다.

나는 경주 시내에 있는 한 식당에서 함께 온 친구와 그 이야기를 나누며 김치를 안주 삼아 맥주를 마시고 있었다.

진작부터 알았지만 식당 손님 가운데 한 사람이 자꾸만 우리 쪽을 본다. 동행이 옆에서 뭔가 말을 하는데도 건성으로 듣는 듯했다.

더 이상 참을 수 없다는 듯, 그 남자가 자리에서 일어났다.

"어디서 오셨습니까?"

억양이 조금 어색했지만 정확한 일본어였다.

"일본 고베라는 곳에서 왔습니다."

나는 그렇게 대답하며 이 남자가 우리에게 적의를 품고 있지 않다고 순간적으로 느꼈다.

비참하다면 비참할 수도 있고 당연하다면 당연한 일이지만, 아시아 여러 나라 특히 한반도를 여행할 때면 사람들 시선 속에서 일본인의 원죄를 고발하는 듯한 느낌을 받게 된다(지난날 무력으로 아시아를 침략했던 일은 원죄에 해당할지 모르지만 지금도 형태를 바꾸어, 예를 들면 경제침략이나 관광에 의한 문화파괴를 저지르고 있으므로 사실은 원죄가 아니라 우리 세대가 지금 저지르고 있는 범죄다).

남자의 부드러운 눈빛에 나는 마음이 놓였다. 남자는 한참 동안 이런저런 이야기를 했다. 흔히 세상 사는 이야기라고 하는 이야기들이었다.

함께 온 일행이 이제 그만 하라는 듯이 두어 번 어깨를 들썩였지만 남자는 아랑곳하지 않고 이야기를 이어나갔다.

일행이 세 번째로 팔을 끌어당겼을 때에야 남자는 마지못해 자리에서 일어났다.

"고마웠어요."

남자가 말했다.

"20년 만에 일본 말을 해봅니다. 나는 20년 동안 단 한 번도 일본 말로 이야기한 적이 없습니다. 오늘 고마웠습니다."

남자는 아쉬운 듯 몇 번이나 뒤돌아보며 자리를 떴다.

나는 심한 충격을 받았다. 말도 나오지 않았다.

일본 말이 그리워서(그런 일은 절대로 있을 수 없겠지만) 우리한테 말을 건 것이라면, 서울에 산다는 그 남자는 일본 말로 이야기할 기회가 얼마든지 있었을 것이다.

남자는 왜 우리한테 말을 걸었을까. 왜.

처음에 남자는 우리 이야기에 귀를 기울이고 있었다. 물론 추측일 뿐이지만 우리에게 파렴치한 무슨무슨 관광이라는, 패턴화된 일본인의 모습이 없었던 것만은 확실하다.

남자는 거기서 어떤 믿음을 갖지 않았을까.

남자는 일본 말이 그리워서 일본 말로 이야기한 것이 아니다. 세상 이야기를 하고 싶어서 우리에게 말을 건 것도 물론 아니다.

그렇다면 왜?

남자는 말하고 싶었던 거다. 나는 20년 동안 한 번도 일본 말을 입에 담지 않았습니다. 그 의미를 부디 일본인인 여러분은 생각해주십시오.

〈물 이야기〉의 주제가 현실에 존재하고 있었다. 나는 현기증에 가까운 마음의 동요를 맛보았다. 상상력이 어떤 하나의 진실을 찾아낸다. 이럴 때 작가는 소소한 뿌듯함을 느끼기도 하지만 동시에 커다란 공포를 느낀다.

〈물 이야기〉의 주제는 인간의 저항이다. 침해에 대해 반항으로 맞서는 것이 인간이 자립을 갈구하는 동물인 이상 영원히 계속될 신성한 행위다.

그러나 인간의 저항정신이 인간의 존엄을 더욱 숭고하게 노래하는 무기가 되기 위해서는, 타인을 겨냥하던 반항의 칼날을 자신에게 돌리는 행위가 반드시 필요하다. 자기 내면의 비속한 것에 가차 없이 비판의 칼을 들이댔을 때 비로소 인간은 변화할 수 있다. 〈물 이야기〉의 소년들은 그렇게 살았다.

《태양의 아이》에서 오키나와 차별을 온몸으로 받던 소년이 전쟁 때 자기 아이를 죽일 수밖에 없었던 외팔이 남자의 '삶'을 목격하고 하는 말이 있다.

"후쨩, 어제는 견디기 힘들었지? 나도 로쿠 아저씨가 돌아간 후에 울었단다.

아저씨의 마음을 생각하니 정말 괴로웠어. 그렇지만 말이다, 괴로우면서도 한편으론 기뻤다. 난 태어나서 처음으로 오키나와의 아이라는 게 자랑스러웠단다. 로쿠 아저씨는 용기가 무엇인지 가르쳐주었어. 용기라는 것은 경찰에게 난동을 부리거나 반항하는 일이 아니었다. 싸움을 해서 이기는 일도 아니고. 용기란 조용한 것이었어. 용기란 것은 따뜻하고 착한 거야. 용기란 것은 서슬이 퍼런 거야. 오키나와 사람들만이 그런 진짜 용기를 가지고 있어. 그러자 난 오키나와의 아이라서 참 다행이라는 생각이 들었어.

오키나와에서 태어난 것을 후회해서 남들만(남뿐이 아니야. 엄마까지) 원망하고 있던 나는 그저 쓰레기였을 뿐이야. 하지만 후짱, 나는 이제 쓰레기가 아냐. 난 오키나와의 아이야. 나도 태양의 아이란 말이야. 그렇게 생각하자 괴로운 중에서도 기뻤어. 나는 이때까지 내가 불행하다고 생각했지만 지금은 아니란다.

행복이란 대개 불행을 발판으로 해서 있는 것이라고 했는데, 지금은 어쩐지 우습다는 생각이 든다. 전에 기천천이 야마노구치 바쿠인가 하는 오키나와 출신 시인의 시를 들려준 일이 있잖니? 나 지금도 다 외우고 있단다.

바닥 위에 마루
마루 위에 다다미
다다미 위에 있는 것은 방석
그 위에 있는 것은 안락
안락 위에는 아무것도 없는 것일까.
어서 깔고 앉으세요, 권하는 대로
안락하게 앉은 쓸쓸함이여,
바닥 세계를 멀리 내려다보고 있는 듯이
낯선 세계가 쓸쓸하구나.

어떠냐, 제대로 외우고 있지? '방석'이라는 제목이었지. 처음 들었을 때는 무슨 잠꼬대 같은 소린가 했지만 이제는 조금은 알 수 있을 것 같다.

야마노구치 바쿠라는 아저씨는 한 번도 부자였던 적이 없나 봐. 데다노후아 오키나와정에 오는 사람들과 마찬가지로. 남의 불행을 딛고서 행복해지면 뭐하겠니? 그런 것은 행복이라고 할 수도 없어. 하지만 난 이때까지 이런 이치를 알 수가 없었어. 데다노후아 오키나와정에 와서 난 조금씩 그것을 알게 된 거야. 후쨩, 난 진짜 기쁘다……."

《태양의 아이》에 나오는 소년도 그렇게 살고 있다.

아주 당연한 말이지만 허구로 이루어진 소설이 독자 개개인의 삶과 어떤 연관을 맺든, 또는 맺지 않든 작품 자체와는 무관하다.

작품은 어디까지나 자기를 위해 쓰는 것이므로 지은이와 독자가 공유하는 부분은 있을 수 있어도 지은이의 생각이 그대로 독자의 생각일 수는 없다.

하나의 작품 속에 수없이 많은 '인생'이 담겨 있는 경우라도 그 때문에 광범위한 독자를 얻을 수 있는 것은 아니다.

"내 기구한 운명은 그야말로 한 편의 소설이야."라고 말하는 사람의 이야기일수록 소설이 되기 힘들다.

상상력이 결여되어 있으면 그 어떤 파란만장한 인생 이야기도 지루해진다.

소설 속의 상상력은 한마디로 '다른 인생을 사는 것이다'. '타인과 관계 맺고자 하는 마음'이기도 하다. 작가는 그것을 내 것으로 만들기 위해 죽도록 애쓴다.

자신은 지금 비행청소년이 아닌데도 비행청소년과 똑같다고, 또는 그들과 함께 살고 있다고 여기는 상상력은 막대한 에너지를 필요로 한다. 상상력이 발휘되는 것은 때론 한순간이지만 그것은 한 인간의 과거와 미래를 포함한 우주 전체다.

문득 재미있는 이야기가 떠올랐다.

가와이 하야오_{일본의 임상심리학자. 심리학뿐 아니라 어린이책 관련서도 많이 집필했다} 씨와 어느 대학에서 이야기를 나눌 때였는데, 나는 가와이 씨의 '판타지론'을 듣고 크게 감탄했다. 요약하면 대충 이렇다. 인간에게 몸과 마음이 있다는 것은 누구나 알지만, 영혼을 지각하기란 좀처럼 쉽지 않다. 몸과 마음 사이에는 뛰어넘기 어려운 무엇인가가 있고 그 경계를 뛰어넘을 수 있는 것이 판타지 세계라는 상상이다(오가와 미메이의 작품 《황금 굴렁쇠》를 예로 들며). 그런데 이 세계는 우리가 일상에서 흔히 말하는 상상과는 전혀 달라서, 이것을 손에 넣기 위해서는 생명을 걸어야 한다.

탁월한 예술론이다.

비행청소년이 일상의 차별이나 반항의 세계를 헤치고 나와 고요하고 상냥하며 엄격한 용기라는 세계에 도달한다면 그의 개인적인 '삶'은 커다란 보편성을 갖는다.

가와이 씨의 이야기는 어디에나 적용할 수 있다는 게 재미있다.

인간은 한 가지 '인생'밖에 살 수 없지만 상상력을 통해 수없이 많은 '인생'을 살 수 있다. 이것은 인간의 상상력이 얼마나 심오하고 강력한

지 보여주는 말이다.

이렇게 말하면 상상력을 인간의 능력으로 받아들이는 사람도 있겠지만 내가 말하는 상상력은 '인생'에 대한 통찰과 성실함이다.

상상력은 능력이 아니라, 의지를 관철하는 용기를 가진 사람이라면 누구나 똑같이 신으로부터 부여받는 것이라고 생각한다.

그렇게 생각하면 성공한 사업가나 예술가보다 고통받는 사람들, 예를 들면 오키나와 사람들이나 재일 조선인이라 불리는 사람들 중에 상상력이 풍부한 사람이 더 많다는 사실을 수긍하게 될 것이다. 그들은 상상력을 생활 속에 살리려 하고, 작가들은 그것을 작품 속에 살리려 한다.

아메리카 선주민의 위대한 족장은 다음과 같이 기도했다.

나의 창조자여
나는 강해지고 싶다
나의 적을 이기기 위해서가 아니라
나의 동료들을 이기기 위해서가 아니라
내 최대의 적
나 자신과 싸워 이길 수 있기 위해

스스로 변화할 수 있는 인간만이 상상력을 자기 것으로 할 수 있다.

작가에게 필요한 자질이 있다면 그것은 끊임없는 자기변혁이다. 특별한 재능은 전혀 필요하지 않다. 좋은 작품이냐 아니냐의 기준은 작가가 그 작품 속에서 어떻게 변화했는지가 보이느냐 보이지 않느냐. 그것으로 충분하다.

변화하는 것, 그것이 작가의 유일한 자질이다.

앞으로 글을 쓸 사람을 위해 내 작품을 예로 들어 구체적으로 말하자면, 《나는 선생님이 좋아요》는 17년간 교사생활을 하면서 겪은 여러 가지 일들이 지나치게 날것으로 담겨 있는 작품이다.

내 인생이 어린이의 상냥함과 낙천성 덕분에 구원받았다는 사실을 확인하는 일에 급급한 나머지 독자 스스로 생각할 여지를 빼앗는 실수를 저질렀다. 그나마 고다니 선생의 변화가 작가와 독자의 상상력이 작동할 수 있는 여지를 만들어주었다.

한 권의 책이 수많은 독자를 얻는 데에는 나름의 이유가 있지만 앞에서 말한 관점에서 보면 《나는 선생님이 좋아요》는 부족함이 많은 작품이다.

《태양의 아이》는 하나의 죽음으로 이야기가 끝난다. 어린이문학에서 그것을 그리는 것이 과연 가능할지 의문이었다. 죽은 자 속에서 산 자를 보는 일, 산 자 속에서 죽은 자를 보는 일은 터무니없이 엄청난 과제다.

길 같은 것은 없었다. 어둠 속에서 손으로 더듬으며 겨우겨우 나아가는 형국이었다.

유일한 버팀목은 타인의 인생을 살고자 하는, 타인과 관계 맺고자 하는 생각으로써의 상상력이었다.

고난은 고난을 통해 구원받는다는 성경 구절을 굳이 인용하지 않더라도 고난은 인간을 강하게 만든다.

나는 무엇인가가 나를 인도해주었다고 분명하게 말할 수 있다.

《나는 선생님이 좋아요》는 미리 준비된 디테일에 따라 썼기 때문에 약점을 가진 작품이 되어 버렸지만 《태양의 아이》는 그 반대의 길을 걸음으로써 작품에 힘을 실을 수 있었다.

상상력이 사실을 뛰어넘을 때가 있다. 그것은 인간의 상상력이 영혼 그 자체이기 때문이리라.

옮긴이 햇살과나무꾼
동화를 사랑하는 사람들이 모여 만든 곳으로, 세계 곳곳에 묻혀 있는 좋은 작품들을 찾아 우리말로 소개하고 어린이의 정신에 지식의 씨앗을 뿌리는 책을 집필하는 어린이책 전문기획실이다. 《내가 만난 아이들》 《모래밭 아이들》 《소녀의 마음》 《선생님, 내 부하 해》 《하늘의 눈동자》 등 하이타니 겐지로 선생님의 주옥 같은 작품들을 옮겼으며, 그 밖에 《침묵의 카드 게임》 《열일곱 살 아빠》 《그리운 메이 아줌마》 《워터십다운의 열한 마리 토끼》 《내가 나인 것》 등을 우리말로 옮겼다. 지은 책으로는 《위대한 발명품이 나를 울려요》 《세상을 바꾼 말 한 마디》 《석기 시대로 떨어진 아이들》 등이 있다.

상냥하게 살기

1판 1쇄 발행 2015년 1월 8일 | **1판 3쇄 발행** 2015년 9월 4일

지은이 하이타니 겐지로 | **옮긴이** 햇살과나무꾼
펴낸이 조재은 | **펴낸곳** (주)양철북출판사 | **등록** 제25100-2002-380호(2001년 11월 21일)
편집 김연희 임중혁 이정남 | **디자인** 나지은 | **마케팅** 조희정 | **관리** 정영주
주소 서울시 마포구 양화로8길 17-9 | **전화** 02)335-6407 | **팩스** 02)335-6408
ISBN 978-89-6372-126-2 03830 | **값** 12,000원

카페 http://cafe.daum.net/tindrum 블로그 http://blog.naver.com/tin_drum
페이스북 http://facebook.com/tindrum2001